Wen Yuju
温又柔
Kimura Yusuke
木村友祐

私とあなたのあいだ

いま、この国で生きるということ

明石書店

私とあなたのあいだ——いま、この国で生きるということ

目次

まえがき

木村友祐

ちょっとした遊びをするみたいな、軽い気持ちだったと思う。温又柔さんから「木村さん、往復書簡、やりませんか?」と言われて、「おお、いいですね。やりましょう!」と答えたのは。ただ、あとから微妙に不安になった。ぼくが温さんの相手でいいんだろうかとか、大御所みたいな人たちがやる往復書簡をぼくらがやっていいんだろうかとか。だけど、編集者も乗り気だというし、いいいや、飛び込んじゃえと思った。もう二年も前、二〇一八年のことだった。

この往復書簡では、声と言葉、動物とヒト、持てる者と持たざる者といった、対立する項目の「あいだ」をめぐって言葉を交わしている。持たざる者の側にいるつもりでも、視点を変えれば持てる者になってしまうように、あるいは少数派にいるつもりが多数派に反転してしまうように、対立する項目のあいだのグラデーションにこそ目を向けて、この国で生きることの輪郭や質感を手探りでなぞろうとしている。台湾や日本、東京人や東北人といった国や人を代表・代弁するのではなく、むしろそうしたカテゴライズに対する疑いを基本姿勢にしながら。そこで浮き彫りにされるのは、この国が内包した〝日本的〟ともいうべき問題の根深さかもしれない。

アジアの中での優越意識を手放さず、民意よりも国家の意向を重視し、人の命を損なってまでも経済活動を優先する〝日本的〟なるものは、昨今、露骨に顕在化してきたと思う。国家に都合の悪い芸術表現は公開を中止させられ、差別的言辞を発した政治家は批判されても辞職はおろか謝罪しないまま議員活動を続けていて、アジアの外国人労働者は人権を軽視され搾取されている。そして結果的にそれらを許しているこの社会。

それを「おかしい」と思うこちらがおかしいのか？　ぼくが常識として思うモラルが通用しなくなっていくような時代の中で、問題の所在はどこにあるのか、この機会に温さんとがっつり話し合おうと思った。

台湾出身で、日本語の文章の中に中国語や台湾語が生き生きと息づく小説を書く温さん。そしてぼくは、日本の中の東北地方出身で、いわゆる〝標準語〟の地の文の中に郷里の南部弁を取り込んで小説を書いている。二〇〇九年に「すばる文学賞」で一緒に小説家デビューして以来、ともに〝標準〟や〝普通〟からはみだすことの引け目を肯定に反転し、そのはみだしこそを大切なものとして書いてきた。

だから、この往復書簡をはじめるにあたり、考え方の方向性は同じだという安心感があった。

この社会で性懲りもなく生起する様々な問題について、同じほうを向いて怒ったり議論したりできるだろうというある種の気安さを抱いていた。

しかし、温さんとの対話で見えてきたのは、女性であり、日本で暮らす台湾国籍者という少数派に属し、しかもおかしいことには黙っていられない温さんは、この社会でぼくの数倍も負荷を負って暮らしているということだった。対して、日本生まれの日本国籍者という多数派に属し、男目線で構築された社会で暮らす男のぼくは、自分がいかに楽をしてきて、女性のからだを盗み見、しかもそれらについてほとんど無自覚だったかということに真正面から向き合わざるをえなかった。さらに、このぼくの中にも植え込まれていた、同じアジア圏の国と人に対する優越意識の存在にも。

普段、公平さと人権に配慮してきたつもりでも、そんな身も蓋もなさを目の前に突きつけられて、愕然とし、どう返信すればいいか書きあぐねることもあった。でも、だからこそというか、温さんの瑞々しい言葉に導かれて、自分のからだの奥からひょっこり出てきた言葉に出会えた瞬間もあった。苦しさと無上の喜び。

当初はネット上で公開する予定もなかったから、温さんもぼくも一年以上、担当編集者以外ほとんどだれにも知られずに、二週間に一回の割合で書くことを密やかに続けてきた。なんだか秘密の修行のようでもあったけれど、あらゆるものが速度や金銭に換算される時代の中で、なんと贅沢なことをしているのかとふと思うのだった（温さんは、いつもこうして大切なことを思いださせてくれる）。

いわゆる専門家とか研究者ではないぼくらである。でもだからこそ、様々なテーマについて、すべて自分の身の丈で、我が事としてもがきながら言葉を紡いでいる。大勢で圧迫してくる声に自分の声を奪われないために、はみだしていてもここにいると宣言するために。そして何よりも〈生きとし生けるものがのびやかに生きられることを望む愛のために〉。

その愚直さを笑われたとしても、ぼくらはそうやって、おろおろしながら世界と人とかかわるほうを選ぶ。その思いは、人とのつながりを遮断する新型コロナウイルスが席巻する時代であっても変わらない。また、この一年半に交わした対話がはらむ危機感は、震災後の日本に君臨した政権が去り、新たな政権になっても、解消するどころかむしろ強まるのではないかと思われる。新政権が発足してひと月もたたないうちに、学問の独立性に介入し、公正な言論を統制したい姿勢が早くも顕在化したからだ。温さんとの心の対話は、どうやらまだまだ終わりそうもない。

そんな温さんとぼくとの「あいだ」に、さぁ、どうぞあなたも参加してください。そこはだれでも、どんな属性の人でも入れるところ。どんな生きものたちも入れる場所。願わくば、ぼくらの対話の「あいだ」に、そんなふうにだれもが〈楽に呼吸できる場所〉が開かれていますように。

第一章　声と言葉のあいだ

文字から滲む声——第一便　温又柔より

親愛なる木村友祐さま

お元気ですか？

去年（二〇一八年）の一一月、京都から一緒にのりこんだ新幹線を私が品川駅で先に降りたきり、少しごぶさたしていましたね。

同じ東京に住んでいるのだし、会おうと思えばいつでも会えると思って安心していたら、あっというまに冬が深まって、年が明けて、そして、もう旧正月だなんて。

まばたきするうちにも時が流れている、と身をもって感じずにはいられません。

考えてみたら、私たちも知り合って一〇年近くが経ちますね。その間、いったいどれだけのメールを交わしたことでしょう。最初の一通目を送ったのは「第三三回すばる文学賞贈賞式」から数日後だと記憶してます。贈賞式で一緒に撮った写真をお送りしたいからと集英社のKさんに木村さんのメールアドレスを教えてもらったのがはじまりでした。

赤に縁どられた「祝すばる文学賞受賞」と記された札をつけた木村さんと、「祝すばる文学賞佳作」とある札をつけた私と。写真の中の木村さんは、作家になった、という責任を引き受けたようなきりりとした面持ちで、私はといえば、ふてぶてしいほどの満面の笑みを浮かべています。

縁あって、同じ晴れ舞台に立ったのだからと、はじめはそれぐらいの気持ちで記念に撮った写真なのですが、いまになって思えば、木村さんと同じ年に同じ文学賞で、作家として歩みはじめることができたのは、私にとってとても幸運なことでした。

……もう少し遡ると、私たちがはじめて顔を合わせたときも、やや特殊な状況でしたよね。忘れもしません。あれは「第三三回すばる文学賞」選考会の夜でした。

その日の、たしか午後六時少し前、「すばる」編集部のMさんから電話がかかってきて、私の「好去好来歌」が佳作に選ばれたと知らせてきました。

Mさんとの電話を終えると、やはりじりじりと選考結果を待っていたリービ英雄さんの研究室に大急ぎで駆けつけました。リービ先生とリービゼミの後輩であるHくんたちとささやかな祝杯をあげていたら、また電話が鳴ります。Mさんからでした。

「いま、どこにいます?　もし可能なら、選考委員たちが会いたがっているので来ませんか?」

ことの重大さが、私はあまり呑み込めてませんでした。でも、最終候補に残って以来、選考会までのごくわずかな期間で改善の余地がある限りとばかりに最善を尽くして徹底的な改稿につきあってくださったMさんの顔は見たい、と思いました。行ってきなさい、とリービ英雄もうなずきます。もしかしたら受賞した心境を聞かれるかもしれない、心の準備もしておきなさい、とも言い添えて。

タクシーでむかった先は、帝国ホテル。シャンデリアが煌めく大理石の床のロビーで放心状態の私を、Mさんが見つけてくれます。高層エレベーターにのりこみ、選考委員たちの待つ最上階のバーに行きました。そこには、星野智幸さんや奥泉光さんなど選考委員である作家の方々が勢ぞろいしていました。

「すばる」の、当時の編集長だったIさんが、かのじょはオンさんのほうで、ウミネコツリーハウスのキムラさんはいまむかってるところ、と説明する声を聞き、私は、ウミネコツリーハウス、という作品が受賞作なのだと知ったのです。まだ男性か女性か年齢もわからないそのひとども、どうやら、もうじき会えるらしい。そう思っていたら、選考委員たちのあいだに座るよう促されます。

「縁珠ちゃんのお母さんが喋る台湾語が、カタカナで書かれているのが、とても面白かったよ」

いいい、縁珠ちゃん。

自分しか知らなかったはずの自分の作品の登場人物の名を、江國香織さんが親しみを込めてそう呼ぶのを耳にした瞬間、目眩がする思いでした。その江國さんが、

「温さんは、どんな小説を読んできたの?」

李良枝、中上健次、それから多和田葉子と私は緊張しながら答えました……さっきまで一緒にいたリービ英雄の名がとっさに出ません。続けて、高橋源一郎さんが私にたずねます。

「中上健次の、何が好きなの?」

「路地の……あ、いや、秋幸三部作?……あと、『千年の愉楽』と……」

緊張しすぎて、うまく固有名詞が出てきません。

「中上健次なら、『異族』がいいよ。温さんは、あのひとが『異族』でやろうとしていたようなことを目指したらいいと思う。日本や日本語の中心と思われている軸を徹底的に揺さぶって、無効化するような小説を、ね。これからそういうものを書いてもらえるなら、頼もしいなあ……」

高橋さんとそのような会話をしているときだったと思います。キムラユウスケさんが来ました、と編集部の方がその場にいる皆に告げます。

ウミネコツリーハウスの作者は、男性でした。

そして、私より年上に見えました。

キムラユウスケ。

あの夜、私たちはそれぞれ別々に選考委員の作家の方々に囲まれましたね。

お互い、口を利く余裕は全然ありませんでした。

キムラユウスケ、ウミネコツリーハウス。

私は記憶しました。そして、コウキョコウライカとオンユウジュウは、いっぺん聞いただけでは絶対に覚えられないはずだから、次、キムラさんに会ったらもう一度、自己紹介しよう……行きと同様、集英社宛ての領収書をもらうように言われて乗り込んだタクシーの車窓から夜の東京を眺めつつ、そう考えていたことをなんとなく覚えています。いま思うとなんとのんきなのだろう。私はキムラさんと仲良くなれるはずだと信じていたのですから。

特殊な状況といえば、私と木村友祐作品の出会い方も、たぶん、ほかのだれともちがっていました。二〇〇九年一〇月、「すばる一一月号」の本誌に先立って、その号に掲載された「好去好来歌」の抜き刷り（雑誌等で一部の頁を抜き出し別に印刷したもの）が届き、その表紙部分というか、私の作品の最初の一頁の裏面が、「海猫ツリーハウス」の最後の一頁だったのです。

生きてる、と思った。

「生かされている」でも「自力で生きている」のでもなく、ただ、「生きてる」。――それ以外、もう何も思い浮かばなかった。

抜き刷りの段階では、その文章が、選考会の夜に帝国ホテルのバーでちらっとお会いしたきりのキムラユウスケさんによるものとは、まだわかっていませんでした。それなのに私は、〈ただ、「生きてる」。〉とは、なんと、力強いことばなのだろうか、としみじみ感じ入ったのです。それが「海猫ツリーハウス」の最終場面だと知ったときは、ふたたび、溜息をこぼしました。

それから三か月後、「すばる」に掲載された木村さんの受賞一作目「幸福な水夫」を読んだときのこともはっきりと覚えています。

「とりあえず、標準語で喋ってくれる？　でないと何言ってんのか、余計おれら、わかんねぇよ」

「なんだこの……」

鼻声で守男がつぶやき、体がぐらりと男のほうに動きだしたとき、

「おい、〝標準〟てなんだよ、あ？　どごのだれが勝手に〝標準〟なんてもん決めだんだ？」

ゆずるがいきなり大声を張り上げた。

「おらはそったもん、認めでねぇぞ、言葉にヒョージュンだなんだあってたまるがよ。あえで標準語ってへる《（言う）》んだば、おらんどの標準語は南部弁だの津軽弁だ、いや、南部語に津軽語だ。いがんど《（お前ら）》ぁ、まだ《（また）》ごごさ迷惑施設《（めいわぐしせづ）》ば持ぢ込もうどしてんのがもしんねぇけど、ごごさ来たら、いがんどこそおらんどの標準語ば喋れよクソ野郎！」

私は確信しました。このひとの書くものには、声がある。もっといえば、声が、文字から滲むものを書くひとなんだ、と感じたのです。そして、この声をもっと聴きたい、と思いました。この声が聴こえてくる文章を読みたい、と。

南部弁や津軽弁ではなく、南部語や津軽語。

「幸福な水夫」のゆずるの〝叫び〟に、私は突き刺されたような思いでした。ほかならぬ私もまたヒョージュンゴの呪縛に囚われていて、日本語といえば東京語なのだと知らずしらずに思い込んでいる部分が、たしかにあったからです。

私が説明するまでもなく、東京だけが日本ではありません。そして、この日本で話されていることばも、東京のことばだけではありません。しかしこの国が東京中心に回っているということも否めません。

振り返ってみるとあの時期の私は、日本語で書く台湾出身の新人作家として、自分が育った家の中では台湾人の両親が話す中国語と台湾語と、そして日本語が飛び交っていた、とよく説明していました。縁珠ちゃんのお母さんが話す台湾語をカタカナで書いているところがよかったよ、と江國香織さんが言ってくれたように、私の「デビュー作」を読んだ少なくない数の方々が、私の書くものの中に混じる中国語や台湾語、要するに日本語ではないことばを、面白がってくださったのもあり、そうであったからこそ、自分にとっての日本語はなんだろう、とその意味をあらためて考えようとしていたところでもありました。

でも、その自分が考えている日本語は、日本語という、大きなもののうちの、ほんのわずかな一部分でしかないのだ。むしろ、東京語、と呼びかえたほうが適切なのかもしれない……と「幸福な水夫」を読みながら私は気づかされたのです。

けれども、私自身もそうであったように、日本では、正しい日本語といえば標準語のことであり、その中身は実質、東京語である、と無意識に考えるひとが多いのも事実です。

そもそも、「どこのだれが勝手に」、標準語とはこれだ、と決めたのでしょうか。

……だからといって、ここで私は、標準語ではないことば――方言――を手放しに賛美したいのではありません。おそらく木村さんのほうが肌身で感じていることだとは思いますが、方言一つとってもその境目はあいまいで、それこそ、「どこのだれが勝手に」ある部分のみを切り取って、これぞ我らが方言、とばかりに讃えることは、べつの抑圧をつくりだすことにもなりかねませんからね（「なんだ、おまえは○○出身のくせに○○弁も話せないのか」）。

そう、抑圧。私もまた、これに抗いたかった。つまり、正しいとされている日本語≒標準語ではあらわすことのできない、日本育ちの台湾人として生きてきた自分のリアリティを表現するために、中国語や台湾語を含んだ自己流のニホン語を編み出したように思うのです。だからこそ、ゆずるの叫びというか、雄たけびが私には他人事に思えません。

おらはそったもん、認めでねぇぞ、言葉にヒョージュンだなんだあってたまるがよ。

それは、あるときを境に私の心の底で火の玉のごとく燃え盛るようになった、ふつうの日本人って何？　という問いと重なっていました。

そのことを思えば思うほど、標準的な日本語を、お行儀よく書くことができない、したくない、するもんか、という〝志〟をわかちあう私たちが、「海猫ツリーハウス」と「好去好来歌」で、同じ年に同じ文学賞の新人賞と佳作をもらったことは、やはりちょっとした運命だったのではないかと信じたくなるのです。

だからこそ、いつか木村さんが、ぼくらは同じ文学を親にする兄妹だ、と言ってくれたときは、とってもうれしかった。

この一〇年の月日がそうであったように、ふだん、なにかと心へし折られ、力の奪われるような出来事に遭遇することがあまりに多いせいか、木村さんに宛てて手紙を書くたびに私は、自分の原点を意識し、初心に戻れるのを感じます。ダカラコソタタカッテヤル、とね！

書くことは、生きること。生きてる、と存分に感じられる場所を確保すること。
願わくば私のこの手紙をここまで読んでくださった木村さんも、いま前向きな気持ちでいらっしゃいますように。

二〇一九年二月七日

温又柔

価値の序列——第二便　木村友祐より

親愛なる温又柔さま

温さん、すごく親身な、心のこもったお便りをありがとうございました。

拝読して、ああ、そうだった、そんなふうにお近づきになったんだと、温さんとぼくが出会うことになったいきさつを鮮やかに思いだしました。授賞式がはじまる前、ガチガチに固まったぼくに、温さんが「大丈夫ですよ」と声をかけてくださった記憶がよみがえります。まるで「一緒に乗り切ってやろうじゃない?」とでもいうようなニュアンスで。まだ親しくなる前でしたが、そんなふうに仲間に対するように言ってくれたのがうれしく、そして、なんてつよい人なんだろう、と思いました。でも、あのとき、実は温さん自身もかなり緊張していたんですよね。

あれからもうすぐ一〇年ですね。その間、高山明さん演出の「東京へテロトピア」や、管啓次郎さんが企画した「鉄犬へテロトピア文学賞」などでお会いしてきましたが、お互いなんとなく似たような方向へ、つかず離れず、声をかけ合いながら歩いてきたような気がします。一緒にデビューしたとはいえ、その近しい間柄が不思議で面白くて、「文学を親にする兄妹」みたいだと言いましたが、でもあいかわらず、ぼくのほうがいつも励ましてもらっているような気がします。

温さんのお便りには、「幸福な水夫」を読んで〈声がある〉と感じたとありました。〈声が、文字から滲む〉と。また、だれかが「標準語」を勝手に定めたことへの疑念も記していました。

たしかにぼく自身、あの作品を書いたとき、またその前の「海猫ツリーハウス」を書いたときに、そのような疑念と異議申し立ての気持ちを抱えていました。そのわだかまりと、声の表出は、関係があるのかもしれません。その関係について考えたいと思います。

「海猫ツリーハウス」も「幸福な水夫」も、震災前に書いたものです。その震災前には、今ほど、「東北」のことが人々の関心にのぼることはありませんでした。観光においても産業においても注目されることはなく、マスメディアで取り上げられることはほとんどなかったと思います。それが、震災と原発事故という甚大な災害をきっかけに認知度が上がったのは、なんとも皮肉なことですね。

青森に限らないのかもしれませんが、郷里の八戸にいた頃、「笑っていいとも！」は夕方に放送されていました。人気歌手のコンサートはたまにしかなくて、あっても遠い県庁所在地での開催だから行けません。週刊のマンガ雑誌の配本も数日遅かったように思います。小学生の頃は、マンガ雑誌が買える最寄りの店は、近所の人たちに「卵屋」と呼ばれていた店でした。以前は鶏卵を売っていたらしいその店に、目当てのマンガ雑誌の入荷を期待して、ほんとうにワクワクしながら走ったのを覚えています。

水が上から下へと流れるように、流行も文化も、すべて東京から一方向に流れ落ちてくるものでした。しかもすべてではなく、限定的に、時間差とともに。そうやって、物心ついてから大学入学のために上京するまでのあいだに、青森は東京より「下」で「遅れている」のだという認識と、東京に対する羨望が、必然的に刷り込まれていったのだと思います。

　だからでしょう、郷里出身のタレントが、テレビで地元の方言ともつかない妙な訛りで話して笑われているのを見ると、恥ずかしくてたまりませんでした。おまえには訛りを売りにするしか芸がないのかと腹立たしくもなります（こう書いて、じゃあ方言で小説を書く今のぼくはちがうのかと、少し複雑な気持ちになりますが）。今思いだすと、かなり卑屈ですね。結果、大学入学とともに東京で暮らすようになっても、人と気がねなく話すということができなくなりました。うっかりすると、東北弁の特徴である「濁音」がでそうになるから。この濁音がいかにも未開で野卑な言葉のように感じられて、すごくカッコ悪く思えたのです。

　岩手県生まれの石川啄木は「ふるさとの訛《なまり》なつかし／停車場の人ごみの中に／そを聴きにゆく」と歌っていますが、自分の中から東北色を払拭しようとしていたぼくにはその感覚はわかりません。だから、人に何かを聞かれて答えるときは、イントネーションも含めて一度頭の中でシミュレーションしなければなりませんでした。言葉が自由に話せないということは、身体を拘束されているのと同じようなものです。同じ東北出身者でも、そこまで気にしない人もいたでしょう。自意識過剰でカッコつけの性格も作用したのだと思います。ただ、ここで温さんに伝えたいことは、東京が「上」で、濁音まじりの言葉を話す東北は「下」だという考え方、その価値の序列を、ぼくはずっと「あたりまえのこと」「そういうもの」として受け入れていたということです。

　この思い込み。自分の命や尊厳をたわめる卑屈な考え方を、自ら、まるで自然の法則のように受容する。いつの間にかできていた価値の序列を鵜呑みにして内面化してしまう。この心の仕組みは、今も様々なところで作動しているのではないでしょうか。自分に対してのみならず、他人に対する見方に関しても。そうしてぼくは、変化の速い東京の時間に合わせていれば間違いはなくて、自分の郷里の時間は「遅れている取るに足りないもの」と無意識に感じるようになっていたようです。もっといえば、東京にしか時間が流れていないとさえ感じていたかもしれません。かといって都会の人になりきることもできなくて、どちらにも居場所がないように感じていました。

でも、そんな自分を、郷里に帰れば家族は温かく受け入れてくれるんですね。郷里に帰って兄や母と地元の言葉で話しているとき（もう三〇代後半になっていましたが）、自分の感情がすごくのびのびしていることに気がつきました。子どもの頃のように大笑いしたり、切なくなったり。そのときぼくは、ここにはここの時間がたしかに流れていて、その時間や人々の喜怒哀楽に、優劣なんかつけられるわけがないと思ったのです。

「海猫ツリーハウス」「幸福な水夫」で、それまで恥ずかしくてたまらなかった濁音まじりの方言をことさらに再現したのは、そこで暮らしている人々のありのままを提示したいと思ったからです。標準語の書き言葉で形成された小説の世界に、話し言葉の濁音を溢れさせてやれ。まるで自覚的に悪事を働くような危うい快楽がありました。それは、長い彷徨の果てにようやく訪れた自身の来歴の受容であり、あらゆる価値の序列を疑うことのはじまりとなりました。

ここまで長々と個人的なわだかまりのことを書いてきたのは、この中に、どこかで温さんと重なるものがあるのではないかと思うからです。温さんのデビュー作「好去好来歌」も、自分が引け目を感じていたものを温かく抱きとめ、これまでだれかに信じ込まされてきた視点を転換するための、必然の作品だったのではないかと。

声は、身体の中の情動の高まりによって発露する、言葉以前のものです。言葉にならない呻《うめ》き、悲鳴、叫び。あるいは、声にもなれない叫び、身体の身悶《みもだ》えという無音の声もあるでしょう。言葉になる以前の声や、押し込められた無音の声。それが言葉に変わるきっかけには、「あたりまえ」とみなされ、自分を抑圧してきた価値観をひっくり返す、視点の「転換」があるのではないかと思います。それは〈生きてる、と存分に感じられる場所を確保する〉必要に迫られて生じます。その「転換」によってまず声がほとばしり、その声は歌にもなれば踊りにもなり、あるものは言葉となって世に現れでるのでしょう。

「好去好来歌」にも、まぎれもなくそのような声から生まれた言葉が響いています。両親に連れられて三歳のときに台湾から東京にやってきて、以来ずっとそこで暮らしてきた主人公の縁珠の心に堆積した数々の想いと、日本で暮らす台湾人の家族が中国語や台湾語や日本語で交わす声、さらに、台湾で暮らす一族の声。

温さんにとって、この作品を書くきっかけとなった「転換」とはなんだったのでしょう。

「好去好来歌」は、親の世代、祖父母、曾祖父母の世代のことまでも果敢に描きだそうとした、これからさらに描かれるだろう物語の地図であり、書き手としての温さんの器の大きさを予言するものでした。そして、日本で暮らす移民の日常の姿を知らしめる、新たな「移民文学」の幕開けを告げる作品でした。

でも、「好去好来歌」が発表された一〇年前、その作品の重要性をどれだけの人が理解していたのでしょうか。ぼくだって、片鱗しかわかっていなかったかもしれません。あれから一〇年たって、外国人労働者の受け入れ拡大が準備もなく強引に推し進められる中で、すでにこの国には大勢の移民の人々が定住し、暮らしていることがようやく注目されるようになりました（逆にいえば、それまではおそらく、いるのにいないもののように扱われてきました）。この国は、日本人の両親のもとに生まれ、自動的に日本国籍を付与される者たちだけのものではなかったのです。

東京だけに時間が流れているわけじゃない。

その東京が、温さんやほかの人たちにとっての大切な生活の場であることは忘れてはいけませんが――、〝政治・経済・文化その他の中心として君臨するもの〟という意味での東京に対し、ぼくはそう思いました。それと同じように、ほかにも、この社会や世界において現存する支配的な力についても言ってみます。

日本生まれの日本人だけに時間が流れているわけじゃない。

男だけに時間が流れているわけじゃない。

大人だけに時間が流れているわけじゃない。

権力者や富裕層だけに時間が流れているわけじゃない。

人間だけに時間が流れているわけじゃない。

ほかにも、ほかにも……

右に列挙した者たちの対義語にあたる者たち、つまり、支配的な力に抑圧されている者たちには、声を上げる権利があります。いえ、権利というよりも、自分が生きるために、自分はここにいるのだという存在証明のためにそうせざるをえないのだし、してもいいのです。叫んでいい。ただし、前のお便りで温さんが〈これぞ我らが方言、とばかりに讃えることは、別の抑圧をつくりだすことにもなりかねません〉と書かれたとおり、存在証明の叫びだったものが、いつしか権威をまとって抑圧する側に回るとしたら、これは本末転倒ですね。そんなのは、ぼくも温さんも望んではいません。だれかを抑圧するような権威や権力こそ、ぼくらが最も距離をとりたいものでしょう。

方言に関していえば、『東北おんば訳　石川啄木のうた』（未來社）の編著者である詩人の新井高子さんは、狭い地域での方言でも個人個人でちがう、と語っています。震災の津波被害のあった岩手県大船渡市のおばあさんたちと向き合ってきた経験から、そのような気づきを得たそうです。それは、方言に限らない、言葉の、声の、本質的な姿ですよね。言葉も声も個人それぞれ。ぼくもすぐに物事をひとくくりにして言いがちですが、その根本の姿を忘れてはいけないのだと思います。

温さんと顔を合わせると、よくお互いこう言い合いますね。「気が狂わないためにも書いていきましょう」と。

この対話も、正気を保つために、ぼくには必要なのです。見えない嵐の中で、またお便りが届くのを心待ちにしています。

二〇一九年二月二〇日

木村友祐

自分の居場所——第三便　温又柔より

木村友祐さま

きょうは雨が降っています。空があかるいのは、雨は降っているけれど雲がそれほど分厚くない証でしょうか。あかるい曇り空を見上げていると、春が、刻一刻と近づくのを感じます。もう、寒くない。

ところで私は、春先、湿り気をたっぷり含んだ風を浴びると、笑わないでくださいね、不意に泣きたくなることがあります。

はじめて、この「気分」の存在を知ったのは、たぶん七歳か八歳の春休みのこと。雨上がりの夕暮れの中にいたときでした。子どもなので、「センチメンタル」ということばなんてまだ知らなかったけれど、たしかにそういう気分に見舞われながら、雲と雲の合間にのぞく橙《だいだい》色の空を見あげていたことを覚えています。

実は、私のうまれた台北は雨のとても多い町なんですよ。

風にはいつも水気がたっぷり含まれていました。

私が台北に暮らしたのは、たった三年弱。それもおぎゃーとうまれた赤ん坊のときから三歳の頃なのですが、皮膚は、ちゃんと記憶しているのでしょう。

いまのような時期の、雨が振ったりやんだりする日の、湿った風を肌に感じるたび、台湾にいた頃の記憶が、ふと疼《うず》くのを感じます。

思えば私は幸福な赤ん坊でした。両親をはじめ、祖父母や大伯父夫婦、伯父や叔母や従兄姉たち……大勢の親戚たちに囲まれて、とても可愛がられていました。まあ、面白がられていたともいえるのでしょうけれど、三つ年下の従妹がうまれるまでは、一族で最年少、という境遇だったので、皆が大事にしてくれていたのです。

もちろん、そのことをはっきりと覚えているわけではありません。

それなのに、春先に、南国を、もっといえば、台湾を思わせるしっとりとした風を感じると、ナツカシイという感情とともに、ただ、そこにいるだけで、息をして、おなかいっぱい食べて、排せつをして、よく寝るだけで、いい子だね、おりこうさんだね、と皆が褒めてくれたときの記憶が、頭に、ではなく、からだに、蘇ることがあります。

そういうとき、ナツカシイながらも狂おしいのは、あんなふうに、ただ生きてるだけでよかった、それだけで、そのことだけで、だれからも喜ばれた、という状況は、もう二度と体験できないと突きつけられるからなのでしょう。

そのせいもあるのか、寒さが徐々に和らぎ、春の兆しがふと襲うこの季節は、いつもなんだか落ち着かない。

日本の新年度は四月にはじまるので、春は、それまでの秩序が、ぱきぱきっと組み替えられて、そのために多くの人たちが環境の変化を経験する季節です。

小学生から中学生になったり、クラス替えで周囲の顔ぶれが変わったり……状況の変化は心躍ることもあるけれど、さみしいことや、新たな緊張を強いられることも。たとえば、慕っていた担任の教師が遠くに行ってしまったり、べつのクラスにいた苦手な子が同じクラスになってしまったり……

要するに、きのうまでと同じような日々ではもういられない、となるので、変化に対応するために心身が追いつかなかったりする。

まったく、春は優しくって残酷です。

私はひとよりも長く、だらだらと学生生活を送っていたのもあって、学校なるものを卒業してすでに何年か経ったいまも、桜がそろそろほころびるこの季節は、つい、そわそわしてしまいます。

白状すると、私はきのうからずっと集中力が乱れています。

しなければならないことはたくさんあるのに、どうも、力が入らない。それで、とうとう、えいやっと、諸々、放り出すことに決めました。こうなったらいっそ、春に身をまかせて、きょうは好きなことだけしよう、と。

それで、こうして木村さんにお手紙を書くことにしたのです。

先日ちょうだいしたお手紙、うれしくて、とても力が湧きました。

いま、もう一度お手紙を読み返しながら、「卵屋」で買ったマンガをわくわく抱きしめる木村友祐少年が浮かんできました。

木村さんは子どもの頃は、漫画家になりたかったのですよね。

その後、漫画家ではなく小説家になったわけですが、そんな表現者の卵たる少年が、「卵屋」でお気に入りの物語を読むための漫画雑誌を買っていたことを思うと、なんだかほほ笑ましい。とはいえこれは、ほっこりするための話などではなく、流行や文化は一方向に流れ落ちてゆく、という構造についてのエピソードであるのを忘れてはなりません。

身につまされます。私も友人が地元の話をするのを聞いて、「えっ。いいともが夕方に？　うきうきするのお昼休みじゃないんだ！」と言って、というか、のたまって、舌打ちされたことがあります。

木村さんはご自分が〈自意識過剰でカッコつけの性格〉と言いますが、東京ありき、という感覚を抱えている方は案外少なくない気がします。

私の場合は、高校を卒業するまでは特に同世代となると自分の生活圏内である東京育ちの友人しかいませんでした。大学に進学してはじめて、群馬や山形、長野に新潟や宮城など地方出身の知り合いが一気に増えました。上京組の友人たちと話していると、どうやらかれらの世界ははじめから二つに分かれている、と気づかされることがあったのを思いだします。

かれらにとっての二つに分かれた世界とはつまり、地元と東京のことなんですよね。文化（のみならず政治、経済、も）の「中心」といった顔でふんぞり返っている東京と、東京以外と言いかえてもいいかもしれません。

テレビや、それこそマンガや雑誌をとおして、渋谷や原宿や下北沢やお台場を知るかれらは、地元とは別世界の「東京」を、ずっと意識させられてきたのです。

私は友人たちが、東京っぽい、という言い方を、まるで、とってもいいことのように言うのを聞きながら、そのことを知った気がします。

いま、あらためて思うのです。こんなふうに地方出身の友人たちが憧れた、あるいは、憧れるように仕向けられた「東京」とは、いったい、なんだろう？（それは、今後また話題に出るはずの高山明さんが「東京へテロトピア」で浮き彫りにしようとしている東京とは、まったくかけ離れたものですよね）

たとえば、「東京」という、東京以外の人びとにとっての「中心」が、かれやかのじょらの人生をより豊かにする可能性に満ちた、開かれた場所であるのなら、それは大変素晴らしいことだと思うんです。

地元で、××さんちの長男のお嬢さん、といったまなざしに始終取り囲まれながら、親のみならず祖父母や伯父や叔母、結婚しているなら結婚相手の家といった親族に恥をかかせないように、それらしく生きるのが要請される世界。そういう世界では絶対にできないことでも、東京という新天地では、できるかもしれないのだから。

ただし、東京で、地方出身者として、みずからのルーツや、鬱陶しいながらも自分を育んだ文化を、軽んじたり、貶めたり、押し殺したりしなければならないのなら、そんな「東京」の価値観に、どうして憧れなければならないの？　と思うんです。

東京と地元。

二つに分かれた世界と世界は、どちらかが上とか下とか、端とか中心とかではないはずなのに。

木村さんがおっしゃるように、それぞれの場所にたしかに流れている時間や、人びとの喜怒哀楽に優劣などつけられるはずがない。そのはずなのに、なぜ私たちは、一方は優れていて、一方はそうでないと思い込まされるのでしょう。

そうであるからこそ、いまになって「都会育ちにはわからないよ」と嘆いたかと思えば、「でも、あいつの地元のほうがおれんとこより田舎だから」と卑下とも自慢ともとれる口調で言っていた友人は、一八年とか一九年という人生の中で知らずしらずに〈どこのだれが勝手に〉決めた〈価値の序列〉を内面化していたのだなとうらさみしい気持ちで思い出します。

言うまでもなく、こうした〈価値の序列〉は、東京と地方に限った話ではありません。たとえば、日本とアジアの関係にも通じるものがあります。

子どもの頃、親に連れられて台湾に「帰国」するたび、私は私のことを昔から知る人たちから、あの子はだんだん日本人っぽくなってきた、と言われるようになりました。

道行く人たちなど、頭っから私を日本の子どもだと思っているせいか、ちょっと中国語を話すだけでとても褒められます。

――日本人なのに、中国語を話せるなんてね！

台湾での、日本のイメージはとてもいいものです。いわゆる「親日」のひとが多いのも事実です。加えて私が子どもだった一九九〇年前後は、日本の景気がよかったのもあり、少なくない数の台湾人が日本に対して憧れのまなざしを注いでいるような状況がありました。日本人みたいだね！　というのは、だから明らかに、褒めことばとして使われていたのです。

台湾でそんなふうに言われると、幼い私は自分が何かとてもよいものになったような気がして、正直、わるい気はしなかった。

それは明らかに優越感でした。

ひるがえって日本にいるときには、自分や家族が、外国人、それも台湾というアジアの国の出身であることが、肯定的なことというよりはどちらかといえば否定的にみなされているという事実を思いがけず突きつけられて、ショックを受けたことも何度かあります。

——へえ、日本人じゃないんだ。

——大丈夫。台湾人なんかには見えないよ。

台湾で抱いた優越感が、そのまま日本にいる自分の劣等感としてのしかかる……そのような経験を重ねるうちに私は、〈価値の序列〉なるものにはたいした根拠があるわけでなく、そうであるからには、どんな〈序列〉であれ鵜呑みにしたくないという意地が生じたような気がします。

ただ、そういった序列というか、ヒエラルキーといったものの馬鹿馬鹿しさを頭ではわかっていながらも、そこから完全に脱することができないという切なさもまた、わからなくもないんです。

私の場合、台湾で感じたあの気持ちよさを、あえて手放さない、という態度だって、実はとれるはずなんですよね。自分のいる世界（社会？）の中で、いいとされている側に属していたい。そのほうが安全で、得られるものが多く、またチヤホヤされるのならば、よりいっそう……

木村さん。日本人の中には、台湾をパラダイスのように思っているひともいます。いや、そういうひとのほうが多いかもしれませんね。何しろ、日本人であるというだけで、ただそれだけで喜ばれるような雰囲気が、台湾にはいまもたしかにあるのです。

——中国語？　あんまり上達しないね。だって、日本語で喋ったほうがウケるから。

これは、私が実際に台湾で会ったある日本人が言っていたことです。

話が逸れました。

さて、この手紙を書きながら、地方出身の友人たちと交わした様々な会話を思い返しつつ、いま、ふと気づいたのです。

当時、皆、「標準語」をすらすらと話しているように見えましたが、ひょっとしたら、私や、ほかの東京や関東近郊出身の同級生たちに対し、葛藤を抱えながら、自分のものではないことばを懸命に喋っていたひともいたのだろうな、と……木村さんのお手紙の中にあった〈言葉が自由に話せないということは、身体を拘束されているのと同じようなもの〉という実感について。

私があれほど心奪われ、魅了された豊かな濁音溢れる「海猫ツリーハウス」「幸福な水夫」もまた、〈長い彷徨の果てにようやく訪れた自身の来歴の受容であり、あらゆる価値の序列を疑うことのはじまり〉と知り、なんということだろう、と身をふるわせました。

この言い方を、どうかゆるしてほしいのですが……私も、まったく同じでした。私も、まったく同じ気持ちで、「好去好来歌」を、そして〝受賞一作目〟である「来福の家」を書きました。

簡体字と繁体字のまじる中国語の文字、そしてカタカナで台湾語をあらわすとき、私も、〈悪事を働くような危うい快楽〉をたしかに感じていました。

おっしゃるように、あの快感は、それまで言語化されてこなかった領域に、息を吹き込むような感じがありました。

あの作品を構想した頃、私には切実な欲望がありました。

自分自身のことばを堂々と生きたい、という――。

日本人としてうまれなかったのに、日本語しかできない。台湾人なのに中国語ができない。そういう自分を表現するには、自分がそれまで知っていた日本語（標準語）では不足である。それなら私は、私自身のリアリティを、私にしか書けない、私しか書かないであろう文体で書いてしまおう、と決意して、そして、書くという行為の中に、自分の居場所を確保しようとしました。

「好去好来歌」の冒頭には、赤ちゃんになる夢を見てた、ということばがあります。

あの小説を構想するとき、私は自分が、言語を言語として認識する以前の、周囲に溢れることば、まだ、ただの親しい人たちの声そのものでしかなかった赤ん坊の頃のことを、どうにか思い出そうと努めました。

それはまさに、木村さんがおっしゃるように、ことばになる以前の声、押し込められた無音の声を、だれのものでもない、私自身のことばとして書くための準備だったのです。

私の作家としての原点は、私のデビュー作であるあの小説の冒頭で書こうとしたこと、まだどのことばもことばでなかった幸福な無文字時代なのです。

考えてみれば私はいまも、おなかいっぱい食べて、排せつをして、よく寝る。ただそこにいるだけで、いい子だね、おりこうさんだね、と皆が褒めてくれたときの記憶に支えられながら、ほかでもない自分自身が楽に呼吸できる場所を確保するために、書き続けているような気がします。

そうやってできあがった作品を通じて、そう、私が私のために作った場所を知っただれかが……たとえば、かつての私のように、日本語しかできないのに日本人としてうまれなかった自分を嘆いているあの子が、自分もここにいていいんだ、と感じてくれるなら、ほんの少しでも安堵してくれるのなら、作家として、こんなにうれしいことはないな、とも。

――今は、今だけは、ぐっすり安心しておやすみ。

さあ、春。

春ですよ、木村さん。

あいかわらず、春は狂おしい。

八年前から、なおいっそう、そうなのです。

八年後が迫っています。

次の手紙では、震災前と震災後でガラリと変わってしまった、木村さんの、この世界に対する耳の澄まし方について、そこから聴こえた呻き声とのむきあい方について……もしよかったら、聞かせてくださいね。木村さんの新たな〈転換〉について。いまだからこそ私もあらためてちゃんと知っておきたいと願うのです。

二〇一九年三月七日

温又柔

転換のとき——第四便　木村友祐より

温又柔さま

朝夕はまだ冷えるからと、冬服のままでいたら、日中は汗ばむことが増えてきましたね。しとしとと雨が降ったりもしますが、あの骨身に沁みいるような冷たさがゆるんだ今なら、外で暮らさざるをえない猫たちも、多少濡れても大丈夫だろうと思えるようになりました。水ぬるみ、猫もゆるむ季節となりました。

その季節のせいというわけではなく、いただいたお手紙を読んだあと、その余韻が胸の下あたりに残り、通りを歩きながらふいに泣きそうになっていました。

ただそこにいて、ただ生きているだけで、だれからも褒められて喜ばれたという祝福に満ちた時間。もうもどれない、ただ一度の経験だったのかもしれませんが、その記憶がどれだけその後の人生を支える力となることでしょう。そうなんだ、みんな、だれもかれもが、そのように祝福されるべきなんだ、人種だの、国籍だの、肩書きだの、容姿や資産や能力だのにかかわらず、ただそこにいるだけで無条件に喜ばれるべきなんだと思うと、どうにも感情が溢れそうになってしまうのです。

そんなふうに心が揺さぶられるのは、そうはなっていないこの世界を同時に感じるからでしょう。ぼくがものを書く動機も、ただいるだけでは許してくれない社会、その理不尽さへの反発にあるのだろうと思いました。

それにしても、自身の来歴の根っこである台湾と、ずっと暮らしてきた日本という二つの国に挟まれた、温さんの立っている場所のことを思わざるをえません。自身がよって立つ足元が、両者のあいだでつねに地滑りを起こしてしまうという。どちらか一つに自身の根拠を定めて絶対視したら楽になるだろうに、あえて不安定な足場に立ち続けることを選び、片方を排除せずに両方とも抱えて生きるとは、どういうことなのか。

「好去好来歌」の冒頭の、言葉を話せない赤ん坊の視点が描かれている場面は、象徴的です。赤ん坊といっても、成長した縁珠の意識で周囲を見ているのですが、言葉を発しようとしても、言葉以前の声しかだせない。でも、そこにはたしかに、感情を持って世界を見ている存在がいる。

ぼくは読みながらこう想像するのです、その赤ん坊がもし、中国語や台湾語を話す家庭ではなく、別の言語を話す家庭に生まれていたらと。その子はやがて、当然、その別の言語を話すようになるでしょう。そしてもし、親の事情などでさらにちがう言語を話す国に引っ越したら、今度は苦労しながら、引っ越した先で話される言語で話すようになるでしょう。

ほんとうは、だれもが、国籍というもの、人種というもの、習得する言語というものを選べない偶然性に左右されて生まれてきます。なのに、いつしか人々はそれを、何か絶対的なもの、特権的なものとして思いこむようになってしまう。だから、話せない人や、たどたどしい話し方をする外国の人たちを嘲って優越を感じる。その優越にはなんの根拠もないのに。

「好去好来歌」の赤ん坊の場面は、それに対する根本的な懐疑を読み手に気づかせる場面です。そして、作中で示される成長した縁珠の様々な驚きや違和感は、その地点から――まだどの言葉にも固定化されていない時代の記憶から――生じるものではないかと思います。

同じように、作者の温さんが、言語の機能の面白さや不思議さに対し、いつも興味津々なのも、やはりそこから来ているのではないでしょうか。だからこそ、ぼくが書く方言小説にも、「標準語」からはみだす日本語の多様性・複数性を見て、感応してくださったのでしょう。

……と、つらつらとわかったふうに書きました。ですが、ぼくは、ほんとうにそれをわかっているのでしょうか。どの言語を話すかは偶然性に左右されていて、特権的なものではありえない、それはそうでしょう。でも、生まれてからずっと、方言を含むとはいえ日本語しか話してこなかったこのぼくに、複数の言語の狭間をしんどい思いをしながら日々〝生きている〟人たちの気持ちがほんとにわかるといえるのだろうか、と最近思います。

これは、自分がわからないものに歩み寄ることもせずに「対岸の火事」などと言ってしまうような〝想像力の硬直化〟を正当化するのではありません。ぼくのこの一見、物分かりのいい観念的な理解と、体でその現実を生きている人の経験との、見えない落差・隙間にこそ、目を凝らし、耳を澄まさなければならないのではないかという自戒です。だからこそ、他者の言葉を聴くこと、さらにその言葉の向こうにある言葉以前の声に耳を澄ますことが大切なのだし、実際に現場に自分の体を運ぶことが重要なのでしょう。

これは、震災の被災地の人々の経験についてもいえるのではないでしょうか。でも、それを言うと、ぼくにはほんとうは、震災のこと、被災地のことを語る自信がありません。何を言っても、現地から離れた場所にいる者が、現地のことに勝手にうろたえ騒ぐみたいな言葉にしかならないだろうと思います。

熊本の水俣地方では、他人の不幸をまるで我が事のように悩み惑う者のことを「悶え神」と呼ぶそうですが、それは水俣病患者に生涯をかけて寄り添った石牟礼道子さんを讃える言葉として用いられる一方、地元で使われる実際のニュアンスには、心配して身悶えして騒ぐけれど役に立ってくれない人、という意味も含まれているそうです。ぼくはそっちのほうだろうと思うのです。

あの日のあの時間、ぼくは、丸の内ビルディングの一〇階付近の外で窓拭きをしていました。一般に「ゴンドラ」と言われているカゴに乗って窓を拭く作業です。底辺にいる物書きゆえに、生活するためには書く以外の仕事もしなければなりません。五人が乗ったそのカゴが激しい地震の揺れにボンボン弾み、ワイヤーで吊られたカゴが振り子のようになって窓ガラスにぶつかっていこうとするのをみんなで必死に阻止しながら、このカゴに乗った男たちと一緒に、顔に笑いを張りつかせたまま死ぬのだろうかとふと思いました。それってヤだなと思っても、死ぬときというのは、こちらの思惑とは無関係にやってくるのだろうと、実感のないままに感じてもいます。そういう、冷静な意識があっても抵抗するすべのない無力さに直面する瞬間が想像されました。

その後、深夜になってようやく動きだした電車に乗って家に帰り、先に帰宅していた妻と留守番していた猫の無事を確認してからテレビをつけて、東北沿岸部の壊滅的な状況を目の当たりにしました。車が、家が、波に乗って流されていくという見たことのない光景。暗闇を炎が赤々と照らすコンビナートの火災。それだけでもむごいと思うに充分でしたが、これがほんとうのことなのか、まだ非現実感がぬぐえません。

ぼくにとって、被害の痛ましさが決定的に胸に刺さった瞬間というのは、声でした。だれかがYouTubeにアップした映像から聞こえた、津波から逃げる人に向かって年配の女の人が叫んでいた、「逃げでぇ、逃げでぇぇ！」という声。なじみ深い濁音まじりのその声に、ぼくは、まるで実家の近所のおばちゃんやおばあさんたちが悲鳴を上げているように思えたのです。おそらくそのときが、震災のことを自分のこととして受けとめるはじまりになったように思います。

過疎化や少子高齢化が進む地域で、物質的に裕福とはいえないなかでも土地に根ざした暮らしをたしかに築いてきた人たちが、あのような未曾有の大災害に見舞われ、逃げ惑っている。しかも、それから数日のうちに、福島の原発が冷却不能になって建屋が次々と爆発し、放射性物質が大気中にばらまかれてしまいました。胸がふさぐようなその経過に、ぼくが感じた率直な思いは、なんで東北がこんな目に遭わなきゃならないのか、という怒りに似たやるせなさです。一言で言えば、悔しさ。

その悔しさに突き動かされて、家族に持て余されていた暴力的な叔父のことだけを書くはずだった小説に、震災のことを強引に投げ込みました。「イサの氾濫」です。また、言葉で苦しさを訴えることができない福島の家畜動物たちの悲惨な状況を知り、「聖地Cs」という作品も書きました。

時間の堆積の中から余白のある間接的な言葉を紡ぎだすべき小説に、ぼくは「流動する今」と「直接的な言葉」を持ち込むという禁忌を犯したのだろうと思います。「ご乱心」というやつです。小説作法でいえば、やってはいけないことの筆頭でしょう。頭ではわかってはいても、震災後に郷里に帰って見た被害を見なかったふりをして作品をつくることができませんでした。「文学」という言葉にはどこか神聖な響きがありますが、今そこで呻いている人に向き合わない、そんな作り物のことをぼくは崇めていたわけじゃない。そのように、ぼくの中にこれまであった文学の規範がぶち壊れてしまった、それがぼくにとっての「転換」の瞬間だったのだろうと思います。困ったことに、一度逸脱してしまったら、もう後戻りできないようです。

けれど、ぼくはずっとどこかで引け目を感じてもいたのです。そうして書いたぼくの作品の中に、肝心の被災地の人々の声なき声は、どれだけ含まれているのだろうと。ただ単に東北と東京の狭間にいるぼくの煩悶を書いただけなのではないかと。だから、ぼくの作品が東北の声を代弁していると自負する気持ちになったことは、一度もありません。

震災後の八年間でぼくらが見せられてきたのは、明らかになった東北と中央（東京）の力の不均衡を正すのではなく覆い隠し、復興を口実にして利益を誘導しようとする人々の姿でした。与党の政治家が口にする「被災者に寄り添う」という言葉の空疎な響きを、どれだけ聞かされてきたことでしょう。

震災は、言葉がどこまでも空洞化していく状況のはじまりだったように思います。社会を形づくっているのが言葉だとすれば、その空洞化は、社会の根幹が崩れていくということです。それなのに、社会の自浄作用は働かず、むしろ、国を動かす者が嘘をついてもなんとなく許してしまうという最悪の空気が形成されてしまいました。社会の底が抜けたのです。被災地の声はどんどん遠のき、もはやほとんど耳に届かず、かわりに心の伴わない耳ざわりのいい言葉や、仮想敵に意識を向けさせ、憎悪を煽る言葉が溢れだすようになりました。

小説は、たしかに言葉と想像力による「遊び」です。坂口安吾はたしかそれを「イノチがけの遊び」と言っていたように思いますが、小説は、現実に囚われた言葉の磁場から飛躍した、脳内が組みかわるような新たな世界を見せることが可能ですね。その意義や知的な楽しさは認めつつも、ぼくは、そうした遊びの場自体が潰されてしまいかねないときに、巧妙に言葉を壊していくものに対して言葉で対抗するのもまた、小説の重要な役割ではないかと思うのです。「復興五輪」だの、外国人労働者の受け入れ拡大をきめても「移民政策ではない」とうそぶく為政者たち。内実の伴わないそうした言葉の陰で見えなくされている者たちの声と姿を、小説は浮き彫りにできる。

ただし、だからといって、当事者と自分のあいだの〝見えない落差・隙間〟を見なかったふりをしたり、置き去りにしてはいけません。その落差・隙間を前にすれば、もう何も言えなくなってしまうかもしれないけれど、絶句して身悶えるところから、その深淵をそれでも越えようともがくところから、新たな言葉は生まれてくるのではないでしょうか。

二〇一九年三月二〇日

木村友祐

第二章　動物とヒトのあいだ

存在の頼りなさ――第五便　木村友祐より

温又柔さま

つい数日前まで、冬のしっぽが残っているような心地でしたが、日中はいよいよ暖かくなってきました。とはいえ、変化への対応がいつだって遅いぼくは、まだ冬物の靴下を履いています。

今月に入って、新しい元号が発表されましたね。ぼくが不思議なのは、天皇が変わると元号が変わる――つまり時代の呼び方が変わることを、なぜこんなにも人々は普通のこととして受けとめているのだろうということです。テレビも、新聞も、次はどんな元号になるのかを予想したり、発表されるとデカデカと報じたり。そうやって無邪気・無批判に天皇制を補完するのを見ていると、こうやって制度や体制というものは〝よってたかってつくられていく〟のだと、苦々しい気持ちになります。

だれかによってつくられた時間の制度。よく考えたら、西暦だってそうですね。キリストが生誕したとされる年を起点として、世界に日々を区切る尺度がもたらされました。キリスト教信仰とは無関係なぼくも、ものごころついたときから、その尺度の中で暮らすようにさせられているのです。人間による、おそらく当時の支配階級のだれかがつくった時間の尺度から、ぼくらは逃れることはできません。

でも、その時間とは無縁に生きているものたちも、同時に存在します。自然界の生きものたちです。ほんとうは、「人間の時間」から外れたそちらの生き方のほうが、数としては圧倒的に多いでしょう。改元についてのあれこれは、いずれあらためてやりとりさせていただくとして、これから書こうとするのは、人間以外の〝そちら側〟のことです。

中央区のはずれに、ぼくが時々立ち寄る小さな公園があります。そこにはめずらしく、まだ喫煙所が残っているのです。異議を挟めない正しい理由でどんどん排斥されていく喫煙者の苦境は脇に置くとして、その公園で見かけた一羽の鳩についてお伝えします。

その前に、鳩という鳥は、ぼくらにとって不思議な存在だと思いませんか？　視界に入っているのに、気にならないというか、認識の対象にならない。感情のやりとりを期待できないからか、いつだっておとなしい風情だからなのか。猫や犬に対するのとちがって、特段、可愛いという感情が起こるわけでもありません。よく見ればとてもうつくしい鳥なのに、いるのにいないような存在感です。だから、ぼくも、その公園にいる鳩たちを、景色の一部として眺めているだけでした。一羽、足をたたんで地面にペタンとお腹をつけている鳩がいても、休んでいるのだろうとしか思っていませんでした。

ですが、お腹をつけていたその鳩が立ち上がったとき、片方の足が、足首から折れたように曲がっているのが目に入りました。曲がった足首を地面につけて体を支え、ヨタ、ヨタ、と歩こうとしますが、ほかの鳩たちのように地面を盛んについばみながら移動することはできません。そっと近づいて見ると、折れていないほうの足先も、指が一本足りませんでした。地面にお腹をつけていたのは、歩くのが大変だからなのでした。

これだと餌をとるのも大変だろう。そう思っても、何をしてあげられるわけでもありません。保護、という言葉も頭に浮かびましたが、うちには猫がいるし、カゴに閉じ込めておくのもかわいそうです。あの鳩は、いずれ死んでしまうのではないかと思いながら、その場をあとにしました。痛い、苦い思いが残りました。

それからしばらくして、またその公園に行ったときです。鳩たちが群れていると思ったら、若いカップルが食べ物をあげていたのでした。トルティーヤのようなものをちぎって投げると、鳩たちはせっせと争ってついばむのですが、一羽、その争いに出遅れている鳩がいました。すぐに、あの足首の曲がった鳩だとわかりました。歩くのが大変なその鳩は、それでも必死に、曲がった足を高く跳ね上げながら、餌に沸きたつ輪の外を右往左往しています。たまに近くに食べ物が落ちても、ほかの鳩に頭で押しのけられて、食べられません。

なんとか食べられるように、とつよく願いました。駆け寄っていって、その鳩だけに食べ物をあげたいと思いましたが、他人があげている食べ物をそのようにしていいのかとためらいます。その鳩は、依然として、ペッタンペッタン、九〇度に折れ曲がった片方の足を跳ね上げながら、行ったり来たりしていました。

あまりにも不憫で、胸がしぼられるような思いで凝視していると、もう我慢の限界だったのでしょう、その鳩は突然羽ばたいて、男が食べ物をのせている手のひらの上に飛び乗ったのです！そして、羽ばたきながら一所懸命ついばみました。どれだけ食べられたのか……、ひと口、ふた口くらいは食べられたのではないでしょうか。

ただ、それだけの話です。でも、ハンディキャップを背負ったなかで生きようとするその鳩の姿が、目に焼きついています。いまもその鳩は、あの公園にいるでしょうか。

なぜこんな話をしているのでしょう。それは、前回お返事してから今回のこの手紙を書くまでのあいだに、思いもよらなかった出来事があったからです。――いえ、思いもよらなかった、というのは正確ではありません。ほんとうは、いつかそうなるかもという漠然とした不安は、つねに感じていたのでした。

アパートの前で面倒を見ていた猫の一匹、黒丸が突然いなくなりました。『幸福な水夫』のあとがき「黒丸の眠り、祖父の手紙」の中で「――今は、今だけは、ぐっすり安心しておやすみ。」と呼びかけた、あの黒猫です。うちのほかにもう一軒、ご飯をもらっていた家でも数日見かけていないことを知り、異変が起きたことがはっきりしました。

こんな個人的なことをお伝えしても困らせるのではないかと思いながら書くのですが――、それからは思いつくこと、やれることをやりました。「猫を探しています」と書いたチラシをつくって妻とともに近所の電柱に貼ったり、周辺で野良猫に餌をあげている人にたずねたり、動物愛護センターに収容されていないか電話したり。もし死んでいた場合は清掃事務所が回収するということで、念のためかけたところ、黒丸を見なくなった日の午後に、うちの隣のアパートの敷地で「猫が倒れている」という通報があり、回収しに行った記録があることがわかりました。ただ、どんな毛色の猫だったかはわからないと。

そこであきらめるわけにいかず、そのアパートの管理会社に電話すると、たしかに住人から通報があり、清掃事務所の人と現場に行ったそうです。けれど、なぜでしょう、現場にはもう猫の死骸はなかったそうです。だからどんな猫かも確認していない。住人のだれが通報したのかなど、それ以上は個人情報にかかわるからと教えてくれないので、思いきって（ほんとうに思いきって）、直接アパートの住人全員に聞き込みに行きました。とにかく、倒れていた猫の毛色だけでも知りたかったのです。

黒丸という一匹の猫の失踪がきっかけで、これまでやったことのなかったことをやり、隣で暮らしていても一切交流のなかった人々と顔を合わせることになりました。人間の時間の外にいる動物には、いつからかぼくらの中にできあがっていた「お互い干渉しない」という暗黙のルールなど飛び越えさせる力があるのかもしれません。

そうして聞き込みをして、ようやく、アパート一階の外の通路に倒れていたのは黒猫だったことがわかりました。牙が見えるほど口を大きく開けていたそうです。このあたりには、黒猫は黒丸しかいません。そして、口を大きく開けたまま倒れているなんて、異常なことです。それらのことから、黒丸に何かがあった、おそらく死んだ、ということが浮かび上がりました。

その日の夜、黒丸がいなくなってからはじめて、ぼくは泣きました。いつかは一緒に暮らして、ぼくらより寿命の短い彼の最期を看取ってあげたいと思っていたのに、かなわなかった。なでると、まん丸い頭をまっすぐ起こして、ぼくの手のひらの中に小さな鼻先をうずめてきた黒丸の感触が残っています。

外で暮らさざるをえない猫たちの、目が届かないところで死んでしまえば身元も特定されずに焼却されてしまう、存在の頼りなさ。そして、人間の時間の外にいるがゆえに、彼ら人間以外の生きものたちの歴史は、決して書かれることはありません。征服された者たちの文化や歴史は征服者の正史から抹消されるのに似て、はじめから歴史に記述されずにきた膨大ないのちが、すぐここにもあったのでした。

ぼくが住人に聞き込みまでして黒丸の最期を知ろうとしたのは、交流のあった身寄りのない子どもが、だれにも知られずに死んだような痛ましさを感じたからです。せめて最期の様子だけでも把握しないと、黒丸のいた証は、彼の生の所在は、単なる無名性の向こうへと消えてしまうと思いました。

そんなふうに、黒丸を探しだすことの困難に直面して、野良猫というものの生の不安定さを、切なさとともに痛感しました。一方で、どこかでぼくは、人間も本質的には同じではないかと思っていたのでした。というのも、この社会は、身分や帰属を証明する「登録」がなければ、人間も生きものも、一気に粗末に扱われてしまう社会ではないかと感じるからです。

猫には犬とちがって登録制はありませんが、もし黒丸が、事故や病死ではなく虐待で死んだとしても、飼い猫という「所有物」でさえないのだから何をされてもしょうがないのでは、と思う人もいるでしょう（実際は犯罪です）。では、それが人間だったらどうでしょうか。たとえば、無戸籍者、無国籍者、また住所といった「登録」を持たない人々に対し、この社会の人々が向ける顔は温かいでしょうか。まるで、そのような確たる登録がない者は、基本的人権を充分に受けられなくても仕方がない〝別の人間〟のように扱うのではないでしょうか。

だから人間も動物ももらさず登録すべき、と言いたいのではありません。なぜ、登録があるかないかよりも先に、もっと先に、生きもの同士、人間同士という「いのち」への共感が重視されないのかと、そちらのほうを問いたいのです。いったいどこで、いのちよりも社会の取り決めのほうが優先されるようになってしまったのか。

ぼくが日本で暮らす外国籍の人々や、難民と認定されない人々や、日本の技能を〝教えてもらう〟という低い立場に設定された技能実習生のことが心配になるのも、それと関係しています。「日本人」という登録がないだけで、監視の対象になったり、囚人や奴隷と同じような扱いが許されてしまう、この社会とはなんなのか。もしかすれば、温さん自身が、その足元の不確かさ、不穏さを、ふとした拍子に肌身で感じているのではないでしょうか。

普段から外出着に猫の毛をつけて出歩くぼくは、黒丸の死にかかわり、おそらく以前よりも人間世界のルールからはみだしてモノを見るようになったようです。ある意味でそれは、「狂った」と呼ばれることかもしれません。でも、猫とのつきあいを介して「自分も生きものだ」と思うようになったぼくには、「生きものとしての体に沿わない規範などはみだしていい、そんな規範のほうがおかしい」という思いがあります。

そうは言っても、結局はぼくも、その生きものたちの上に君臨する「人間」であることに変わりはありません。ただ、人間と動物の関係を考えると、ぼくはいつも、統治者と民の関係、あるいは植民者と被植民者の関係を連想してしまうのです。

長い手紙になってしまって、ごめんなさい。

これまでも温さんとはいろいろとお話ししてきましたが、このような動物のいのちのことや、動物と人間と社会のかかわりに関することは、まだ話題にしていなかったように思います。

この機会に、それらについての温さんのお考えとはどのようなものか、お聴かせいただきたいと思っています。

二〇一九年四月一七日

木村友祐

イキモノたちの時間――第六便　温又柔より

木村友祐さま

いまは、深夜二時。私にとって、一日のうち、最も頭が冴えている時間帯です。きょうは一日中、木村さんが書いてくださった手紙のことを考えていました。

……きょう、とたったいま書いたのですが、すでに日付が変わってしまったので、きのう、と書きなおすべきなのかとふと思いつきました。

「日付変更線」に従うのなら、「きのう」。

でも、自分の感覚のほうに従えば、いまがまだ、「きょう」の延長上にあるような感じがします。終わっていない「きのう」とはじまっていない「あした」のあいだで、深夜二時にものを思う私の「きょう」は混沌としたまま続いているのです。

木村さんも書いていましたね。

〈だれかによってつくられた時間の制度〉〈人間による、おそらく当時の支配階級のだれかがつくった時間の尺度から、ぼくらは逃れることはできません〉

ご存じのように、私は宵っ張りの朝寝坊です。

家族が寝静まった深夜から、夏なら空がうっすらとあかるみ、朝刊を配達するバイクが家の前を通り抜ける音が聞こえてくるまでのあいだを、書くための時間に充てています（いや、考えてみたら、書くことが「仕事」になる以前から私はずっと、オバケの出そうなこの時間帯になると無性に書きたくなったものでした。そのせいで許される限り、昼夜逆転の生活を続けてしまった気がします）。

前日の夕方のことを「きのう」と思いながらも、夜が明けたあとのことを「あした」と感じてしまったり……午前二時や三時に、その一二時間前や一二時間後のことを考えていると、「きのう」と「きょう」、あるいは「きょう」と「あした」の境目はとてもあいまいになります。はたして、時間が私の日々を刻んでいるのか、私の意識が時間を刻んでいるのか。

それでもこのことをふだんは、昼夜逆転を重ねる自分のダラシノナイ生活のせいだとあまり深く考えようとしたことはなかったのですが、どうしてだかいま、あらためてその不思議に思いを馳せたのは、木村さんが示唆してくださった〈人間の時間〉から外れた自然界のイキモノたちについて、きょう、一日中、考えていたせいかもしれません。

木村さんからのお手紙を読みながら、本川達雄さんの『ゾウの時間　ネズミの時間――サイズの生物学』（中公新書）を連想しました。タイトルにあるとおり、ゾウにはゾウの、ネズミにはネズミのといったように、あらゆる動物はそれぞれの体の大きさに応じて、それぞれの単位の時間を生きている、ということを説明する本です。

自分が感じる一分や一秒という尺度とは、まったくべつの尺度によって刻まれる時間感覚を生きるイキモノが存在している、という（考えてみればあたりまえの）事実は、新鮮でした。また、そのように感じる自分は、ヒト中心という、非常に狭い範囲の中でのみ生きていたことも同時に突きつけられるようで、この本をはじめて読んだときにほとんどくらくらとするような思いを抱いたことをよく覚えています。

時間の感覚に限らず、木村さんのおっしゃるように、ほんとうのところは、私たちヒトとは異なる秩序を生きているイキモノのほうが、この地球上では〈数としては圧倒的に多い〉というのに、ね。

さて、「イキモノ」と私がカタカナで書くのは、「動物」と書くのに素朴な抵抗を覚えたからです。ヒトもまた、動物の一部なのだから……たとえば、われわれ人間とちがって動物は、と書くのはどうも、なんだか傲慢なような気がして。そのため、イキモノの中にヒトとヒトでない動物たちも含まれてる、という気持ちで「イキモノ」と書いています。

……いや、こんな「区分」もまた、結局、傲慢なのかな。

すごく悩ましいです。

いつも悩ましい。ほんとうに悩ましい。

人間と動物。

健常者と障碍者。

異性愛者と同性愛者……人間と動物の関係に限らず、名指す側と、名指される側のあいだに容赦なく横たわる不均衡、木村さんのおことばを拝借すれば〈当事者と自分のあいだの〝見えない落差・隙間〟〉を意識すればするほど、その見えなさを見てしまった、あるいは、見ようとする責任をどのように果たすべきか、いつもとても神経をつかいます。

その責任の果たし方とは、自分がどのようなことばで、かれら——自分とは異なる者——を表現するか、というところから問わなければならないと思うのです。ものをしっかりと考えるために、自分と自分以外の者を隔てる線をとりあえず引くことが必要不可欠だとわかってはいるものの、自分の線の引き方によっては、すでにある歪みを余計に補強してしまいそうで……

そんなことをつらつらと思いながら、きょうの私は、自宅から徒歩圏内で最も大きな公園にいました。月曜日にしてはひとの数が多く、お祭り騒ぎのような軽薄な気配が漂っていると思いきや、いま、世間は大型連休中なのですね。幼い子どもを連れた家族連れや、小学生ぐらいの子どもたちが遊んでいるのを眺めるともなく眺めながら、運よく一つだけ空いていたベンチに陣取り、缶コーヒーを片手にぼんやりとしていました。

そして、鳩たちを見つめていたのです。鳩の脳みそは、二グラムだと聞いたことがあります。一円玉、二枚分。その軽さの中に、鳩たちは「生きる」とインプットされている。

そんなことを思いながら私は、木村さんが教えてくれた例の鳩のことをずっと考えていました。

足首の折れ曲がった鳩。

喰うことのままならない鳩。

ほかの鳩におしのけられる鳩。

持てる力を振り絞って、餌を放る男の掌に乗っかった鳩。

生まれつきそうだったのか、後天的にそうなってしまったのか……ひょっとしたら、その鳩はもともと、ほかのどの鳩よりも強く逞《たくま》しく、強欲に喰ってきたのかもしれない。己の強さを過信するあまり、ケガをするような事故に遭遇したのかもしれない。

はっきりわかるのは、かれ（かのじょかもしれないけど）は、木村さんの目前で精いっぱい喰おう＝生きよう、ともがいていた。

ただ、それだけの姿に、どうして、こうも胸がしぼられるような思いをさせられるのか。

喰いたい＝生きたいという欲は、どの鳩にも等しく備わっているのだから、同じようにただ精いっぱい生きているほかの鳩が強欲なのだと責めたり、きみたちはもう十分に食べたのだからこの憐れな鳩に少しはゆずってやれよ、と憤るときの私たちは、いったい、そこに何を重ね合わせようとしているのか。

そんなことをとりとめもなく思ってるうちに、私の一分一秒は刻々と過ぎてゆきます。

家族連れでにぎわう公園には、ヒトだけでなく、餌らしきものはないかとうろついているであろう五体満足の鳩たちの、一途としかいいようのない姿もありました。

そんな鳩たちを前にしながら、私は一人そっと泣きました。

足首の折れた鳩、そして黒丸のことを思って。

まんまるの黒い頭とちいさな鼻先。

木村さんのことばをとおして、勝手ながらいつも身近に感じていた、やわらかくて、温かな尊いイキモノの気配。

おなか減ったら、寒くなったら……ごはんや寝床を提供していたという意味では、黒丸は、木村さんに部分的に〈保護〉されていたとも言えますが、木村さんが施す以上のものを黒丸は木村さんに与えてもいた。生きる、という感触そのものを。少なくとも木村さんのことばには、黒丸から受け取ったものの温もりが滲んでいた。

それなのに。

イノチが尽きたら、清掃事務所に回収されてモノとして焼却されてしまうイキモノたち……木村さんが私に語ってくれなかったのなら、流すことすらかなわなかった涙をぬぐいながら、私は自分がまったく知らないあいだに、モノとして闇に葬り去られていった無数のイノチについて考えます。〈人間の時間〉から外れているはずが、でも〈人間の世界のルール〉によって生き方を制限されたイキモノたちのことを思います。

どうにかならないのか、とじりじりしながら。

どうにかしなければ、とそわそわしながら。

きょうの午後いっぱい、私はそうして過ごしたのでした。

……さて、もう夜明けが近い。

ここまで引き延ばしてきた私のきょうが終われば、いよいよ「平成最後の一日」がはじまります。「昭和」がまた遠ざかるのです。

昭和天皇の時代、天皇陛下万歳、といって死んだ人たちの中には朝鮮人や台湾人もたくさんいました。大日本帝国のために死線を潜り抜けてイノチからがら戻ってきたものの、戦後は「日本国籍がない」という理由で恩給が支給されず、生まれ故郷に帰ることもできず、物乞いするしかなかった元帝国臣民たちもいたといいます。

不条理ですよね？

同じ戦争を戦わされて、勲章を賜るひともいれば、物乞いすることで生きながらえるしかなかった人たちもいる……ひたすらに経済発展を目指す日本の戦後社会が置き去りにした、元・日本人たち。

折しも、〈確たる登録がない者は、基本的人権が受けられなくても仕方がない〝べつの人間〟のように扱う〉と木村さんは書きました。

いま、狂おしいほど残念ながら、負の歴史が繰り返されているように思えてなりません。難民と認定されない難民、移民と認められない移民、戸籍のない子どもたち……未登録の住民たちは今後ますます増えてゆくのでしょう。

何しろ、日本政府は労働力を必要としています。

なんのために？

ニッポンの繁栄のために。

でも、だれのための、なんのための繁栄なのか？

そもそも繁栄とは、こんなことなのか？

……木村さんの表現を拝借すれば、社会の底が抜けたいま、神経という神経が逆立つような出来事にばかりに遭遇します。木村さんは、〈人間世界のルールからはみだしてモノを見る〉ことは、〈狂った〉とみなされることかもしれないと書いていましたが、冗談じゃない、狂っているのはむしろ〈人間世界のルール〉のほうじゃないか、と思わされることが次々と起こります。〈生きもの同士、人間同士というものいのちへの共感〉が徐々に欠如しつつある社会の中で、作家である私たちにわずかにできることがあるのだとすれば、こんなの狂ってる、ととりあえず叫ぶことなのかもしれません。あるいは、動物に倣って吠えるでもいいかもしれない。

いずれにしろ、このままでいい、このままのほうが都合がいい、とひそかにほくそ笑む者たちの神経を逆撫でするような声を積極的に発する必要があるのです。

もはやマトモなヒトのふりをして、それらしいものを賢《さか》しらげに書く暇などない。イキモノとしての〈イノチがけの遊び〉が、いまこそ試されているのではないか？

……今回はいつになく支離滅裂な手紙になってしまいました。

でも、きょうばかりは、いま、書いておきたいことをへんに整えず、このまままるごと差しだしたい気持ちです。どうかゆるしてください。次のお手紙も楽しみにしています。長くなっても気にしないでください。黒丸のことも……そう、かれがいた頃のことも含め、もしよかったら、どうかまた聞かせてくださいね。木村さんが〈人間の時間〉から外れた場所で黒丸と交わした友愛の情について、もっと聞きたいと思うのです。

二〇一九年四月三〇日

温又柔

動物たちの側から——第七便　木村友祐より

温又柔さま

これを書いている今、世の中は、改元に伴う一〇日間の連休に入っています。電車に乗っても座れるほど空いていて、正月休みみたいですが、気温はもう五月の陽気。重力が軽くなったみたいな、不思議な空白の中を歩いているような気がします。

わざとつくりだされた、恩着せがましいような大型連休ですが、こんなにも休みがあると普段できないことをできる余裕が生まれるのはたしかで、新たな元号になった日に、ずっと気になっていた風呂場の掃除をやりました。そしたら、左腕の関節のスジをどうにかしたみたいで、曲げるとズキンと痛むのです。間抜けですね。でもなぜだか、「ざまぁみろ」と思いました。自分に対してではありません。大きな歴史を作ろうとしているだれかに対してです。

それは、あんたたちはいかにも年越しみたいに盛大な祝賀ムードの空気を演出して、「新しい」「ピカピカの」「生まれ変わった」時代になったと思わせたいのかもしれないけど、ここでこうして腕のスジを痛めるという、あいもかわらず取るに足らない現実を生きてるやつがいるんだぜ、といった気持ちだったたと思います。おまえらのつくりだす大きな歴史から漏れまくっている、今を生きるその他大勢のひとりが、現にここにいるんだぜ、という。

こんな憎まれ口は、相手にはなんにも届かないし、影響力も持ちません。でも、もしかしたら、こういうごく小さな実存にこそ、脅威になりうる表現の力が潜んでいるんじゃないか、と思ったりもします。Twitterでの消費的・捨て石的な呟きとは別次元のところで。

温さんがぼくの手紙のことを一日中考え、公園のベンチで、足首の曲がった鳩と、黒丸のことを思ってくださったことに、ぼくもまた心が震えました。ありがとう。と思いました。

黒丸は、ぼくが家猫のクロスケを散歩させるために外に出ると、必ず、ムチッと大きくふくらんだお腹を揺らしながらトコトコと寄ってきて、なでてもらいたがりました。

クロスケが植木鉢の草を食べているあいだ、しゃがんだ体勢で右手でクロスケのリードを持ち、左手で黒丸をなでます。腰をポンポン叩くと、待っていたというように腹ばいになります。でも黒丸はなぜかじっとしないで、腹ばいのまま、ちょっとずつ前に進んでいくのです。

もっと腰を中心に叩けということなのでしょうか、ぼくはそのたびに腕を伸ばすことになります。体勢が保てなくなって叩くのをやめると、黒丸はムクッと起きあがって無言で戻ってきて、しゃがんでいるぼくの腰のあたりに体をすりつけるのでした。あらためてポンポン叩いてやると、満足そうにまた腹ばいになります。

クロスケが草を食べ終えて移動すれば、黒丸を置いてぼくもついていくのですが、そうすると黒丸は、またはちきれそうなお腹を重そうに揺らしながら、短い脚でトコトコ寄ってくるのでした。

その黒丸がいるのがあたりまえだった時間から、いないことが通常となった時間に移り変わろうとしています。それに慣れていく自分も認めざるをえません。それでも時々、黒丸が倒れていたという隣のアパートの通路の奥を見やってしまいます。

『ゾウの時間 ネズミの時間』は、興味深いですね。〈私たちヒトとは異なる秩序を生きているイキモノ〉の時間を伝える、大事な本だろうと思います。ぼくらが考える世界像とは、結局、ぼくらヒトの視点から見た世界像でしかありません。ヒト以外の生きものたちの視点から見れば、ガラリとその見え方は変わるはずです。もっといえば、あたりまえだと思っていた世界が転覆するくらいのものだと思います。

不思議なのは、そうした見方を伝える本も映像もすでに無数にあるはずなのに、なぜいまだにその見方が浸透していないのか、ということです。「真実」だからといって、必ずしも世の中に共有されるわけではないのだな、ということを最近思います。大勢の人々が、その真実の存在に見向きもしなければ、あってもないことと同じになってしまうのだと。

今年の二月末に、批評家でありながら釜ヶ崎で長年、野宿者支援を行ってきた生田武志さんが、『いのちへの礼儀』(筑摩書房)という本を刊行しました。執筆に一〇年もかけたという大変な労作であり、ヒト以外の生きもの＝「動物」に関するあらゆるテーマを強靭かつしなやかな知性で一望できるようにした、記念碑的な動物論です(「動物」という言葉にはぼくも根本的な違和感がありますが、ここは便宜的にあえて使いますね)。

その本には、鶏が、豚が、牛が、効率的に卵や肉や牛乳を得るためにどれほど本来の生の形を歪められているのかが克明に描かれています。その中で生田さんは、彼ら家畜たちの「死の苦しみ」は最小化されたけれど、「生の苦しみ」と「尊厳の剝奪」は極大化された、という恐ろしい指摘をしています。いつだって肉や卵を食べられるぼくらの食事がどんな犠牲のうえに成り立っているか、だれもが真剣に考えるべきときが来たのだと思いました。

傷ついた人間に動物たちが寄り添うことがあるように、苦しむ動物たちにも人間が寄り添い、ともにいのちを管理・統制する社会の変革をめざすという心揺さぶるビジョンを示したその本を読むと、動物たちの命の姿について考えることは、人間の命の姿について考えることでもあると、あらためて気づかされます。

ただし、人間のことを考えるために動物のことを考える、というのであれば、それは本末転倒で、やはり動物たちの置かれた悲惨な立場のことから離れてはいけません。また、管理・統制に組み込もうとする社会からの脱却をめざして「自分も生きものだ」と脱・人間宣言することと、「登録」がないために動物たちと同じように不安定な立場に置かれた人々の人権（人間らしくあるための権利）について考えるのは、別の話です。それぞれの問題は、個別に考えるべきものですね。

それをぼくは並べて書くから、どっちに重心を置くか、温さんも返答しづらいんじゃないかと思います。すみません。でも、動物たちの扱いのことを考えていると、どうしても、この社会における人間の扱いのことにつながってしまうのです。これってどういうわけでしょうか。

その理由を、ぼくはこう考えました。ぼくら人間が、（意識的にであれ無意識的にであれ）動物たちに対して抱く優越意識や蔑みという心の動きは、人間同士の中でもそのまま作動しているからではないかと。

人間社会において上位にいる者が、下位にいる者を前にしたときに発動する、優越意識や蔑み。つまり、人間が人間を見る視線の中に、すでに動物を見るときのような視線がセットされているのではないかと思いました。言いかえれば、植民者が被植民者を見るときのような視線が埋めこまれている。そしてそれは、為政者や企業の経営者といった上位にいる「力を持つ者」が、下位にいる「力を持たない者」をいかに管理・統制するかという局面で、強烈に表れるのかもしれません。

ワタミグループの社員向け冊子には「二四時間三六五日死ぬまで働け」と記載されていたそうです。ブラック企業との批判を受けて後で取り下げたようですが、ワタミだけではなく、収益アップをどこまでも追求する企業の剥き出しの本音を言葉にすれば、そういう表現になるのではないでしょうか。ムダを減らし、効率を高めて業績を上げるという方向も、見た目はまちがっていませんが、ワタミの文言を単に裏返しただけ、という場合もあります。従業員の人生を一変させるリストラがそうです。また、「ノー残業デー」を最近設けた会社で働くぼくの妻は、この連休中も仕事を家に持ち帰ってやっています。完全タダ働きです。

そしてこれは温さんもよくご存じかと思いますが、四月から出入国管理法が改正され、それまでは外国人が単純労働に就労するのを禁じていたのを、きめられた業種に限って就労できるようにした「特定技能」という在留資格が新設されました。労働力不足を補うためですが、これは移民政策ではない（移民は認めない）という態度を固持する政府は、業種が多くていちばん人が集まるだろう特定技能一号は、在留期間を最長五年間に限定し、更新は不可、家族帯同も認めていません。建設や造船業に限定した特定技能二号では、更新はできて家族帯同も認めていますが、実際そうできる人は限られてくるようです。

つまり、政府も経済界も、人ではなく、労働力だけがほしいのです。家族もあり日々の暮らしも当然ある、顔のある〝人間〟を招くのではなく、顔のない〝労働力というエネルギー〟だけを呼びこみたい。日本人が嫌がる現場仕事で使うだけ使って、一定期間働いたら国に帰れというわけです。この国ニッポンの、外国人に対する、それも日本との経済力に格差のあるアジアの人々への冷たく傲慢な視線は、いったいなんなのでしょうか。

温さん、ここまで書いてふいに悲しくなってきましたが、この日本という国は、前のお手紙で温さんが指摘した〈昭和天皇の時代、天皇陛下万歳、といって死んだ人たちの中には朝鮮人や台湾人もたくさんいました〉という、アジアの人々を暴力で取り込んだ植民地時代から、本質の部分は何も変わっていないのではないでしょうか。

〈冗談じゃない、狂っているのはむしろ《人間世界のルール》のほうじゃないか〉と温さんは書きました。それは真実なのだと思います。

黒丸の丸めた背中を触ると、背骨の固さとともに、ほのかな温もりを手のひらに感じました。その温もりで、自分と黒丸はつながっていると思えました。それに対して、ほかの生きものたちとのつながりを断ち切り、自分たちを生きものとは異なる特別な何かだと錯覚するようになった人間社会では、動物たちばかりではなく、今や同じ人間に対しても、その命を利用しつくそうとする触手を伸ばしています。

これは、実際に肉を食わないまでも、間接的な「共喰い」ではないでしょうか。ぼくらの社会は、共喰いを許すまで、モラルの底が抜けたのではないでしょうか。

体温の温もりのある生きものの側に、そして充分な人権を与えられない者たちの側に身を寄せたいと願う者は、おのずと既存のルールからはみだすしかないのだと思います。それは、文学業界の多数を占めるがゆえに、それこそが文学だと思われている〝人間の・人間による・人間のための文学〟からもはみだすということかもしれません。

ただ、ぼくが野宿者の話を書いてもほとんど読まれなかったように、書いても往々にして、世間からも文学業界からも、なかったことにされることは予想されます。それでも、おかしいことをおかしいと叫ぶ者がだれもいなければ、食う者たちの高笑いも、食われている者たちの断末魔の悲鳴も、人知れず上がり続けることになるでしょう。

こういうことにこだわるぼくや温さんは、人間の言葉を話すけれど、その身体が置かれた位置は、動物たちの側に近いのだと思います。〝人間の言葉を話す動物〟です。しかもぼくらは〝人間の言葉を「書く」動物〟でもあります。

生きものたちの叫びを人間の言葉に変えて、優越意識を持ってこちらを見下す相手の喉笛に、深々と言葉の牙を突き立ててやるのです。

二〇一九年五月七日

木村友祐

不均衡への気づき——第八便　温又柔より

木村友祐さま

お手紙、アメリカに出発する寸前に書いてくれたのですね。

シカゴでの数日間はいかがでしたか？

木村さんのことですから、期間は短くとも、いや短いからこそ、限られた時間の中で見聞きした一つひとつの出来事から多くの刺激を受けたのではないか、なんて想像しています。次のお手紙で、どんなことが聞かせてもらえるのか、いまから楽しみでなりません。

実は私も、いま、空港にいます。

どうして空港にいるかというと、もちろん飛行機に乗るためなのですが、行き先は台湾です。予定よりだいぶ余裕をもって自宅を発ったため、搭乗時刻まではまだたっぷりの時間があるので、こうして手紙を書くことにしました。天井まで吹き抜けのガラス窓越しには次々と離着陸する飛行機が見えます。

私の周囲には、日本人らしい観光客は二、三組ほどしかいません。金曜日や土曜日なら、もう少し多いでしょう。いや、天皇の代替わりを含んだ、日本政府による〈つくられた恩着せがましい〉大型連休のさなかなら、さらに多かったはずです。

日本人が少ない分、搭乗案内のアナウンスはべつとして、日本語で話しているひとの声はほとんど聞こえてきません。たぶん、ふだんは日本語の洪水の中にいる状態なので、自分の思念といったようなものが外界の刺激にまみれている分、日本語が周囲から遠ざかったとたん、妙にほっとします……

考えてみれば日本の、それも都会の中にいると、電車に数分乗るだけでも四方八方から、やれ英語を習えだの脱毛しろだの逆に頭の髪を増やせだの郊外のマンションを買えとか転職しろなどといったような広告がひっきりなしに目に入ってきます。もちろんその一つひとつを意識的に読んでいるわけではないものの、意味がわかってしまう情報の洪水に絶えず取り囲まれているのはけっこう疲れるものです。

とはいえ、その状態があまりにもあたりまえになっているので、もはや、自分がへとへとになっていることにすら、気づけない。麻痺してるんですね。だからたまに、日本（語）からいったん離れると、本来の静けさを取り戻せるような、そんな心地になります。

たとえば私が中国語もよくできるのなら、台湾にいても、中国語による情報の洪水に溺れそうになるかもしれません。さいわいにも——と書くのもナサケナイのですが——私は日本語ほどには中国語ができません。そのおかげで、いったん台湾に行ってしまえば日本にいるときほど、ひっきりなしに押し寄せてくる意味、意味、意味……の洪水に巻き込まれずに済む。台湾での私は、目や耳にしたことばの意味がわかったりわからなかったり、という状態に陥って、ほどよいわからなさ、のマユに包まれるんです。

おかしな話でしょう。そんな私が、実は、台湾人だなんて。

空港の出入国カウンターで自分の台湾パスポートを提示するたび、私は自分が法の上では「日本人」ではなく「台湾人」なのだと思いだします。

いや、ほんとうはちっともおかしいことなどなく、所持しているパスポートの発行国と、実感としてのナショナルアイデンティティが一致しないという人たちは、世界を少し見渡せばいくらでもいます。

ただ、日本ではおそらく九割以上のひとが日本国籍を持っているためか、日本人といえば日本国籍の持ち主であって、べつの国籍を持っているなら日本人とは言えない、といった感覚がまだ根強いですよね。

いまだに私、よく聞かれます。

――結局のところ、あなたは自分のことを日本人と台湾人のどちらだと感じているのですか？　感じている、というのが、なんとも残酷だと思いませんか？　考えている、とか、捉えている、なら、具体的な根拠に基づいて選択した暫定的な答えとして応じられるけれど、感じている、というのは非常に感覚的なのですから。とはいえ、私を前にしてそのように質問せずにはいられない側の気持ちもまったくわからないわけではないのです。

そこで長年かけて編み出した答えの一つが、

――日本人といるときは自分は台湾人だと思ってるし、台湾人の中にいると日本人だと思う。

というものです。これでだいたいの方は納得してくれるのですが、一度だけ、「それなら、一人でいるときはどっちであると感じるの？」と重ねて訊かれたことも……あなたは一人でいるときにも自分は日本人なのだといちいち感じているの？　と聞き返せばよかったなとあとになって思いました。

思えば私は、あなたは日本人か台湾人か、もっと言えば、日本人なのか日本人ではないのか、という二者択一に迫られることから逃れたくて、そのためだけに、いろいろなはぐらかし方を習得してきたような気がします。私は日本人でもあり台湾人でもあるんですよ、と答えてみたり、自分としては日本人ではなく台湾人でもない気がしています、と言ったりして。

自分がこんなふうだからか、いつからか私は、空港という、だれかにとっての出発地であり、ほかのだれかには到着地でもある、二つ以上の意味が重なる空間に、自分自身の境遇を投影するようになったのです。

ただしそれは、私がよく行き来する日本と台湾のどちらの空港でも、限りなく自由に、そして、人間的にふるまうことが当然のように許されていて、特に日本の場合は、そこを一歩出たあとも、帰れる家があるから言えることなのだとも思っています……そう、日本には私の家があります。比喩的なことではなく、文字どおり、住居、住む場所としての家。雨風をしのぎ、安心して寝起きできる空間。

前回の木村さんのお手紙を読んで以来、人間的とは何か、ということをずっと考えていました。もっと言えば、人間扱いとは何か、ということについてはじめてきちんと考えてみたのです。

たとえば、ここ空港でも、ニンゲン扱いされている動物——木村さんのおっしゃるように、人間同士である私たちの話を進めるためには、かれらのことを敬意を込めて〝動物〟と呼びましょう！――を見かけることがあります。

どういう事情なのかはそれぞれちがうのでしょうけれど、空港の動物たちは、飛行機で移動する飼い主たちの「同行者」として（貨物室に預けられるとしても）、航空会社や空港のスタッフから非常に丁重に扱われます。

飼い主にとっては家族同然の立場であるこうした犬や猫たちは、飛行機の「乗客」としては我々ニンゲンとほとんど同等の立場としてみなされるのです。きれいな毛並みの、おそらく血統書付きであったり、そうでなくとも、寝ることや喰うことを保証されて、必要があれば、飛行機の「乗客」として丁重に扱われる犬や猫たち……

マンガによくある厭味な金持ちが、この犬（猫でもいいんだけど）は立派なんだぞ、どうだすごいだろう、とひけらかすときの嫌らしさを連想してしまうからか、いまだに私は、「血統書付きの犬（猫）」と聞くと、高価な時計や車、宝石類をじゃらじゃらと他人に見せびらかして喜ぶような人たちが欲しがる犬（猫）を思い描いてしまいます。

もちろんこれは私のつまらない偏見で、血統書付きの犬や猫を心から愛している方はたくさんいますし、むしろそういうことのほうが多いでしょう。空港で、人間並みの扱いを受けているだれかの愛犬や愛猫は、その寿命が尽きたあとも、かれらを家族のように愛した飼い主が立派な葬式をあげるのにちがいありません。

その一方で、おなじ犬や猫でも、「未登録」で死んだモノたちは、「廃棄物」として処理される。

同じ犬や猫でありながら、いったい、何が、前者と後者を隔てているのでしょう？　どうして同じイキモノなのにその命が果てたとき、人間のように弔われる動物と、モノとして処理される動物が存在するのでしょう？

答えは、怖いほど単純です。

かれらを序列化し、価値をはかり、その基準に基づいてその命運の行方を牛耳るのが、我々人間であるからです。「人間中心主義」のこの世界において、人間にとって価値がある動物は、好待遇をうけ、そうでない動物は、命が尽きればさっさと廃棄物として扱われる。いや、それ以前に、「殺処分」される。

木村さん。ナショナルアイデンティティの揺らぎ（日本か台湾か？）を抱えながらも、私は日本に住所がある。住民票がある。身の危険を感じることなく、安心して眠ることができる場所、家、ホームがある。そういう意味では、この国での私の立場は非常に安定したものです。

たとえ国籍上は揺るぎようのない「日本人」であっても、なんらかの理由で家を追われて、路上で暮らさざるを得ないような人たちは、〝健康で文化的な最低限度の生活を営む〟ことがままならないという意味で、法の上では「外国人」の私などよりもはるかに不安定な立場に置かれています。

震災から三年後、木村さんは、原発事故による居住制限区域内で被曝した牛たちをめぐる『聖地Cs』を書きます。そして、そのまた二年後に『野良ビトたちの燃え上がる肖像』を書きます（しかし、野良ビト、という、非常に辛辣ながらも、どことなくユーモラスな響きを備える表現には度肝を抜かれました！）。

二つの小説のあいだには明らかに「牛たちを〝殺処分〟するような国は、ヒトの命もそのように扱っていることにほかならない」と叫ぶ木村さんの、国家によって殺される命を見据えようとする覚悟が連続しています。人間社会において、上位にいる者が下位の者を前にしたときに作動する優越意識や、蔑み。それを木村さんは、〈動物を見るときのような視線〉と表現しました。ここ数年、木村さんは一貫して、一握りのヒトの強欲によってヒトデナシの扱いを被るイキモノの生命の行方について書いているのだなとあらためて思います。

切ったら血がほとばしる、温もりのあるイキモノの側に寄り添った人間的な文学を書こうと取っ組んでる作家は、木村さんのほかになかなかいないと思うのですが、〝人間の・人間による・人間のための文学〟こそが純文学だとみなしたがる「業界」では、イキモノを徹底的に描くことで非人道的な国家ぐるみの暴力をも抉り出そうとする木村さんの仕事はたしかに敬遠されるのかもしれません。いや、敬遠というよりは、いまだに文学に政治を持ち込むべきではないと嘯《うそぶ》く人たちには木村さんの試みの切実さが理解できないのでしょう。理解できないから遠ざけるしかないのです。

それは〝日本人の・日本人による・日本人のための文学〟こそが日本文学なのだといまも信じて疑わない人たちが、日本語は日本人だけのものではない、という私の主張を他人事として遠ざけるさまとよく似ています（念のために書き添えれば、いまや台湾人の作家もあらわれて日本文学はますます国際化した、と言いたがる人たちも、私の主張をまったく理解していないという点では同じです）。

デビュー以来、つかず離れずに歩んできた木村さんと私のそれぞれの問題意識は、ニッポンの繁栄のため、ただそのためだけに、マトモな人間としてではなく「労働力」としてのみ欲された外国人たちが、今後この国で、どのような運命に見舞われるのか、それを直視しなければならないという意味で、いま、悲しくもはっきりと重なりつつあります。

さて、木村さん。『ゾウの時間 ネズミの時間』のような本がとっくのとうに書かれていながら、そうしたものの見方がほとんど浸透していないのは不思議とお書きになってましたね。そして、〝真実〟だからといって、必ずしも世の中に共有されるわけではないのだな、と。まったくおっしゃるとおりです。

何度も何度でも、いつの時代のどこにでも、モラルの底が抜けてしまった現状をなんとかしようと、声を上げてきた人たちはいる。私（たち）が知らないだけで、私（たち）が知っておくべき様々な、残酷なことが、いまこの瞬間も絶えず起きていて、そうしたことに警笛を鳴らす人たちはいっぱいいいた／いるはずなんです。このままでは「共食い」になる、早く、早く、どうにかしなければ……と叫ぶ人たちがいる。

――人間を食ったことのない子どもは、まだいるかしら？　せめて、せめて子どもたちは救うのだ……！

魯迅のあの小説のタイトルが『狂人日記』であるのは、ほんとうに痛烈です。狂ってる、と叫んだ者のほうが、狂人扱いされてきた、ということを示している。〈大勢の人々が、その真実の存在に見向きもしなければ、あってもないことと同じになってしまう〉……白状すれば私は、真実の存在から目を背ける人たちの心情も、わからなくはないのです。何しろ〝真実〟を知ることは、知ってしまうことは、どうしたって平穏を乱します。

たとえば、我々人間が肉や卵をいつでも食べられることを目的に、本来の生のかたちを著しく歪められた鶏や豚や牛がいる……あるいは、三六五日まばゆいネオンが灯る東京の電気が数十年にもわたって福島で発電されてきた／いる……そうした事実を、いや、真実を知ってしまった以上、おそらく最低限に良心的な人間ならだれもが、胸を痛めることでしょう。そして、まさか自分がそれほど罪深いことに無自覚のまま加担していたなんて、と動揺するはずです。

かく言う私も、木村さんのお手紙を読みながら——お恥ずかしながら、生田武志さんのご著書を私は見逃してました——激しく身を震わせました。いったんそのことを知ったら、もはや以前と同じようには、卵や肉を無邪気に食すことができなくなります。しかし、後ろめたさを抱えながら生きるのは苦痛です。だから多くの人びとは、つかのま心を痛めたとしても、さっさと〝真実〟を忘れてしまうことを選ぶのではないか。

露わになった真実の上に大急ぎでもう一度、感電防止シートを覆うかのように、「あってもないことと同じ」と処理して、みずからの罪悪感を和らげる。そして次の日からも、卵なら卵、肉なら肉を、何もなかったように食べるという〝平穏〟な日々を続けるのです。

私自身がまずそうなのですが、世の不条理に向かって堂々と立ち向かえるほど強いひとはごく限られてて、多くのひとはもっと弱いものです。と同時に——これもまた私がそうなのですが

――ほかでもない自分自身が何かを踏み躙《にじ》っていることに鈍感であるほどにも強かったりする。

こうした弱さと強さのせいで保たれる大勢の人びとの〝平穏〟は、いつだって、ごく少数のだれかの、何かの圧倒的な犠牲から成り立っています。おそらく私たちは、不均衡な現行の状況に賛同、加担している自分自身に耐えられなくなったとき、ようやく「大勢の人びと」のうちの一人であるのをやめて、声を絞り出すのではないか。

（爆弾が落っこちる時　何も言わないってことは　全てを受け入れることだ）

〝真実〟を直視し、これ以上の共食いを許すなと警笛を鳴らしたかれは、同時代の人びとから「狂人」扱いを受けましたが、そのことを書いた魯迅の文学は永遠です。

木村さん。私たちも、絶望をしないという希望を持ち続ける責任を果たさなくてはなりませんね。そしてそれは〈異議を挟むことのできない正しさ〉をふりかざすこととは、べつのかたちで成されなくてはならないのです。なんと挑戦しがいのあることなのでしょうか？

さて、飛行機に乗る時間が迫ってきました。そろそろ、この手紙を書き終えなくてはならないのに、いまになって、突然、人間宣言ということばが浮かんできました。考えてみれば滑稽ですよね？　自分は神様などではない、ただの人間にすぎない、と宣言した人間がかつて存在したとは……でも、それは冗談でもなんでもない。歴史上の、まぎれもない〝真実〟なのです。

二〇一九年五月二〇日　　温又柔

第三章　持てる者と持たざる者のあいだ

価値観の根拠——第九便　木村友祐より

温又柔さま

台風が発生する季節となりました。きのう接近した台風は、直撃しないで過ぎていきましたが、南方から連れてきた湿気と熱気を残していきました。今年はじめてサンダルを履いたぼくの日常は、あいかわらず猫たちを中心にして回っています（小説を中心に、と言えないのがなんともはや。もうダメだ）。

日本語が聞こえない環境にいると、妙にほっとする——。温さんがお書きになったこととまったく同じことを、ぼくもシカゴに行って感じました。日本にいると、絶えず、心を乱されるような情報にさらされますね。Twitter は情報が速いため、ちょっと時間が空くとのぞくのですが、ツイートの一つひとつごとに怒ったり、悲しんだり、ざわつく違和感を溜め込んだり。でも次の瞬間にはクスクス笑ってみたり。感情の変化がすごくめまぐるしい。

Twitter には、ぼくが関心を持ちそうなツイートを表示する機能があるのでしょう、そうするとほとんど政治や人権にかかわるツイートがずらっと並んで、心が追いつかなくなります。どれもリツイートしたくなる重要な話題でも、心のすべてをそれらに注ごうとすると、だれかに動かされたみたいに反射的な心ばかりが働いて、今、ここにいるぼく自身の心が何を感じているのか、わからなくなります。

シカゴの中心街から外れた、黒人の町ともいえるハイドパークにいたときのぼくは、心を奪いとるそれらの情報から解放されていたのでした。ホッと自分の呼吸を取り戻していることに気がつくと、日本にいたときの自分が、気づかないうちにだいぶ消耗していたんだなとわかりました。日本こそが自分が取り組むものがある持ち場なのだとすれば、そんな感慨は逃避的ではないか、といううしろめたさも一瞬よぎります。実際そうとも言えます。でも、消耗して心が固まりかけた状態では、怒りや悲しみという感情も摩耗していくのではないでしょうか。理不尽な情況に対抗する本来の感情の力を取り戻すためには、いったんその場を離れることは大切なのかもしれません。旅は、だから、その意味でも有効なのです。

ただし。ぼくが心の解放感を得たアメリカは、移民を敵視し、庶民の福祉には関心のなさそうなトランプ大統領が動かすアメリカで、そこで暮らす人々の多くは不安を抱えた生活を強いられていたのかもしれません。富を持つ者が優遇され、庶民の暮らしが逼迫しているという意味では、ほんとうは、日本と何も変わらないか、それ以上だったはずです。そういう場所でひとときの解放感を感じるとは、皮肉なことですね。

ハイドパークでは、路上に紙コップを持って立っている、ホームレス状態と思われる黒人の人たちを見かけました。最初は小銭を入れたりしましたが、小銭じゃ少ないだろうかとか、でも財布の小額紙幣はベッドメイクやレストランでのチップのためにとっておきたいとか思っているうちに素通りするようになって、するとある男は「カネ入れねぇのか！」と言ってるみたいに怒った声をぼくの背中にぶつけてきました。

ぼくは恐縮しながらも、その堂々とした態度に感心もしたのです。また、別の人は、オバマ前大統領が学生時代に通ったという食堂の前で、反省する人のように下ろした両手を体の前で組んで、うなだれて何か謝るように低い声で呟いていました。足元には、スポーツバッグが一個だけ置いてありました。

ホテルから歩いて一〇分ほどの距離にミシガン湖があるのですが、湖岸に出るための陸橋の下にも、頭から足の先まで毛布をすっぽりかぶって寝ている人がふたりほどいました。湖といっても対岸は見えず、海のように水平線が横たわるほどの大きさで、最初にぼくが行ったときは、少しいると耳の奥が痛くなるほどの冷たい風が吹いていました。シカゴにいるのに郷里の八戸の冬の海をありありと思いだしたのですが、そんな寒風が吹きつけるなかで、毛布だけで寝ている人がいるのです。

ぼくは思いました。シカゴ大学から旅費をだしてもらって、今後有望な若手のシェフがメニューを考えたというＪＡＬの機内食を食べてここに来ているぼくとちがって、ホームレス状態の彼らや、ここで生活している人たちの多くは、おそらくずっと、どこにも行けず、この場にとどまらざるをえないのかもしれないと。

そう思えば、もし自分が単なるアジア人の一労働者としてここで暮らしていたら、どうだったろうと考えました。英語がわからないぼくに、ホテルの人を含めて町の人たちは、特に気遣うことはありません。わからないほうがおかしいという感じです。

さっき書いた食堂では、黒人のおばあさんに白いパンと茶色いパンのどちらにするかと聞かれたものの、それが「ワイ？　オー、バーウン？」と聞こえてまったくわからず、「ん？」という感じで右耳を突きだしたぼくに、むっつり顔のおばあさんは露骨に面倒くさそうにして（ホントに面倒くさそうに）、それぞれのパンを持ち上げて見せてくれました。そのときのぼくに笑う余裕があったのは、自分は招待された客なんだという意識がどこかにあったからでしょう。でも、もしもその町の移民として暮らしていて、言葉のせいで仕事上でも生活上でも日々侮られて傷ついていたとしたら、おばあさんのその態度にさらに傷つき落ちこんだのかもしれません。

物乞いする人は、去年行ったパリの路上でも見かけました。そこには、難民ではないかと思われる老齢の女性もいました。そしてやはり、日本でも、帰る家を失った人たちがいます。

二、三年前のある夏に、仕事中に新橋駅の近くで出会った人のことを、今も思いだします。横断歩道の信号の下あたりで、うなだれたように正座していました。小柄な初老の男性でした。裸足だったかもしれません。膝の前にコップか何かが置いてあって、そのように物乞いする人がまだいることに驚きました。

そんなとき、ぼくの胸にはいつも葛藤が生まれます。見なかったことにして素通りするか、向き合うかと。心配になって何かしたいと思う反面、本気でかかわることもできないのに偽善じゃないか、いちいち足をとめていたらキリがないじゃないか、という気持ちも動きます。

結局ぼくは、これは自分のもやもやした気持ちを晴らすためにやるのだと思うことにして、近くでキオスクを探して、おにぎりとサンドイッチ、お茶と缶コーヒーを買って、その人のところにもどりました。もしかするとお金のほうがうれしかったのかもしれませんが、お金を渡して済ますことに、なぜだか抵抗があるのです（どっちにしても自己満足なのですが……）。

おじさん、これよかったら、食べて。そう言って、キオスクの袋を前に置きました。自分の行為に迷いがあるため緊張したのですが、その人は顔を上げて喜んでくれたので、ホッとしました。照れくさいのもあって、すぐにその場から離れようとしましたが、その人はお茶の入ったペットボトルのキャップをなぜか片手だけで開けようとしていて、開けられなくて困った表情を見せました。どうしたのかと思ったら、その人がペットボトルを支えるために出したもう片方の右手は、手首から先がありませんでした。切断された跡のように手首が丸くなっていたのです。

いったい、何があったのか。工事現場とか、漁船の網の巻き取り機に挟まれて手を失ったのか。内心動揺しながら、「キャップ開けますか？」と言って、開けてあげました。その人は、うれしそうにぼくを見上げ、ニカッと歯を見せて笑いました。まぶしいくらいの、子どもが笑うような純粋な笑顔でした。今思いだすと、なぜか、その人の声も言葉も残っていません。混じりっけなしの笑顔の印象ばかりが浮かんできます。あれからどうしているのだろうと、時々思いだします。同じ場所を通りかかっても、もうその人の姿を見かけることはなくなりました。

ホームレス状態の人たちを支援する者であれば、その人の今後のためにずっとかかわったのだろうと思います。ぼくは一時的にかかわって、とりあえず自分の気持ちはおさまったかもしれません。けれど、その後もその人は、片手が使えないという何をするにも不自由な体で生きていかなければならないのです。ぼくが渡したおにぎりやサンドイッチの袋を片手で開けられただろうかと思うと、そこまで考えられなかった自分を罵りたくなります。

だから、その人との数分のかかわりをこうして書くことには、微妙なうしろめたさがあります。恥を打ち明けるようでいながら、ひそかに自慢している気持ちもあるんじゃないかと。どうしたって、その嫌らしさからは逃れられません。ただ、ぼくとしては、たとえ偽善的で中途半端であったとしても、見えているものを見ないふりするよりはマシではないかと思う気持ちもあるのです。

異質なものを視界から排除して安心したい心の作用は、だれにでもあります。ぼくにもあります。けれど、駅の構内で寝ていたり、道端で正座している人と自分は別の人種だとして見えない壁をつくるか、同じ人として気持ちを寄せるかで、道が分かれます。何もヘイトスピーチの街宣が行われる場所だけが問題を抱えた〝現場〟なのではありません。日々の暮らしの中で、視界に入ったものを無意識に分別する自分の目と心が、すでにもう現場なのです。これは女性差別を含む、あらゆる分野の差別についてもいえるのだと思います。

家を失った人たちのことをぼくが気にするのは、同じ人間が困っていると思うとともに、その境遇に至るのは他人事ではないと思うからです。ここで恥ずかしい話をすれば（すみません）、小説を書く時間をとるためにバイトを減らしていても、そうすぐに小説は書けず、書いてもボツになることもあるぼくの状況では、もし体を壊してバイトもできなくなれば、収入は途絶えます。

収入のある家族がいなければ、今ごろ路上に出ていたかもしれません。

大学を卒業しても就職せず、バイトをしながら小説を書くことを自分で選んだわけだから、それを「自己責任」と言われても、ぼくは何も言い返せないでしょう（生活保護を受けることはためらいませんが）。けれど、では、あの片手を失った人も「自己責任」なのでしょうか。

「自己責任」という言葉は、すさまじく冷酷な言葉だと思いませんか？　困っている人に対して、同情や共感を寄せなくてもいいというお墨付きを与える言葉なのですから。その言葉を、この国では、人々の窮状を改善するためにいるはずの与党の政治家が口にするのです。そして、生活保護費を削減する。

孵化して大きな世界に繰りだした稚魚が、お腹にたっぷり栄養を蓄えているか、そうではないか。――人生の初期の経済状態、つまり、生まれた家の経済環境が、どうしたってその後の人生に大きく影響するのだとぼくは思います。進学できない、学業よりバイトをして家計を助けなくてはならない、就職先も狭まるという、がんばれる環境自体が削がれているのですから。さらに、そこに運や不運も影響します。たまたま資質や才覚に恵まれてのし上がれる人もいますが、だれもがそうできるわけではありません。

富や才覚や運に恵まれた状態でのがんばりと、そうでない状態でのがんばりを一緒くたにして、結果だけ評価するのは理屈に合わないおかしな話です。けれど、自己責任論というのは、そこを無視して、結果のすべてを個人の責任に負わせますね。

逆に、はじめから恵まれている人は、今いる地位がゼロやマイナスから壁に爪を立てるようにして這い上がった努力の結果でもないのに、あたかも当然であるかのように振る舞い、持たない者を見下します（今ぼくは麻生太郎を思い浮かべています）。

何が言いたいかというと、社会的に成功して富を持つ者が偉くて、そうでない者が蔑まれるというぼくらが内面化した見方、価値観には、何も根拠がないということです。そう、根拠がない。満員電車でたまたま座れた人が、〝たまたま〟自分がラッキーだったことを忘れて、つらそうに立っている人に対して優越感を覚えるような馬鹿馬鹿しさと同じことです。他者と自分を線引きし、困っている人に思いを寄せなくていいと開き直る自己責任論は、共感の欠如を正当化するという意味で、ただの意地悪以上の恐ろしさを内包しているのではないでしょうか。

というのも、共感しなくていいという考え方、不自由のない自分の立場は当然のものだとするモラル度外視の態度は、やがては、体や心といった、自分ではどうすることもできない障がいを抱えた人のことも「そう生まれたおまえが悪い」と言いだすことだってありえるのでないか、と思うからです。目を凝らせば、どうもそこに優生思想の芽が潜んでいる――。

これは、小説家的な突飛な想像力でしょうか？　でも、様々な排除や差別の根は、底の方でつながっているようにぼくには思えるのです。

このことについて、温さんはどうお考えになりますか？

木村友祐

二〇一九年六月二九日

だれのための国——第一〇便　温又柔より

木村友祐さま

先日（二〇一九年七月一日）は、第六回鉄犬へテロトピア文学賞の選考会でお会いできてうれしかったです（考えてみれば、こうして手紙を送り合うようになり、直接顔を合わせたのははじめてでしたね）。

鉄犬へテロトピア文学賞は、「小さな場所、はずれた地点を根拠」とし、「場違いな人々に対する温かいまなざし」を持ち、さらには「日本語に変わりゆく声を与える意志」を感じられる作品をそれぞれ見つけてきて紹介し合い、最も自分たちを勇気づけてくれるものを選んで勝手（！）に贈賞しちゃおうということで、管啓次郎さんを発起人として二〇一四年にスタートした企画ですが、その選考という、我々の「年中行事」も、かれこれ六年目となりましたね。毎年、木村さんをはじめ、歴代受賞者も含む面々と顔を突き合わせながら候補作をめぐってとことん語らったあとはいつも、ふだん、見失いがちな希望を取り戻したような気持ちになれます。

それぐらい、ただ、ふつうに暮らしているだけで、なにかと絶望させられがちなのかと思うとやや複雑なのですが……

ついさっきも、新聞をぱらぱらとめくっていたら、「子どもをつくったのが最大の功績」という小見出しが目に飛び込んできてのけぞったばかりです。これ、元外務副大臣だかなんだかといった経歴をもつ自民党の議員が、同党の現職女性候補の応援演説で言い放ったものだそう。「人口が増えるのもありがたいが、母親になった彼女が、自分の赤ん坊の寝顔を見ながらこの子のためにいい国にしてゆきたいという思いが芽生えたはずだ」という七〇歳近いこの老議員の、まるで、人口を増やすために女性は子を産むのが義務であり、赤ん坊のいる女性は自然と母性が芽生えるものなのだと言わんばかりの調子には、ただもう呆れるばかりです。

新聞の記事によれば、この応援演説の場にはかれらの党の総裁も駆けつけたそうですが、まったくなんという政権がこの国を牛耳ってしまっているのだろう?

思い返せば数年前にも、東京都議会で女性の妊娠や出産の支援政策について質問していた三〇代の女性議員が「早く結婚したほうがいいんじゃないか」「産めないのか」といった野次を飛ばされて、涙ぐむという出来事がありました。

いまも私は、テレビ画面――あるいは、だれかがTwitterにあげた動画だったかもしれませんが――に映し出されたかのじょの弱々しい笑顔を見たときの胸の痛みをはっきりと思い出せます。ああいうときは、決して笑ってはいけない。笑ってうやむやにしてはならない。もっときちんと尊厳を傷つけられたという怒りをその場ではっきりと示すべきだ、という論調もありましたし、たしかにそのとおりなのですが、それでも私は、自分が同じ目に遭ったのなら、やっぱりとっさに笑みを浮かべてしまうような気がして、それがたまらなく切ないのです。

いまの日本社会では、学校の先輩や会社の上司といった自分よりも立場が上にある男性に対し、女性は愛想よくふるまうことが求められる傾向があります。そうしないと、素直ではないとか可愛げがないなどと言われるのです。そんなの気にしない、私は好きにやってやる、と思っていても、あいつは生意気だ、と、たとえばそのコミュニティで権力を握る者に目をつけられると、もうそれだけでそこには居づらくなることが実際に起きたりするのです。

大事に扱われなくなるのは言うまでもなく、へたしたら仕事や業務に支障が出る。最悪の場合は、組織を追われる（解雇）に至ることもある。それで、心の中で舌を出しながらでもいいから、表面的には従順そうにふるまってみせるという「処世術」を、多くの女性は知らず知らずのうちに身につけさせられてゆくという歪んだ状況があります。

公の場——まったく信じられないことにそれは都議会という開かれた場所で起きたことだったのです！——で心無い野次を飛ばされた女性議員がとっさに浮かべた物悲しくて痛々しい笑みに、理不尽な目に遭わされながらも、そうやって笑うことでどうにかやり過ごすしかない女性たちの笑みが重なって見えたとき、胸がとても痛みました。

この都議会での「事件」はまたたくまに知れ渡り、Twitterをはじめとしたネット上では男女問わず多くの方々が怒りを表明しました。これはもう、野次のレベルを超えている。一人の女性に対するセクハラまがいのヘイトスピーチそのものだ、と。正直、ほっとしました。やっぱりあんなのはおかしいんだ。自分だけが胸を痛めたわけではないんだ、と。

いやそれどころか、時代錯誤の野次を飛ばした議員に対する人びとの怒りはあまりに激しく、それが新聞やテレビニュースでも取り上げられたために、その議員は特定され、謝罪に追い込まれました。しかしかれには問題の本質がどこまでわかっているのやら。「炎上」したからいちおう謝っただけにすぎないのなら、ほんとうにやりきれません。

あえて言うまでもなく、女性は「産む機械」ではありません。ましてや、日本の、もっと言えば、日本人の人口を増やすための！　それなのに、いまだに「子どもをつくったのが最大の功績」という発言が、一人の女性を讃える言葉として堂々とまかり通るとは……

それでも、いまだに、女性に限らず、男性でも、結婚して、子どもがうまれてはじめて世間――まったく漠然としたものだなと思いますが――から一人前とみなされる、という風潮は強くありますよね。

私自身は子どもがいない自分の人生を気に入っているし、正直、十分満たされているので、お節介なオジサンやオバサンたちに「孫の顔を見せるのが最大の親孝行」だの「子どもがいないと、将来、さみしいわよ」だの言われたところで、「はいはい、そうですね」とそれこそ心の中で舌を出しながら受け流せるのですが、そもそもいまの社会には、結婚や出産をしたくても収入面や労働環境のせいで踏み出せないひとが大勢います。それは、ほんとうにかれら個人の責任でしょうか？

周知のとおり、バブル崩壊後の就職氷河期には、就職したくても非正規雇用を選ばざるをえないひとが少なくありませんでした。いま、四〇歳前後の私の友人や知人にも学生時代はそこそこ優秀だったものの、ついに正社員にはなれなかった人たちが少なくありません。それどころか、どうにか確保した職を失いたくないがゆえに劣悪な環境で働くひともいます。それも、おまえの代わりはいくらでもいるぞ、という圧力に怯えながら。

要するに、先々のことが見えない、明日のことも不安といった不安定な立場に置かれた人たちにとっては、自分一人喰ってゆくのに精いっぱいで、とにかく、余裕がない。結婚？　出産？　したくてもできないよ。いや、したいと思う気持ちにもならない。

都議会の一件が人びとの逆鱗に触れたのは、まさに、その問題を取りざたしている真っ最中に、「産めないのか」という野次が飛んだからというのもあると思います。言うまでもなく、女性に限らず、弱い立場に置かれている男性も同じプレッシャーにさらされています。

――この人たちに逆らったら、ここにはいられなくなる。そしたら、明日からどうやって生活しよう……

「子どもは最低三人ぐらい産んでほしい」だの「若者が結婚や出産をしないから、少子化になるんだ」と平気で言ってのける政治家たちには、このような現実が見えていないのでしょうか？　仮に見えているのだとしたら、自分たちが果たすべき責務を国民になすりつけているとしか思えません。国民が安心して暮らせる環境を整えることは、本来ならばかれらの責務でしょう。それなのに国の発展のために、子どもを一人でも多く産めと言いつつ、社会保障予算は切り下げ、公的福祉分野も縮小させてゆく。

こんなの、だれのための国なの？

国家のほうが、国民より大事なの？

と、問いただしたくなる。

まったく、毎日、こんな調子なのです。毎日、のけぞってしまうような、ひどい話が目につく。それにしても、いわゆる〝義憤〟に駆られるときというのは、けっこう疲れます。心が摩耗します。へたしたら、体もぐったりしてしまう。それでも、ひどいと感じなくなったらおしまいだ、という意地のような思いもある。

どうして、私は日々、こんなに怒ってばかりいるんだろう。怒らずにはいられないんだろう。次から次へと何かに腹を立てずにいられない自分を持て余していたのもあって、木村さんが書いてくださった〈様々な排除や差別の根は、底の方でつながっている〉という表現には、はっとさせられました。そうか、一つひとつのことに対して、自分はばらばらに怒っているのではなく、もともと根は一つなのかもしれないな、と。

木村さんがおっしゃるように、〈社会的に成功して富を持つ者が偉くて、そうでない者が蔑まれるというぼくらが内面化した見方、価値観には、何も根拠がないということです。そう、根拠がない〉。

そう、そうなのです。根拠など、ない。あるわけが、ない。しかし、お金持ちの政治家――「持てる者」――と、野宿者――「持たざる者」――のどちらに発言力があるのかといえば、やはり前者なのですよね。沈黙させられている「持たざる者」を踏みつけながら（あるいは踏みつけている自覚すらなく）、「持てる者」はえてしてこんなふうに言ってのける。

――私たちとちがって、かれらは能力が低いから、努力が足りないから、貧しいのだ。

「持てる者」であるかれらは、決して疑おうとしません。自分たちが〈お腹にたっぷり栄養を蓄えている〉状態でこの世に生を受けた魚であることを。

餓えの苦しみを味わうことなく、芳醇な餌を与えられながらすくすくと育ったかれらが、痩せっぽちでうまれたきり餌もろくにもらえず喰うものを自力で求めてもがくしかない魚たちにむかって、「おまえは努力が足りない」とあざ笑う姿は、ただもう醜いとしか言いようがありません（いま私も麻生太郎を思い浮かべています）。

ところで、（麻生の野郎に限らず）「持てる者」たちの多くは、自分自身も「持たざる者」だったかもしれない、といった視点が著しく欠けていると思いませんか？　そうであるからこそ、「持たざる者」たちと「持てる者」である自分のあいだに排他的な線を容赦なく引く。あたかも、線のこちら側にいる自分は「優生」で、あちら側にいるかれらはかれら自身の責任で劣っているとばかりに。

実は私、この対極にある態度は、シカゴの食堂の女性や、新橋駅で出会った初老の男性とむきあったときの木村さんの姿勢だと思ったんです。木村さんは、シカゴの食堂の店員を「ぶっきらぼうな黒人のおばあさん」と書いて終わることもできたはずです。しかし木村さんは、〈大学の招聘でアメリカにやってきた一日本人〉としてではなく、〈単なるアジア人の一労働者として〉そこで暮らす自分を想像しようと努めます。ツーリストとして、日本の作家として、安全な位置にいる自分をそうやってずらしてみせることで、ふつうの観光客なら、おそらく見逃してしまうはずのものに木村さんは懸命に目を凝らすのです。

新橋駅横断歩道の脇で正座していた男性との「出会い」については、自分もああだったかもしれない、路上で寝起きしていたかもしれない、と現実に根ざした想像力を働かせて書く。シカゴの女性に鬱陶しがられている自分が、いまのような安定した立場ではなかったのなら、という仮定。いまはたまたま「施す」側にあるけれど、自分が新橋の路上にいる、という想像。

木村さんのこうした態度は、「持てる者」と「持たざる者」の関係が永遠に固定されているとばかりに、まるで自力でその位置にたどり着けたかのようにふんぞり返っている肥えた魚たちとは正反対です。

木村さんがこれまで書いてきた小説や、おそらくいま書きつつある小説、そしてこうやって交わす手紙の中にいつも私は、ありとあらゆる歪んだ関係を支えている構造の、底のほうをのぞきこむ視線と、そうすることで、特定のだれかにとってのみ都合がよい状況を問い直そうという強い意志を感じるのです。

「持てる者」のみがほくそ笑み、「持たざる者」はつねに泣き寝入りする……そのことに腹を立て、そのことに胸を痛めるというまっとうさを、私も失いたくないと思っています。と同時に、木村さんに倣って、自分自身のことも、あらゆる角度から見つめ、点検しなければとも思っています。たとえば、ある部分で「持たざる者」である私が、べつのある部分では「持てる者」であるということなどを……

さて。様々な差別や排除の根が底のほうでつながっていることに勘づいたからには、もう、以前のままではいられないですよね。いまの日本には〈優生思想の芽が潜んでいる〉と危惧するなんて突飛なことだと私たちをわらう人たちもいるかもしれません。けれども私はこうも思うのです。自分を含めたすべての作家は、「発言力」を（少しでも）備えているという意味では、「持てる者」の側に属するのだと。

少なくとも、声を奪われて沈黙を余儀なくされている人たちと比べれば、作家である私たちはやはり、持っているほうなのです。そうであるからこそ、このひどくいびつな、一部の「持てる者」のみがほくそ笑む状況に目をつむってはいられない。ましてや、この現実の歪みを見てみぬふりして、自分にとってのみ居心地のよいちいさな世界を書いている暇はない。たとえ、そのほうがずっと楽なのだとしても。

意地になっています。でも、私はやっぱり文学が本来的に備え持つ包容力を信じたいのです。いや、信じています。そのせいか近頃ますます、自分が何かを書いているというよりも、自分は何かに書かされているという感覚が強まってきたように感じることがあります。書いているときが最も心休まるのです。その分、書いていないときはしょっちゅう不安になります。私は、ほかでもない自分自身を満足させられるような小説を、ほんとうに書き終えることができるのだろうか、と。

木村さん。木村さんさえよければ、いま、書いているという小説についても、聞かせてほしいです。

二〇一九年七月一四日　　温又柔

固定化する階層――第一一便　木村友祐より

温又柔さま

先日の「鉄犬ヘテロトピア文学賞」のイベントでは、「おかしいことに口を閉ざさない、そう腹を括った」と笑う温さんに、ぼくも勇気と力をもらいました。時々なんだか、ぼくらが思う文学とは別のところで〝文学的現実〟が形づくられていくような気持ちになることもありますが、地道にしぶとくふてぶてしく、温さんやぼくにとっての文学をかたちにしていきましょう。

「鉄犬ヘテロトピア文学賞」は、それを示すための最重要の活動のひとつですが、志が似ている文学賞がもうひとつありますね。温さんもよくご存じだと思いますが、ぼくらが敬愛する作家の星野智幸さんが選考委員を務めている「路上文学賞」です。これは、路上生活者、路上生活を経験したことのある人、ネットカフェに寝泊まりしている人など、広い意味でホームレス状態にある人が応募資格を持つ文学賞です。原稿用紙一〇枚以内の文学作品を書いて応募すれば、星野さんがそれを読み、受賞作を選びます。

この賞では、自分の言葉・自分の生活の中で実感のある言葉で書く、ということを応募者に求めています。ホームレス状態にある人は、つねに他人の目を恐れて生活しているがゆえに、外に向かって話すとなると無意識に他人が期待する「ホームレスのイメージ」に沿って話してしまう傾向がある、でもそうではなくて、視点は自分の側に持って書いてほしい、ということです。そのメッセージにぼくは、卑屈にならなくていい、世界を見返す足場はあなたの側にあるのだ、そこから見える世界を教えてほしいと言っているように思えて、胸を打たれたのでした。

だからこの賞には、普段、日陰者扱いされて路上で暮らす方々が、ようやく外に向けて自分の言葉を発した作品が集まります（星野さんは、その大切な作品をランク付けして選ぶときがいちばんつらいと話していました）。これまでの受賞作品はホームページ（https://robun.info）で読めますが、読むと、そこには驚くほど様々な世界、言葉があって、ぼくの中にできあがっていた「ホームレス状態の人」のイメージが一気にぶち壊されます。

ぼくがたまに駅構内で寝ている人に食べ物を渡したり、多摩川の河川敷で暮らす野宿者（といっても彼らは自作の小屋で暮らしているのですが）のことを小説に書いたりしたのも、そのきっかけのいちばんはじまりには、おそらく星野さんの「路上文学賞」の活動の影響があったように思います。というのも、文学にたずさわる者は、野宿者（あるいは路上生活者）のことをはじめとする〝社会的なことがらに属すること〟にかかわってはいけないのではないか、と思い込んでいたからです。文学とは、野宿者支援や生活困窮者支援といった、〝社会的な正しさ〟とは別のところで達成されるべき芸術表現なのだと。

それはそうだと今でも思いますが、そうした考えを絶対視していた頃は、その考えの背面にある、社会の問題と文学を峻別することの独善性や自閉性のことにまでは考えが及びませんでした。

二〇代のときのぼくは、「社会の問題と文学がやるべきことは別」であることを内心の言い訳にして、駅の構内で寝ている人たちを見て複雑な気持ちになっても、ただそのまま素通りしていました。家がなくて駅で寝るような〝特別な人たち〟にかかわれるのは、それにふさわしい団体の〝特別な人たち〟なのだとも思っていました。心の中で〝こちら側〟と〝あちら側〟を分けていたのです。

では、今はその境界をなくせたかといえば、以前よりはそうかもしれませんが、簡単に近づけない場合も厳然とあります。電車の中で強烈な臭いを発している人のそばには、自分から近づくことができません。また、先日、仕事で池袋駅西口のある駐車場に車を止めたところ、上半身裸、下はズボンを下げて、下着を丸出しで寝ている男性がいました。まだぼくと同世代の四〇代くらいに見えました。

白昼堂々、そのような破れかぶれの無防備な格好で寝られるのは、精神疾患があるのだと推測されます。安心できないつらい日々を強いられるせいでしょう、あるいは心の障がいのために社会から弾かれて路上に出てしまったのかもしれませんが、野宿者には精神疾患を患っている人が多いといいます。黒い下着は所々破れかかっていましたが、股間はかろうじて覆われていました。脚の皮膚は、皮膚病のように白い斑点があちこちにできています。

このときは、ぼくは何もできない、しませんでした。その人が寝ていたというのと、そばに拾ったものなのか、だれかにもらったものなのか、手つかずのみたらし団子のパックや弁当が置いてあったから、というのもありますが、何よりも、これは自分の手に負えないと感じたのです。

そのような状態にいる人たちを見て、ぼくらが目を背けたくなるのは、臭い、汚いという不快感情を喚起させられることと、公衆の面前で股間を露わにしてはならない、外でむやみに寝転がってはならない、などという人間社会のルールを軽々と越えてしまう存在に対する恐れがあるからかもしれません。

ぼくらが必死で理性的な社会人であろうとしている努力を、彼らは身も蓋もなく無効化してしまう。だから、認めたくない、認めてしまうわけにはいかない。そしてある面では逆に、彼らを目の端で見ることで、自分はああいう〝あちら側〟には行きたくないし、まだ〝こちら側〟にいるという安心感を確保する。

当然のことをあえていえば、野宿者も、ぼくらと同じ「人」です。これはまったく真実で、この真実を一ミリもずらしたり留保したりするわけにはいきません。〝あちら側〟も〝こちら側〟もあるわけがない。でも、場合によってはおいそれと近づくことができないこともある——。

しかし、この葛藤は、葛藤のまま、保持しておくべきものだろうと思うのです。なぜなら、葛藤することの厄介さを手放して自分とはちがうと線を引いてしまったら、そのような異質な人たちを、今度は「ゴミ掃除」として罪の意識もなく暴力をふるって惨殺したり、笑いや娯楽の対象にすることにつながってしまう恐れがあるからです。

ぼくが多摩川の河川敷で暮らす人々の小説を書く際に話を聞かせていただいたひとりの男性が、TBSの情報バラエティ番組で「〝人間の皮を被った化け物〟ホームレス 犬男爵とは!?」などというおどろおどろしい字幕つきで紹介されました。その男性は、空き缶や廃材を拾ってお金に換え、捨てられた犬一五匹以上の面倒を見ていた方だったのですが、番組では明らかに怪しい危険人物のように演出していました。河川敷の不法占拠を糾弾し、近隣住民の不安を代弁するという「正義」を盾にしながら、視聴者の憂さ晴らしを提供するという娯楽ネタとして消費していたのです。それはどこか、笑いながら集団リンチするような陰惨なものがありました。

実際、その番組は、のちにBPO放送倫理検証委員会から、男性の人格を傷つけ、ホームレスの人々への偏見を助長する恐れがあるとして、放送倫理違反だと指摘されました。ですが、ぼくが別の部分でそら恐ろしくなったことがあります。番組が問題視されているさなか、その方に会って経緯を聞いたところ、番組の制作スタッフとその方は、撮影前に近くのコンビニのテーブルで打ち合わせをしていたそうなのです。

つまり、その方の実際の素顔を知りながら、制作者は「迷惑モノ」を撮るために、怪しい危険人物に接近するという演出を採用したのでした。その方に「怒鳴って出てきてほしい」と注文までつけて。視聴者の興味をひくというテレビのシステムのために、ホームレスの人＝恐い・違法・好き勝手やってる人というイメージを温存し、立場の弱い野宿者である男性の人間性をないがしろにしたわけです。

偏見とは、相手について「知らない」ことで生じる不安や違和感を納得させるために生まれる心の作用なのかもしれません。つまりそれは、不安や違和感を覚える自分を正当化するために築かれる「幻想の壁」なのだと思います。でも、そこから一歩を踏みださないうちは、いつまでも相手の実像に迫ることはできないですよね。実際に会って素顔を知れば、その幻想の壁などすぐに消えてしまうものです。

だから、前のお手紙で温さんがいみじくも指摘なさった「持てる者」の側に属するぼくら表現する者、報道する者には、その素顔を伝えることこそが最大の務めであるはずなのに、その制作者は、目先の視聴率欲しさのために（自分の給料を確保するために）、度しがたい怠慢、差別を増幅するという本末転倒を犯したのです。

ぼくが会ったといえる河川敷の人々はたったふたりですが、驚くことばかりでした。先ほど書いた男性の、とても丁寧でおだやかな話し方や、犬たちのために住まいの小屋を明け渡し、自分は外でブルーシートを張った段ボール小屋で寝ていることもそうですし、小説の主人公のモデルとなった別の方は、はじめてぼくが声をかけたとき、自分の隣にあった椅子を「どうぞ座って」というように手で示して勧めてくれました。

ぼくらがやることと何も変わらないそのしぐさに、ぼくは驚いてしまったのです。普通にコンビニで買うし、銭湯にも行く、たったそれだけのことにも驚きました。そして、ふたりとも、もともとは建築現場の現場監督や鉄塔の保守管理でバリバリ働いてきた方なので、話す内容も理路整然としているのでした。

これは、最近観たドキュメンタリー映画『東京干潟』（村上浩康監督）に出てくる、シジミをとって生計を立て、何匹もの猫たちの世話をするおじいさんにも共通するものでした。竹中工務店で働き、そこから独立して鉄塔関連の会社を興したものの、事故で片目を失明して部下に会社をゆずり、多摩川沿いで暮らすようになった。

でもおじいさんは「今がいちばん幸せだ」と言うのです。真夏でも真冬でも何時間も川に入って素手で泥を探り、ようやく数キロのシジミをとっても買い叩かれて二千円ほどにしかならない。猫の餌と自分の食べ物と缶酎ハイを買ったらもうそのお金はなくなるのに「幸せだ」と。そして、オリンピックに向けた今の建設ラッシュは、自分が現役だった頃のバブルの時代を思わせて、そのバブル崩壊で苦しんだ仲間を知るがゆえに、建設ラッシュの光景を見るのがイヤなんだと言っていました。時代の本質をちゃんと見通しているのです。

偏見を吹き飛ばすには、素顔を知ることがいかに有効か。これは野宿者に限りません。肌の色や顔つき、文化の異なる外国籍の人に対しても、あるいは性的少数者や、身体または精神に障がいのある人に対する偏見にも、同じことがいえます。ですが……、ここで変なことを温さんに聞いてみます。これは不自然なことなのでしょうか。異質なものに対して覚えた自分の違和感や不安を信じないようにして、「幻想の壁」の向こうへ自ら歩み寄ろうというぼくの考えは、作り手でもない一般の人々には、不自然さを強いることなのでしょうか……?

たしかに、ぼくはある意味、無理をしています。自分が知らない世界を知ろうとして、日常から自分を引き剥がす痛みを自分に強いています。これを一般の人に強いるつもりはありませんが、自分が見知ったことを伝えたいとは思います。でも、もしぼくが小説を書いていなかったら、そこまでしただろうかと思うと、正直、心もとないのです。

ただ、たとえぼくが無理をしているのだとしても、これだけは言えるんじゃないかと思うのです。「人権」や「いのちの尊厳」という考え方自体が、そもそも新しい、人工的な考え方なのだと。ぼくら人間に備わる感性をすべて野放しにしたら、きっと、力を持つ者が欲望のままに力なき人々を支配する奴隷制の時代に逆戻りします。だから、その苦しみの中から血まみれでつかみ取られた「人権」や「いのちの尊厳」という考え方は、無理をしてでも意識的に保持する努力を続けなければ、すぐにでも霧散してしまうのだと。

その認識のうえで、今ぼくが懸念しているのは、「階層の固定化」が進行しているのではないか、ということです。これは自己責任論の蔓延と通じるのですが、経済的な余裕または健康で容姿が整った身体など、生まれつき恵まれた条件を与えられた「持てる者」が、それをあたかも自分の実力の結果のようにみなして開き直ってしまうなら、富裕層から貧困層までのそれぞれの階層が固定化され、共感の回路が閉ざされてしまうのではないでしょうか。そうなると、下部の階層にいる人々の生活問題も放置されたり、自分とは異なる人々への差別や排除もなくならないのではないか、と危惧しているのです。

この上下の階層を縦に貫くビジョンを提示するのが表現者の務めだろうと思うのですが、たとえば野宿者のことは、ほとんど小説で書かれることがありませんね。書くことには相当なモチベーション、感情の昂《たかぶ》りが必要です。とすると、文学業界で主流とされるみなさんが野宿者のことを書かないということは、すなわち、結局はみんな関心がないのだろうと、あえて意地悪に言っておきます（そういうぼくも一回しか書いていませんが）。

前回の温さんのお手紙を読んで、たしかにそうだ、「持てる者」と「持たざる者」というテーマは、所得の格差のことだけではないのだと気づかされました。ぼくを含めて、男性は生まれながらに既得権益を所与されている「持てる者」です。それをまるで当然の権利のようにみなし、女性を「産む機械」のように見下す輩がまだごろごろいる、そしてそうした輩が国を動かしているという暗澹たる状況が続いています。女性と男性の性差による格差ばかりか、明らかに女性にレイプした男を裁判所が無罪にするという、男性優位を補完するような異常事態すらまかり通っています。こんな狂った社会で、女性は心から安心して暮らせるでしょうか。

先日は参議院選挙があり、かつて東京都議会で妊娠や出産、不妊に悩む女性への支援を訴えていたさなか、男性議員から「産めないのか」とヤジを飛ばされた元都議の女性が当選しましたね。よかった、と思いました。ざまぁみろとも思いました。

女性が子どもを「産む」「産まない」ことと、国益を結びつけて考える時代錯誤かつ女性差別の考え方は、いったい、いつになればなくなるのでしょうか。個人一人ひとりの充足よりも「国益」を持ちだす考え自体が、戦争前夜を思わせて、すでに危うすぎる。女性に対するそのような視線と、個々の人間よりも国家のために政治を行おうとする考え方はセットになっているのです。

ああ、今回はまた、ずいぶん長くなりました。最後に、今ぼくが書いている小説について少しだけ。今書いている小説は、ある地方の村長選の話です。志も発想力も人望もある人物が、女性と若者の支持を得て村長選に出たものの、大きなものに巻かれた村の男たちによって潰されてしまったという物語を、実話をもとに、ちょっと変則的な角度から描いています。願わくば、その村の光景に、日本そのものが映るようにと思いながら。

二〇一九年七月二八日

木村友祐

声ある少数派——第一二便　温又柔より

親愛なる木村さま

夏の盛りが過ぎました。ついこないだ、村上浩康監督『東京干潟』の上映情報を確認したら、木村さんもイベントに登壇なさったんですよね。肩書きが、「小説家・愛猫家」というのにくすりとさせられました。木村さんはたしかに、「小説家」と同じぐらい「愛猫家」ですものね！あの日にどうしてもうかがえず、ほぞを噛んでおりました。

私はといえばここ数日も、書きたいことを書きたいように書くことのむずかしさを突きつけられては、途方に暮れていました。

書くという行為に没頭していると、ふと、自分がこの小説を書いている、のではなく、この小説がいま自分に書かせている、という感覚に陥ることがあります。とりわけ、自分が書かなければほかのだれも書こうとはしないであろうことが書けたと確信した瞬間は、その感覚が高まる。たった数秒ほどしか続かないもののその感覚は私に、ほかのどんなことからも得られない喜びをもたらしてくれます。あるいはそれは、たいしたことをやっている、と思いたがる欲望から生じる子どもじみた錯覚なのかもしれません。たとえ、錯覚でもいい。それが起こるかもしれないからこそ、私は書くことのむずかしさにのたうちまわりながらも、書くという行為をとおしてのみ得られる喜びをひたすらに求めてしまうという、かわりばえのない、それでいて、自分にとってはほかに選びようのない日々を重ねている気がします。

「私が書くのは、自分が書いたものを読まなければ自分の考えていることがわからないからだ」と書いたのはフラナリー・オコナーですが、私もまた、書くことなしに考えようとするとたちまちおぼつかなくなります。

近頃、よく思うのです。書くな、と命じられたのなら私は大急ぎで正気を保つための、べつの方法を探さなければならない……

おそらく、次に顔を合わせたときに私たちはこの話題をめぐって徹底的に話し合うことになると思いますが、例の「あいちトリエンナーレ２０１９」での「表現の不自由展」をめぐる一連の〝事件〟にはつくづく考え込まされました。浮き彫りとなったのは結局のところ、「日本が自国の現在、または過去の負の側面に言及する表現が安全に行えない社会となっていること」だったのですから、ほんとうにやりきれません。

でも、危険を煽ってるのは、だれ？　自国を無批判に賛美することこそが「愛国心」だと喧伝し、それに同調する者が増えれば増えるほど得するのは、だれ？

そんなことを思いながら、身震いしたのです。ひょっとしたら、「書きたいことを書かせてもらえない」という状況が忍び寄りつつある？　さらに、こうも思いました。書くな、と、表現の自由を封じ込められることよりもはるかに恐ろしいのは、その先に続く「書きたくなくとも、書けと命じられて書かされる」という状況なのではないか……

——子どもの頃は葛藤もありましたが、このような私をも大らかに受け入れてくれた日本国はとても寛容な素晴らしい国だと感謝しています。

たとえば将来、移民の作家として、政府からこのように書けと命じられたのなら？

そのように書かなければこの国から追いだしてやる、おまえだけでなく親族もだぞ、と迫られたのなら？

いや、こんなふうに〝鞭〟というかたちで命じられるとは限りません。

——愛国心ある限り、移民も我が国民。

そう書きさえすれば、おまえを特別に優遇してやると〝飴〟をちらつかされたら？

私は、その甘い誘惑に耐えられるのでしょうか？　どうにか、それに耐えたとしても、自分ではないほかのだれかが、その〝恩恵〟に浴するのをまのあたりにしながら、正気を保っていられるのか？　仮の話ではありますが、万が一このような状況に陥ったとき、私はどうやって生き延びればよいのだろう？

いや、これはかつて、実際にあったことなのです。

私の恩師であり画家の司修さんは、第二次大戦中に戦争画を描くことで時代から〝祝福〟された画家たちをよそに、どれほど不遇な状況に陥ろうとも決して戦争画を描かなかった画家の話をよくしてくれました。

——今、沈黙することは賢い、けれど今ただ沈黙することが凡《すべ》てに於《お》いて正しい、のではないと信じる。

このことばは、その画家のうちの一人、松本竣介のものです。

木村さん。あらためて振り返ると私は、いままで一度も、自分からすすんで「政治的」なことを言おうと思ったことはありません。私はただ、沈黙しているつもりが実は沈黙させられていた、などということがないように、自分が言いたいことを言いたいときに言いたいだけなのです。

そう、おかしいことには口を閉ざさない、という思いはあれからも日に日に募るばかりです。さいわいにもこの国にいる限り、私は、どうごまかしたって、サイレントマジョリティ、になれっこないのだしね、と最近は開き直ってます。それならいっそもっと堂々と、ノ、イ、ジ、ー、マ、イ、ノ、リ、テ、ィ、でいてやろうってね。

……念のため、いま、調べてみたら、英語圏では、サイレントマジョリティ、の反対語としては、Vocal minority のほうが使われていると知りました。Vocal という英単語には、声の、音声の、という意味のほかに、意見を自由に述べる、遠慮なく言う、という意味もあるそうです。素敵ですね。声ある少数派。たしかに、ノイジー、には、キイキイとわめきたてているうるささのイメージがつきまとうけれど、日本語ではバンドの歌い手を真っ先に連想してしまう、ボーカル、という響きなら、対話をしようよ、と呼びかけているニュアンスが込められそうです。

声、といえば、木村さんもよくご存じである我々の仲間・林立騎さんから以前に教えてもらったのですが、ドイツ語では、「声」を意味する Stimme ということばは、選挙の「票」のことでもあるらしい。基本中の基本ではありますが、選挙で当選するには、できるだけたくさんの人たちから投票してもらわなければなりません。つまり、自分に一票を託してくれるかもしれない人たちの声を尊重することからはじまる。逆にいえば、投票する側は、自分の声を受けとめてくれるひとにこそ、一票を託したい。その意味では、「声」はたしかに「票」なのでしょう。

このあいだの参議院選挙では、ゲイであることを公言し、自分たちの存在を賭けて闘うと誓って、初当選を果たした方がいました。

――いままでの国会になかったことを、そしてこの社会の中で弾き飛ばされてしまって苦しい思いをしている人たち、しんどい思いをしている人たちにしっかりと光をあてていく。

ずっと聞かれてこなかった、軽んじられてきた無数の声（票）が虹色の束となって、その方を国会に送り込んだ輝かしさを思うと、つい涙ぐんでしまったし、こうした「変化」が起きることは、セクシュアルマイノリティではない私（たち）にとっても喜ばしいことだとつくづく思いました。

「しんどい思いをして」いながらも、どうせ聞かれっこないと、その声を押し殺し、じっと息をひそめている人びとが、自分たちの希望を託せるだれかと出会ったときのパワーって、ものすごい。それは、かれらの存在を「なかったこと」にしてきた人たちにとっての常識を根底からくつがえす可能性も秘めています。

ちょうどそんなことを思っていたのもあり、木村さんがいま、「実話」に基づいたある地方の村長選の話を書いていらっしゃるとうかがって、興奮を覚えました。女性と若者が自分たちの「声」を託した志ある人物が村長になることを、〈大きなものに巻かれた村の男たち〉が潰しにかかるという……ああ、もう、そのプロットをうかがっただけでも、胸が激しく掻きむしられる思いです。何しろいまの日本では、女性や若者の「声」が大きくなってくるのを、歓迎するどころか煙たがる人たちが残念ながらたくさんいます。特に、女性や若者ではない人たちの中にね。

厄介なことに、こうした人たちほど、声が大きくて、力もある。かれらの多くは、自分たち自身にとってのみ居心地のいい状態は永遠不変だとばかりにふんぞり返っています。自分たちのために、ほかのだれかが我慢を強いられているとは想像もつかない。もう我慢できない、これ以上好きにはさせない、と異議を申し立てられても、そういう声がなぜ出てくるのかまともにむきあおうとはせず、まったく窮屈な世の中になってきたものだ、と不機嫌になる……「持てる者」と「持たざる者」の溝は深まるばかりです。

考えてみれば、あらゆる意味での「持たざる者」というのは、「持てる者」たちに対して、自分たちはここにいる、いるということから言いはじめなければならないのです。自分たちにも声はあるのだと、そこから伝えなければならない。しかも、それでいて、たいていの場合は、そうやってやっとのことでふりしぼった声が、雑音とみなされ、黙殺されてしまうことも少なくない。

いつの世にあっても、現状のままのほうが都合がいいという人たちにとって、「変化」は望ましくないものです。自分たちにとって不都合な真実が暴かれないためにも、「変化」に至る可能性がある声は黙殺したほうがいい……木村さんが懸念なさるように、いまの日本では、いや、ほかの国々を見渡しても多かれ少なかれそうだというのが狂おしいところではありますが、〈階層の固定化〉が進行しつつあります。すでに力のあるものたちが、そこからどこうとしないことで、それは加速するばかりなのです……木村さんのお手紙を読みながら、ずっと忘れていたある記憶が疼いたことを告白します。私が小学校低学年頃のことだから一九九〇年前後のことかと思います。日本語がまったくわからず一日中戸惑っていた幼稚園の頃と比べたら、だいぶ楽にはなっていたものの、その頃の私はまだ、ほかの子たち同士はみんな通じ合っているのに自分だけその場で交わされる会話についてゆけない、ということがままある状態でした。

――タコ公園の、ジャングルジムの脇にはルンペンが住んでいる。

エンガチョ、と叫ぶときのような調子で、めずらしい動物のことでも話すように、けたけたと笑いながら友だちが言い合っているのを耳にしたときもそうでした。

私は、リップン、という日本を意味する台湾語に似ているルンペンとはいったいどんな生きものなのだろう、と思いました。その日の放課後だか数日後だかタコ公園で遊んでいると、ルンペンがいる、と友だちがまた囁《ささや》き合います。その声と視線の先に、ぼろぼろの汚れた服を身に着けた男のひとが何をするでもなくぬらりと佇んでいるのを目にして、ようやく私はその耳慣れないことばの意味をなんとなく理解したのです。

ルンペン、ルンペン、と話題にしていたわりには、だれもそのひとのほうには近づこうとしません。そんなひとなど目に入ってないかのように遊び続けます。そのひともまた、ジャングルジムの脇に段ボールでこしらえたような〝寝場所〟にいるだけで、決して私たちのほうに近づくことはありません。私も、自分からそのひとに近づこうとは思いませんでした。なんだか、こわかったからです。それに……

――すげえ、くさいんだよ。

段ボールの家に近づいてみたことがある、という友だちの一人が鼻をつまみながらみんなに教えます。学校のみんなが、ルンペン、と呼ぶ存在は、同じ町にほかにも何人かいました。コジキ、とも、ホームレス、とも言われている人たち。かれらは、遊んでいる私たちのすぐそばを通り過ぎることもありました。ジャングルジムのひとはずっと無言でしたが、ぶつぶつと何か喋り続けているひともいました。

――すげえ、くさいんだよ。

そのとおりでした。かれらが放つその独特の匂いは、私たちの恐怖と、そして禍々しい好奇心を煽るのに十分でした。特に、女の子はああいうひとのそばに近寄ってはならない、とも言われていました。何をされるかわからないから、と（それは実は少年であろうと変わらないのですが）。子どもたちに良からぬいたずらをするのは、ルンペンと呼ばれるひととは限りません。むしろ、そうではない場合もすごく多い。

これも、ずっと忘れていたことですが……たぶん、まだ中学生になる前のことだった。私は、見てしまったことがあるんですよ。〈破れかぶれの無防備な格好〉で眠っていたひとの露わになった股間を。いまなら、想像できます。あのひともきっと〈安心できないつらい日々を強いられ〉ていたのでしょう。でも、見知らぬ大人の男の、それも、強烈な匂いを放ちながらボロボロの衣をまとったひとの男性器は、思春期にさしかかった頃の私にとって、ただもう、恐怖以外の何ものでもなかった。

大学生になって、マルクスだのなんだの、そういった本の入門書を読み齧るようになってからようやく私は、「労働意欲を失った浮浪的無産者や労働階級から脱落した極貧層」を意味する「Lumpenproletariat」という用語の一部である「Lumpen」が、日本では、主に「浮浪者」をあらわすことばとして使われていたのだと知り、動揺しました。ルンペンの噂と、剝き出しのペニスの記憶、さらにいえば、すげえくさい、とみんなも言っていたあの匂い……けれども、二〇代になるかならなかった頃の私は、「労働意欲を失った浮浪的無産者や労働階級から脱落した極貧層」についてそれ以上突き詰めて考えようとはしませんでした。

——ルンペンにだけはなっちゃダメだってパパが言ってた。

いまになって、やっと知るのです。

子どもたちにすら、ルンペンとあざ笑われていたかれらのうちの多くは、みずからすすんで、あんなふうになったわけではないはずだ。むしろ、抗いようのない何かに引きずり出されるように、そんなふうになってしまった者のほうが多いにちがいない……

おそらく、作家として私は、〈外でむやみに寝転がってはならない、などという人間社会のルールを軽々と越えて〉ほかの人びとが〈必死で理性的な社会人であろうとしている努力〉を無効化する、「野宿者」という、圧倒的に「持たざる者」の存在に関する小説を、正面から書くことはないでしょう。私が小説を書くうえでまっすぐ見つめるべきものが、もっとほかにあるからと感じているからです。

木村さんは、現場に足を運び、身を浸し、五感を働かせるという徹底的な取材に基づき、真正面から野宿者について書きました。

――おれらが生きてけるような隙間って、この国にはもうないんじゃないんですか？

私も含めた、いまの日本の作家のだれもがあえて書こうとはしない、でも、だれかが絶対に書かなければならないことを、木村さんは一心に引き受けて、『野良ビトたちの燃え上がる肖像』を書きました。

――ここで見たこと、いつか書いてくれよ。

木下（＝木村さん）が「橋渡し」してくれたものを読んでいなかったのなら、私はひょっとしたら、ルンペンという響きに絡まる古い記憶と、いまのようにはむかいあえなかったし、むかいあおうとはしなかったかもしれません。あの小説はまちがいなく、「野宿者」や、かれら――女性も含めて――が置かれた状況をめぐる私の想像力を生々しく揺さぶってくれたのです。

いつか、木村さんは私に話してくれたことがありました。猫が鳴くときは、感情が高まったとき。ひとも同じで、感情が大きく動揺したから声が出る、と。覚えていますか？

木村さんが書くものの中には、木村さんの耳が聞き取った呻き声があります。それは木村さんご自身の声とも重なって、読む者を揺さぶってくれます。これは声だったのか、と。この声を、いままでどうして聞き漏らしていたのかと。聞こえてしまったからこそ、木村さんはそれを書きとめた。

けれども、自分は〈無理をしている〉のだと木村さんは書きました。〈自分が知らない世界を知ろうとして、日常から自分を引き剝がす痛みを自分に強いています〉と書きました。

ほんとうに、そう感じているのですか？

木村さんは、〈小説を書いている〉から、〈作家〉であるから、そんなふうに生きているのですか？

たとえば、〈上下の階層を縦に貫くビジョンを提示する〉ために、ほかの人たち——〈文学業界で主流とされるみなさん〉——が、あえて書こうとはしないことを真正面から書くために木村さんが奮闘するのは、〈表現者〉としての務めを果たすためなのですか？

もちろん、それもあるのでしょう。

でも私はね、木村さんが書くのは、そうすることによって、おれはここにいる、おれもここにいるんだ、と自分自身に対して確かめているからなのだとも感じるんです。何か大きなものに押しつぶされそうになるたび、木村さんはそうやって生き延びてきた……そう、何かに歪められた状態のいびつな自分ではなく、自分が自分である本来の姿を肯定するためにずっと、木村さんは小説を書いてきた。書かざるを得なかった……〈もしぼくが小説を書いていなかったら、そこまでしただろうかと思うと、正直、心もとない〉と言いますが、逆ではないでしょうか？　ここまでしないではいられないからこそ、木村さんは小説を書いている。吠えるために怒ってるのではなく、怒ってるから吠えている。そうではないですか？

木村さん。私は木村さんの真面目さがとても好きです。そうであるからこそ、このあいだのお手紙を読んでいて、ほんのちょっとだけ心配になりました。木村さんが、作家としての責任を果たそうとするあまり、ご自身を必要以上に追い詰めているように思えて……私の誤読でなければ、木村さんが、〝正しさ〟をまっとうするためには、書くことの〝楽しさ〟をすべて手放すべきだと思い詰めているように感じられたんです。とはいえ私も、ほかの人たちはいったい何をやっているんだ、としょっちゅう憤っているし、その苛立ちともどかしさもよくわかるつもりなのですが。

ああ、私たちはいよいよ、書きたいことを書く自由と、書きたくないことは書かずにいられる自由を死守する覚悟をもたなければならないのでしょうね。そして、自分が「書くべきこと」と「書きたいこと」を隔てている線を行き来しながら、時には、りょうほうを混ぜ合わせながら、闘ってゆく……長期戦を覚悟しなければならないのかもしれない。そのためにも、ときには、自分ときたら、なんとまあ、たいしたことをやっているんだろうか、とうぬぼれてみたりしてね。

さて。そろそろ、小説を書くことのほうに戻らなければなりません。

桃嘉が待っている、といま書きつつある作品の主人公の名が頭の片隅にちらつきます。考えてみれば私がいままで発表してきた小説の主人公は、ごく短いいくつかのものをのぞいて、すべてが女性です。私にとっては、自分が書きたいことを書くためには、それが自然だったんですよね。木村さんは、女性が主役のものもいくつか発表なさってますよね。女性を書くときは男性を主人公にして書くときと、何か、意識のちがいはありますか？　いつか聞いてみたいなと思っていました。

二〇一九年八月二六日　温又柔

第四章　文学と社会のあいだ

外部に出ること——第一三便　木村友祐より

温又柔さま

気がつけば、朝方と夜には、ともすればエアコンを切っても大丈夫なほど気温が下がるようになってきましたね。

ぼくのほうは、この二週間のうちで、またもや猫に関して大きな変化がありまして（猫の話はもう食傷気味かもしれませんが……）。アパートの前で面倒をみていた外猫の茶白を、ついに家に入れることにしたのです。緊張感に満ちた茶白の捕獲（指一本流血しました）、動物病院での検査（四万円近くかかりました）、家に連れてきてケージに入れた茶白が熱をだしてずっと鳴くのを看護したりと、お盆休みの一〇日間は、すべてそのことで終わってしまいました。

さて——。前回いただいたお便りは、表現の自由が大きく揺さぶられた状況に対する切迫した危機感がみなぎるものでした。

〈書きたいことを書かせてもらえない〉〈書きたくなくとも、書けと命じられて書かされる〉さらに、日本国籍保持者ではない弱みをがっちり握られて、政府に都合よく利用されるのではないか、そうしなければこの国にいることが許されなくなるのではないか、という不安……

まさに今のぼくらは、それらの最悪の事態を、実際に起きるかもしれないこととして生々しく想像できてしまう段階にきていますね。その〝暗澹たる現在地〟を浮き彫りにしたのが、「あいちトリエンナーレ２０１９」内の企画展である、慰安婦を連想させる少女像や昭和天皇をモチーフにしたと思われる作品を展示した「表現の不自由展・その後」がわずか三日で中止に追い込まれたことですが、おそらくだいぶ後にこの事件を振り返ったとき、これもまた、言論統制・検閲支配の世の中へと移行する過程のひとつだったのだと認識されるのではないかと思います。というのも、この国の負の歴史やタブーにふれる表現の封殺は、この事件が最初ではないし、これで終わりでもないと思うからです。事態はまだ進行中で、これからもっと深刻な事態が起きてくるのではないかと予想しています。

そもそも、なぜぼくらは、生まれつきだれもが平等だと口では言いながら、ぼくらと同じ「人間」である皇族の人たちを呼ぶときには必ず「さま」をつけるのでしょうか。また、天皇について自由に書くことをためらうのでしょうか。それは、かつて起きた右翼による暴力を思い起こすからではないでしょうか。とすれば、すでにテロに屈しているといえないでしょうか。

国際情勢においては、あるとき突然国境が変わる、ということはありますが、国内の社会が変質することに関していえば、「決定的な変化がいきなりわかりやすく訪れる」というわけではないように思います。関心がない者には些細に思えるような事柄から段階を踏んで少しずつ変化は起きていて、あるとき、だれもが前とはちがう変化に気づいたときには、（オセロの盤上の石が一気に同じ色になるように）もはや取り返しがつかないほどの最悪の事態で前後左右を埋めつくされていることになっているのではないか、と思います。「表現の不自由展・その後」は中止になりました。だからといって、今すぐに世の中から表現の自由がなくなるわけではありません。でも、これから一〇年先にはいったいどうなっているでしょう。

先ほど「事態はまだ進行中」と書きましたが、国家の負の側面やタブーについての言及があからさまに攻撃されるような今の状況が生まれたのは、自然発生なんかではありません。先日観た、慰安婦を否定する論者の欺瞞を暴いたミキ・デザキ監督の『主戦場』というドキュメンタリー映画では、安倍晋三をはじめとする歴史修正主義者（＝歴史改竄主義者）の政治家らが、教科書に慰安婦の記述を載せないといった働きかけをコツコツ執念深く行ってきて、一つずつ成果を積み上げてきたことを明快に伝えていました。ダムの壁に穿たれた小さな穴は、やがて水圧で亀裂を広げ、決壊へと向かわせる原因となるでしょう。世間の人々に気づかれないところで、穴は、用意周到にすでに穿たれていたのです。

極右の政治家がある時点から台頭してきた欧米とはちがって、この国では敗戦後も極右思想を持った政治家が生き延び、政治の底で蠢いて、根を張ってきたのでしょう。それ自体が大問題ですが、より深刻なのは、彼らのそのような行為がたとえ明るみに出たとしても、彼らを支える世論は特に変わらないだろうということです。……なんだかお腹の底がぐりぐりしてきますね。

〈書きたいことを書かせてもらえない〉〈書きたくなくとも、書けと命じられて書かされる〉悪夢そのものですが、ぼくはさらに、もうひとつの状況も思い浮かべました。作品を発表する場をすべて失うことです。文芸誌や新聞、ウェブといったあらゆる媒体が、ぼくが書いた文章を掲載しなくなる。原稿収入が途絶えて生活が苦しくなったところに、さらにＳＮＳのアカウントも凍結されたとすれば、自分の声を遠くへ届ける手段は一切封じられることになります。

作家を殺すには、実は、刃物も銃器も拷問も必要ないのです。発表の場をすべて取り上げたり、メディアがその存在を完全に黙殺すれば、いないも同然になりますから。生きてはいても、書き手として社会的に抹殺された状態です。影響力を潰したいなら、それだけで目的はほぼ達せられるでしょう（それだけで許すかどうかは疑問ですが）。

幸い、書き手だけではなく、今のこの国に対する危機感を共有している出版人はたくさんいます。信頼のおけるその人たちの本づくりにおける抵抗や、有形無形の励ましと支えがあるから、まだまだ自分の声を発する場が保持されています。

でも、もしもこれからそうした場がことごとく潰されていったとしたら、ぼくはどうするのか。「小説家」としての社会的立場が無効化されたら、もう書かなくなるのか。

前のお便りで温さんは〈木村さんは、「小説を書いている」から、「作家」であるから、そんなふうに生きているのですか？〉〈作家としての責任を果たそうとするあまり、ご自身を必要以上に追い詰めているように思えて……〉と、一抹の危惧を表明してくださいました。

先にお答えするなら、小説を書いているから無理をしている部分もあるけれど、義務感だけで書いているわけではなくて、自分が読みたいもの、他人に読ませるに足るものを書こうとすればそうなってしまう（痛みを自分に強いるようになる）のでした。そしてこれには、そうせざるをえないぼく自身の〝必要〟もあるのです。というのも、これまでの経験上、自分が知っている世界だけ、自分のイメージだけで書いたものは、必ずといっていいくらいボツになってきたので……。しかも、皮肉なことに、書きあげて「いいものが書けた」と思ったときほど、そうなのでした。

ぼくが小説に惹かれるようになった入り口は、実は「ザ・純文学」というような私小説でした。だから、デビュー前にはそういった私小説的作品を書いていたのですが、深い教養があるわけでもなく、ほかの人には思いつかないようなユニークな感性があるわけでもないぼくが私小説を書いても、だれも読まないという事実にまず突きあたりました。そうと気づいたとき、自分の存在を丸ごと否定されたようで苦痛でしたが、いったん自分を突き放して他人をモデルにして書いたとき、ようやく小説が書けたような気がします。その作品が、ぼくのデビュー作になりました。

それとともに、ぼくという書き手は、自分が見知ったものの〝外部〟に体ごと出て、手に負えない異質な現実とぶつかって、勝ち目のない取っ組み合いをしたときに、火花が散るというのか、なんとかマシなものが書けるみたいなのです。これは書き手の「質」の話で、ぼくはそうするしかないのですが、自分が結局、そのような〝外部〟を感じさせるものを読みたいし、書きたいのでした。そうした〝外部〟を経由するなかで、温さんが書いてくださったように〈おれはここにいる、おれもここにいるんだ〉と叫んでいるのだと思います。

そういう書き方は苦しい部分もありますが、でも、書いているときに登場人物をとおして思いがけない言葉が出てくると、よくこんな言葉が出てきたなと、自分で感心したり、発見の喜びを感じるのです。自分で書いた冗談に自分で笑っていることもよくあって、書くことの愉悦はいつも感じています。自分の知らない一面に出会えたり、現実原則から外れて遊べるのが小説のいいところです。

〈女性を書くときは男性を主人公にして書くときと、何か、意識のちがいはありますか?〉とのご質問には、自分の中の女性性を働かせて書いているように思います。ただし、それは想像できる範囲内(男性と共通する部分)でしか書けないことは自覚していて、女性の体の感覚までは到底書くことができません。それでもぼくが女性を主人公にして書くことがあるのは、やはり、自分から引き離す必要があるときにそうするのでした。

さて、ここでもう一度、先ほどの自問にもどります。発表の場を失い、小説家としての立場が無効化されたとき、ぼくはそれからも書き続けるのか。ひっそりと地下出版したり、あるいはむしろ表に出て、路上で自作を朗読するといった行動をとるのか。つまり、小説家がどうこう以前に、ただの一個の表現者になれるのか。

かっこよく即答はできないけれど、たぶん、そうするだろうと思います。そうした状況をつくった「持てる者」たちへの怒りが決定的に刻印されているだろうからです。その場合の表現は、直接的な表現から、象徴的・隠喩的な表現に移行することになると思いますが、書くことへの衝動は、もしかすれば、今以上に湧き上がっているかもしれません。

ただ、ぼくがここで温さんに伝えようと思うことは、ついさっき「即答はできない」と書いたことの、心の揺れのほうです。モノを言えば弾圧されることが明らかな状況で、自分はどうするかと考えたとき、ぼくは一瞬、沈黙する自分を想像しました。沈黙して抵抗をやめるという意味ではなく、弾圧の暴風が外で吹き荒れるのにじっと耐えながら、効果的な抵抗の策を練るというイメージです。

ですが、そこでふと、温さんとぼくの立場のちがいのことを考えたのです。というのも、あたかもサイレントマジョリティの中へ埋没するようなその選択が可能なのは、このぼくが、日本生まれの日本国籍者という、日本の中では圧倒的なマジョリティだからではないかと思ったからです。沈黙してさえいれば政府からもネトウヨからも攻撃されることはないだろう、日本生まれの日本国籍者だからこそ。

対して、温さんはどうでしょうか。声を上げなければ自分や同じ境遇の者たちが感じている痛みに気づいてもらえない外国籍の書き手として、〈Vocal minority〉となって抵抗の発言を続けなければならず、そのことによって政府からも世間からもつねに圧力を受けざるをえない立場に置かれてしまうかもしれません。

つまり、その気になればサイレントマジョリティに埋没できるぼくとはちがって、温さんには逃げ場がないのではないか。そんなときに、ぼくやほかのマジョリティの書き手が沈黙して、ひっそりと暴風がやむのを待っていたら、温さんのようにサイレントマジョリティになることができない、逃げ場のない者たちはどうなってしまうのだろう、そう思いました。

一〇年前に一緒に小説家デビューしてから、温さんには、同じ方向をめざしている同志としてずっと連帯感を覚えているのですが、実際はそのように立っている場所がちがうこと、温さんのほうが様々な局面で厳しい立場に置かれているだろうことは、ぼく自身が認識していなければならないのだと思います。なぜなら、マジョリティに属する自分の自明性を当然のことと思ってしまえば、そのぬくぬくした温室の外に広がる現実が見えなくなってしまうからです。ぼくはやはり、〝外部〟に出て、現実そのものを感じたいのです。というか、マジョリティとして、その責任がある。

これは、自分がこの社会で既得権益を享受する側の男性であることや、異性愛者であること、また、とくに不自由のない体を持つ者であることについても同じことがいえるでしょう。あらゆる自明性を疑って、〝外部〟に出ることには痛みが伴いますが、マジョリティであるぼくには、それは必要なことなのです。そして、その視点があるから、ようやくこうして温さんと同じ場所に立って、言葉を交わせているのではないでしょうか。

〝外部〟に出ること――、この往復書簡でぼくは、もしかしたら、繰り返しそのことの重要性だけを語っているのかもしれません。

でも、これはただ無理をしているばかりではありませんよ。温室内の整ったエアコンの風よりも、ざわざわした外の現実の風を浴びるほうが、ぼくは心地いいのです。

生まれてはじめての、そして一回限りだろうこの人生で、人はそこで、どんな言葉を発するのか。たまたまそこに属することになった社会で、こんなにも理不尽がまかり通っていることを知ったとしたら。

ぼくはやはり、おかしいものはおかしいとちゃんと言いたいです。小説を書くことって、自分をどんどん圧迫してくる社会に対して、両肘をグイッと広げて、自分が生きる領域を確保するようなものだと思いませんか？

ただ、抑圧が高まる一方のこれからに向けては、闘い方もこれまでどおりのやり方ばかりではなく、いろいろと考えていかなければならないように思っています。

二〇一九年九月四日

木村友祐

重要な他者性——第一四便　温又柔より

木村友祐さま

いま、ふと窓の外をみたら、月が……かすかに欠けてはいるものの、まだまだまるい大きな月が浮かんでいます。今年の私は、一年のうちで満月が最もあかるい夜を、東京ではなく青森の空の下で過ごしました。木村さんが生まれ育った八戸ではなく、十和田で。

木村さん、私の『台湾生まれ　日本語育ち』の、台北の地図の上を横切っているやどかりを覚えてますか？　３Ｄプリンタで制作された東京の都市を模した透明の模型を背負ったやどかり。あの模型の作成者は現代美術家のＡＫＩ　ＩＮＯＭＡＴＡさんです。

——やどかりは、カタツムリなどとちがって自前の殻をもたないので、自分の「やど」にするための殻を自力で探さなければなりません。やどかりたちを観察していると、本体であるからだよりも、殻という、借りてきたもののほうが、かれやかのじょのアイデンティティになっているように思えることがあります。本来ならば自分のものではなかったはずの部分によって、他者から自分自身を認識されるという状況が面白いなと思ったのです……

やどかりの「やど」を３Ｄプリンタで制作することになった経緯を説明するＡＫＩさんの話を聞きながら、私はこんなふうに考えていました。

（私がやどかりなら、私の「やど」は日本語にちがいない）

台湾と日本を行き来しながら育った自分にとっての日本語や中国語、そして台湾語とはどういうことばなのか徹底的に考えたくて、母語や母国の定義をめぐり自分なりの検討を重ねたエッセイを一冊の本としてまとめるとき、担当編集者のSさんから「ぜひとも、見てほしい」とすすめられたのが、AKI INOMATAさんの《やどかりに「やど」をわたしてみる》という作品でした。

現代美術シーンに疎い私は、国内外で高い評価を受けているAKIさんのことを知らなかったのですが、3Dプリンタで制作した世界の都市のミニチュアをかたどった「やど」を提供するというプロジェクトは「国籍の変更や移住」をテーマにしていると知り、胸がざわめきました。Sさんに連れられてAKIさんを含めた数名のアーティストの展覧会の会場に足を運び、ついにやどかりたちと対面するときはドキドキしました。

パリ、ニューヨーク、バンコクなどの都市をモチーフとした透明の「やど」はどれも溜息が零れそうになるほど見栄えがうつくしかった。そして私を安堵させたのは、そのうつくしい「やど」を背負っているやどかりたちもまた、水槽の中でのびやかに過ごしているように見えたことです。そうやってしばらく水槽の中の愛らしいやどかりたちとむきあっていると、自分が美術館にいるというよりは水族館にいる感じがしました。その後、AKIさんと直接話す機会を得ると、AKIさんは教えてくれました。

――殻から殻へと引っ越しをするといっても、どんな殻でもいいというわけではありません。

やどかりたちはちゃんと、そのつどそのつど、自分にとって最も住み心地のいい「やど」を吟味しているんです。私のこのプロジェクトは、協力してくれるやどかりたちのうちのだれかが一匹でも「やど」を気に入ってくれなければ、成り立ちません……

そうであるからこそ、私が見つめていたやどかりたちはほんとうにのびのびと過ごしていたのでしょう。それから私は、自分がやどかりなら、と切り出しました。

――背負ってる「やど」は日本語のことかもしれない。でも、もしかしたら、これは中国語だったかもしれない。

初対面の相手にむかって自分自身をやどかりに見立てるなんて、それもみずからの〝出自〟についていきなり告白するなんて、いま思えばちょっと突飛だったなと思います。けれどもＡＫＩさんは目を輝かせて私の話に反応してくれました。Ｓさんの直感は正しかった。お互いのことをほとんど何も知らなかったのに、私とＡＫＩさんはすぐに意気投合しました。はたして、《やどかりに「やど」をわたしてみる》シリーズの最新作として制作された東京の都市を象《かたど》った「やど」を背負ったやどかりが、「母国語」をテーマとした私の本の表紙を飾るに至ったのです。

私が月夜の十和田にいたのは、「AKI INOMATA: Significant Otherness 生きものと私が出会うとき」が、この秋に十和田市立現代美術館ではじまり、そのオープニングイベントに招かれたためでした。美術館では、やどかり以外にも、タコとアンモナイトの類似性に着目し両者が実際に〝出会った〟らどうなるのか考察した作品、ビーバーに木を齧らせその歯形をモチーフとした彫刻、震災の影響を受けたアサリの成長線を楽譜に見立ててレコードにした作品、ミノムシに小さく刻んだ女性の服の切れ端をまとわせた作品などが展示されていました。十和田という土地にちなんだ南部馬にまつわる新作もとてもよかった。

「ＡＫＩ　ＩＮＯＭＡＴＡ作品のいずれも、人間とはちがう生きものの視点で見た世界が表現されたもので、長い時の流れや、環境、そして生態系についての思索を、鑑賞者の胸のうちに引き起こします」

美術館の入り口で配布されたリーフレットに書いてあるとおりです。どの〝作品〟も涼しげに佇んでいるように見える美術館をめぐりながら、ＡＫＩさんが話していたことを噛みしめます。

——生きものたちとの作業が、予定どおりに進んだことなんてめったにないんだよね。ミノムシが服を着てくれなかったり、やどかりにやどが気に入ってもらえなかったり、タコが脱走したり……

自分が生きものたちをコントロールしているのではなく、どちらかといえば生きもののほうに自分が影響させられているとＡＫＩさんは言います。ミノムシが餌を食べすぎる、水槽の中のやどかりが砂に潜ったまま出てこない、タコが逃げちゃった……その「舞台裏」の話を聞かせてもらえばもらうほど、困難に見舞われてばかりのむずかしいことをしてるんだなあ、と驚かされます。それでもかのじょは、現代アーティストとしてはかなり特異な〝表現〟といえる、生物の観察と丹念な調査をとおして、「人間とはちがう生きものの視点で見た世界」を創ろうと奮闘することの「愉悦」を楽しんでいるのです。

ＡＫＩさんの今回の展覧会のタイトルである「Significant Otherness　生きものと私が出会うと

き」の「Significant Otherness」（シグニフィカント・アザネス）とは、重要な他者性、を意味するとのこと。ダナ・ハラウェイという科学史家が、地球上に生きる生物種との関係のあり方として提唱したことばだそうです。

重要な他者性。

実は、一泊二日という短い旅のあいだじゅう、重要な他者性、ということばとともに十和田で私は、木村さんのお手紙に書いてあったことを何度も思いだしていました。

〈ぼくはやはり、〝外部〟に出て、現実そのものを感じたい〉

〈〝外部〟に出ること――、この往復書簡でぼくは、もしかしたら、繰り返しそのことの重要性だけを語っているのかもしれません〉

十和田で、生きものたちとの関係を軸としたＡＫＩさんの作品とむきあっていると、自分のいる世界は人間のためだけにあるのではなく、むしろ人間ではないものたちの気配がこんなにも満ち満ちているのだな、と何度も思わされました。逆に、そのことを自分はふだんどれだけ忘れ果てているのだろうか、と突きつけられてもいました。そして、木村さんが〝外部〟という表現で私に伝えようとしてくださっていることを、〝重要な他者性〟という覚えたてのことばに置き換えながら考えをめぐらせていたのです。

あらためて思えば、ここ半年あまり木村さんとお手紙を交わしながら、私が書いたことを真摯に受けとめてくださる木村さんからのお返事、そして、私という読み手を信頼して投げかけてくださるいくつもの重要な問いとむきあうことで、自分をとりまく現実の、その輪郭線が少しずつ拡充するような感覚をいつも味わっています。それは、大変よろこばしくもあるけれど、少しこわいようなことでもあります。なぜなら、以前のままではいられなくなる、ということでもあるから。でも、自分が変容するかもしれないというこの緊張感こそが、〝他者〟とことばを交わすことの醍醐味なのですよね。

木村さん。私は、幸福な偶然のおかげで共に作家として出発した木村さんと自分は、深いところでつながっているとずっと感じてきました。とはいえ、あまりにもあたりまえのことなので、いちいち明記することが少々こそばゆくもあるのですが、私たちは〝他人〟同士です。どんなに親しくても、一人として同じ人間はいません。そうであるからこそ、たとえまったく同じものを見たり、経験しても、それぞれの視点は異なっています。

……私は、子どもの頃、布団の中で右目と左目を交互に閉じたり開けたりして自分の間近ですやすやと眠っている妹の姿を眺めていると、右目だけで見たときと左目だけで見たとき、それから両目で見るときとで、わずかながら目の前にあるものの見え方がちがうことに気づき、興奮を覚えたことがありました。片目を閉じたり開いたりすることで、そこから動かなくても三つの見え方のパターンが楽しめるとすっかり面白くなった私は、それ以来、眠れないときは目を交互に閉じたり開けたりしてよく遊びました。

だからいまも、視点、ということばを意識するとき、子どもの頃に布団の中で見た三パターンの光景のことを思いだすんです。つまり、人間はだれもが本来、わずかなずれをもつ三つの視点を備えている（もちろん、目の不自由な方々もまた、目が見える私たちには想像もつかないような〝視点〟を持っているはずです)。

一人の人間の視点もそのように複数性を帯びているのだから、無数の人間が集まった社会には、実は様々な視点があってあたりまえです。

たとえば、日本人の、男性の、異性愛者の、持てる者の、人間の視点。あるいは、子どもの、動物の、外国人の、持たざる者の、女性の視点。

同じ現実を生きていても、どういう境遇に立たされているかによって、視点は変わります。そして、視点が異なれば現実に対する認識も変わる。ある人たちにとってはあたりまえの風景が、べつのひとにとってはひどく歪んで見えたりする。

木村さんとこうして長い手紙をやりとりするようになって私は何度か、木村さんは私が抱く以上の緊張感をもって、私とむきあおうとしていると思うことがありました。それが何に根ざしているのか、前回のお手紙で、はっきりしました。〈階層の固定化〉や社会の不寛容、そして表現の不自由といった恐ろしい事態が(できれば信じたくはないながらも)蔓延しつつある〈暗澹たる現在地〉を肌身で感じながら、同じことに危機を覚える者同士、身をよせあって憂い合う、というようなやりとりとしてではなく、木村さんは、私と自分のあいだにきちんと線を引いて接してくれる。木村さんから感じる緊張感の正体は、日本人男性であり、日本国籍をもつ自分とはべつの視点を持つ者としての私を、自分の〝内部〟に引きずり込んでしまわぬよう、細心の注意を払って対話を努めるその覚悟から生じるものだったのだな、と。

〈あらゆる自明性を疑って、〝外部〟に出ることには痛みが伴いますが、マジョリティであるぼ

くには、それは必要なことなのです〉

木村さんにとっての私が、自分の〝外部〟に存在する〝他者〟であるように、私にとっての木村さんもまた、自分とはべつの立場をもってこの社会に生きている〝他者〟です。白状すれば、その意識をもって木村さんとむきあう覚悟が私には少々足りなかったのかもしれません。これまでの私はどちらかといえば、〝同志〟としての痛みや悲しみ、とりわけ怒りをわかちあえる仲間として、木村さんに同意や共感ばかりを求めていた気がします。

けれども私ももっと、木村さんと自分は〝ちがう〟のだということを意識したうえで木村さんとむきあったほうが、より精密に自分たちの視点を交差させることができるのではないか、とようやく思い至りました。いや、〝ちがう〟ことを意識しない限り、視点を交差させることなど不可能だと気づかされたといったほうがより正確でしょうか。

……それに、このことはどうしても強調しておきたいのですが、日本人ではないことや日本国籍を持っていないことによって、この国での私は〝マイノリティ〟とみなされることがとても多いのですが、だからといって私自身が〈あらゆる自明性〉を疑わずにいられる免罪符とはなりません。私もまた、自分の〝外部〟に出ることをしなければ、知らずしらずのうちに、だれかを何かを踏み躙ってしまう……

たとえば、雨風しのげる場所で安心して寝ることがあたりまえだと信じて疑ったことのなかった私にとって、『野良ビトたちの燃え上がる肖像』や、前々回の木村さんのお手紙が与えてくれた視点を思えば、私たちの関係は、木村さんだけが〝マジョリティ〟だと言い切ってしまえるほど単純ではありません。木村さんがそうであるのなら、私もまた、私でしかない以上、〝外部〟に意識を働かさない限りは、自分が知っているごく限られた世界以上の現実は見えないはずなのですから。

いずれにしろ私は、自分の目に映る世界がこの世界のすべてなのだと、なんの疑いも抱かずに信じることなど、もはやできません。いつにもましてそんなふうに感じ入るのは、ＡＫＩさんのミノムシややどかりのことをずっと考えていた影響なのですけれど。

そうであるからこそ、十和田にいた夜、シグニフィカント・アザネス、と心の中で呟きながらここ数か月に自分たちが送り合った手紙を思い出しながら、私にとっての木村さんがそうであるように、木村さんにとっての私も、〝重要な他者〟なのだろうと感じていたのです。そう、ＡＫＩさんにとっての、やどかりたちのような！

〈小説を書くことって、自分をどんどん圧迫してくる社会に対して、両肘をグイッと広げて、自分が生きる領域を確保するようなものだと思いませんか？〉

やどかりも、貝殻が手狭になると引っ越しをしなければなりません。べつの殻へと移動する際はからだが剥き出しになるので、外敵におそわれるかもしれないという危険をともないます。それでもかれらは、〈自分が生きる領域を確保する〉ために〝外部〟に身をさらす危険を冒します。

ＡＫＩさんの個展の会場では、私にとって忘れがたい、「東京」のやどを背負ったやどかりとも再会しました。もっとも、その中身はもう、私の本の表紙を飾るやどかりとは、べつのやどかりなのですが。ああ、あの子は、いま、どんな「やど」に住んでいるのだろう？　きっと、この

「やど」よりももっと、いまのあの子にとって居心地のいいどこかなのでしょうね。

考えてみれば、自分がやどかりなら「やど」は日本語、とは言っても、私はすでに一度、大掛かりな「引っ越し」をしているのかもしれません。つまり、小学一年生のときに、あ、い、う、え、お……という文字を覚えた頃にかぶっていた「やど」を、私はいったん脱ぎ捨てているのです。

というのも私は、日本語を書きながらある時期までずっと日本人のふりをしていました。しかしあるとき、その殻が手狭になったと気づいたのです。たぶん私は、目の前にちょうどあった日本語という殻に深い考えもなく住んでみたものの、自分の成長の過程でだんだんと圧迫されていきました。みずからすすんで住んだはずの「やど」が、その実、学校の「国語」の時間に教わった日本人のための日本語だったために、自分のからだに合わなくなっていったのです。その居心地のわるさに気づけたからこそ私は、中国語や台湾語を含んだニホン語という、自分にとってより住み心地のいい「やど」に引っ越しをした……

それからふと思うのです。「日本生まれの日本国籍者」だからといって、だれしもが日本語という「やど」にフィットするとは限らない。ここでいう日本語は、標準語、あるいは言語という意味を越えて、標準、規範、原則と解釈してもいいかもしれません。こうであれ、と迫ってくるものに対して、させるものか、と抵抗する。そんなふうに「おかしいものはおかしいとちゃんと言いたい」私たちにとって、書くことの愉悦とはまさにおっしゃるように、生きる領域を確保することそのものなのでしょう。

さて。〈発表の場〉を根こそぎ奪われたとき、私は〈ただの一個の表現者になれるのか〉……木村さん。〈書きたいことを書かせてもらえない〉と〈書きたくなくとも、書けと命じられて書かされる〉。仮に、そのどちらか一つしか選べない状況に立たされるのだとしたら、まさにそれが私にとっては〈作品を発表する場をすべて失う〉状態なのです。いや、私にとってだけの話ではない。とりわけ、売れる原稿ならば発表の場が溢れるほどあるいま、〈ただ一個の表現者〉は、この国にいったいどれだけいるのでしょう。

〈生きてはいても、書き手として社会的に抹殺された状態〉？　ではいったい、だれが、特定の作家を殺したり生かしたりできるのか。そんな権限、どんなひとにも譲り渡してはなりません。たとえ桁違いの原稿料をちらつかされようとも、一人ひとりの書き手はみずからの良心に反したことを書いてはならないのです。少なくない数の作家が生活のために自分を生かしてくれる者の懐に飛び込み、そこであぐらをかくようになれば、木村さんがおっしゃる〈いまのこの国に対する危機感を共有している出版人〉もゆっくりと殺されるでしょう。私がこんなことを憂慮せずにいられないのは、前回の手紙で触れた松本竣介のことや、白色テロが横行していた頃の台湾、現在の香港のことなどがよぎるからなのです。

さいわい、日本ではいまのところはまだ、「おかしいものはおかしいとちゃんと言いたい」私や木村さんの声に耳を傾けたいと待ち構えてくれている方々がいます。だからこそ、〈生きる領域を確保する〉私たちのこの自由を享受しながらもその一方で死守せねば、と思ってしまいます。そう、何もかもが手遅れになる前に。

空も白々とあかるんできました。月は、まだ見えています。今回は、やどかりの話ばかりしてしまいました。猫のお話も大歓迎です。茶白とクロスケの〝共同生活〟についても、もっと聞かせてほしいです。

二〇一九年九月一八日　木村さんのお誕生日に

温又柔

文学的正しさ？——第一五便　木村友祐より

温又柔さま

語り起こしの挨拶が、どうしても猫のことから離れないのですが——、家に入れた茶白は、少しずつ少しずつ、激変した環境に慣れてきたようです。腹式で発声する野太い夜鳴きもしなくなり、夜は隣で体を伸ばして、鼻息を立てて寝るようにもなりました。かわりに先住猫のクロスケが、自分の気分が落ち着かないときに茶白とすれちがうと「ア・ア・アッ」と鳴いて威嚇するようになって、最近では茶白とともに、クロスケの心のケアにも気をつかうようになっています。

今、ぼくは「心」と書きました。以前ならぼくは、動物たちのことに、人間に対して使うような「心」という言葉を用いるのは非科学的だとか、人間目線の擬人化のようで抵抗があったのですが、最近はあえて意識的に使っています。猫たちとのかかわりをとおして、彼らは自分の感情そのままの「心」ひとつでこちらと接しているという確信が、日に日に深まってきたからです。

温さんが教えてくださった、ＡＫＩ ＩＮＯＭＡＴＡさんの個展「Significant Otherness　生きものと私が出会うとき」。すごく面白い、そして極めて重要な試みをアートとしてやろうとしているのだなぁと感心しました。創作の協力者としてタコまで参加させるなんて！

「Significant Otherness」＝「重要な他者性」。たとえば、ミノムシやタコには、どんなふうに世界が見えているのか。その心はどう世界を感知しているのか。どれほどそれがぼくらの想像を超えた、理解不能なものであっても、その生き方をだれにも見下したり蔑む権利はないし、見下すその視線に根拠などありません。理解不能だからこそ、ぼくらとまったく異なる生き方をする生きものたちを驚きと尊敬の念を持って見つめることができたら、どれほど世界は豊かなものになるでしょう。

〈自分のいる世界は人間のためだけにあるのではなく、むしろ人間ではないものたちの気配がこんなにも満ち満ちているのだな〉

まさに、その気配を感じとる感性を取り戻すことが、ほんとうに大切なのだと思います。世界を〝資源〟としか見ない、まるで世界には人間しかいないもののようにみなした世界観は、ぼくら人間の生をも窒息させてしまうのではないでしょうか。

温さんの初のエッセイ集『台湾生まれ 日本語育ち』のカバーに映っていたやどかりのことは、もちろんよく覚えています。透明な都市の模型を「やど」として背負ったやどかりの姿が鮮烈で、明るさと温かみのある素晴らしいカバーでした。内容もほんとうに素晴らしく、温さんはこれを書くことで、今後の創作につながっていく土台をしっかり築いたんだなと感嘆しました。

〈それから私は、自分がやどかりなら、と切り出しました。——背負ってる「やど」は日本語のことかもしれない。でも、もしかしたら、これは中国語だったかもしれない〉

ここに、温さんが見ているものの固有性と普遍性が表れています。固有性とは、『台湾生まれ 日本語育ち』にくわしく書かれていたように、台湾で生まれ、子どもの頃から日本で暮らす温さんにとって、自分を取り巻く言葉や国籍のことをまったく気にしないで暮らすことはできないということです。一方、普遍性とは、温さんの思考や気づきから、人間にとっての言葉や国籍は、絶対的で固定化されたものなのかという視点がもたらされるということです。

「やどかり」の「やど」に言葉を重ね合わせる話にぼくは、温さんの問いは温さんだけのものなのだろうかと、ふと思いました。ぼくの両親は、日本生まれの日本国籍者で、日本語話者です。その親のもとに生まれた、日本生まれの日本国籍者で日本語話者であるぼくは、それなら「やどかり」ではないのだろうかと。感覚としては、日本語という「やど」と肉体が密着して融合しているように思いもするのですが、それはほんとうに絶対的なものなのだろうか？　ほんとうは、だれもがその地の「やど」を借りているだけなのではないのか……？

ただ、ここが、この国ではマジョリティであるぼくが気をつけなくてはならないポイントなのだと思います。そのように簡単に普遍的な話にスライドさせることで、見えなくなってしまうものがあるように思うからです。頭でっかちになりがちなぼくは、すぐにさっきのように、だれもが言葉や国籍という「やど」を借りて背負っているだけなのだと言いそうになるのですが、そうすると、温さんがこれまでずっと抱え、足をとられずにいられない葛藤や痛みをスルーすることにもなりかねません。その葛藤や痛みの原因は、もしかしたら、日本生まれの日本国籍者で、日本語話者であるぼくらマジョリティの無意識の排他的な態度がもたらしているかもしれないのに。

さらに、かつて日本が台湾や朝鮮半島などを支配下に置いたときのように、植民者によって言葉を奪われた現地の人々の猛烈な苦しみさえも軽視して、言葉や国籍なんて代替可能なものだよ、なんていう暴言を吐くことにまでつながりかねません。そのように、「普遍性」という言葉は、それを扱う者の位置によっては暴力になってしまうかもしれないのです。

〈木村さんは、私と自分のあいだにきちんと線を引いて接してくれる〉と温さんは書いてくださいました。〝他者〟である相手が置かれた状況を受けとめ、搾取しないでつながろうとするためには、逆説的ですが、まず線を引くこと——お互いの力の不均衡を自覚すること——が大切なのだろうと思います。社会学者の岸政彦さんも『はじめての沖縄』（新曜社）という本で、心から愛する沖縄と本土に暮らす自分とのあいだに「境界線」を引いていますね。これは〝他者〟だから自分とは無関係だと決めこんだり、異物として排除するための線引きとは真逆のものです。

それでも、温さんもまた、〈自分の〝外部〟に出ることをしなければ、知らずしらずのうちに、だれかを何かを踏み躙ってしまう……〉と考えている。なんだか、横に一本引かれたラインのあちら側とこちら側にぼくらは立っていて、互いにちょっとずつ、そのラインをまたいだり、もどったりする光景が思い浮かびました。以前にやりとりした「持てる者」「持たざる者」の話を反復するようですが、たしかに、視点をどこに置くかで、「持たざる者」だったはずの自分が「持てる者」の側に属していたりと、立場がめまぐるしく変わってきますね。

〈日本人のための日本語〉が体に合わずに、〈中国語や台湾語を含んだニホン語〉に引っ越した温さん。一方、ぼくもまた、〈「日本生まれの日本国籍者」だからといって、だれしもが日本語という「やど」にフィットするとは限らない〉というご指摘どおり、郷里の生活の場で話される言葉よりも「標準語」が上位とされることに違和感を抱き、郷里の方言を使って小説を書きはじめました。マジョリティであるぼくにも、ぼく自身が抱えた固有性があるのでした。

そのように、温さんとぼくは立っている場所がちがう〝他者〟ですが、一方では、〝言葉に傷を負った者同士〟でもあるといえます。言葉が強いてくる規範に傷を負った、ともいえるかもしれません。そう考えれば、どちらも、この生身の体に合わない規範から外れた者同士、です。

自分のいのちと心を窮屈にたわめるような規範なら、たとえそれが国家が従うことを要請してくる規範であっても、従う必要はないのだと思います。規範よりもいのちが大事。近頃のぼくの作品はそれが大きなテーマのひとつになっていますが、文学の存在理由も、それを伝えるため、規範からこぼれた心と体のありようを拾うためにあるような気がするのです。だから、ぼくの中では、文学とはそもそも反逆的なものなのです。

温さん、ぼくは前から思うのですが、何かに傷を負って表現をはじめた者は、その刻印された傷に書くものが規定される（足をとられずにいられない）ように思うのですが、いかがでしょうか。先に補足すれば、これは、ただ否定的なだけの見方ではありません。ぼくに関していえば、〝雅《みや》び〟とは正反対の濁音の多い郷里の方言にこだわるため、わざわざ漢字の隣に濁音の読みのルビを入れています。ルビがないほうが読みやすいにちがいないのですが、汚いものとみなされてきた濁音こそが東北の言葉のイノチだと思うので、そうせざるをえないのです。

そうやって読者に濁音での読みを強制する時点で、標準語に対する方言の立場を主張する――言いかえれば中央に対して地方の立場を主張する、政治的な反抗のニュアンスが含まれてきます。だから、ぼくが書くものは、単純に方言の温かみを伝えるような、牧歌的な田舎の話にはなりません。中央と地方の力の不均衡を気にしないでいられる読者には、そんなこだわりなんかどうでもいい些細なものに思えて、反抗的でノイズまみれのぼくの文章を疎ましく思うでしょう（たとえ、ぼくの郷里で暮らす者であっても）。でも、そうしなければならない必然がこちらにはあるのです。つまり、そのようなローカルな傷を持たない書き手のように、だれもがノイズを感じないでストーリーに没頭できる「普遍的」とされる作品なんか書けないし、そのような作品を書く必然を自分の中に見出せないということです。

そんなぼくが書くものは、はたから見れば、厚く積もった泥に足をとられて歩いているようなものかもしれません。けれど、それこそがぼく自身の固有性がこもった表現だし、そこから見えてくる「普遍性」をこそ書こうとしているのです。「傷がある」ということは、ある限界を表現に強いるとともに、だからこその磁場を持てるという大きな可能性でもあると思うのです。……たとえ売れにくくても。

そもそも、ぼくらが簡単に口にする「普遍的」とは、ほんとうに「普遍的」なのでしょうか。それは実際は日本の文学業界の中でだけ、今の時代の中でだけ流通している考え方のひとつにすぎない場合もあるのではないでしょうか。

たとえば、『文藝　二〇一九年秋季号』は、文藝誌では超異例の三刷となるほど売れましたが、その特集の「韓国・フェミニズム・日本」という特集の中で、斎藤真理子さんと鴻巣友季子さんが対談しています。興味深かったのは、斎藤さんによれば、メッセージ性の強い韓国文学の中には「文学は倫理性を具えていなければならない」という大きな命題があるという指摘です。そして、そこから見た日本文学について、斎藤さんはこう語ります。

――韓国でももちろん、文学と政治的な正しさの関係についてはさまざまに議論がありま す。ただ日本文学は、潔癖なまでに倫理的であることを拒否するというか、顕現化させては ならないと考えているところがありますね。

ほんとうは、作家それぞれの個性をひとくくりにはできないと思いますが、国それぞれに、その国の文学のかたちの傾向はあるのでしょう。メッセージ性や倫理観を抑制するのがよい文学だという文学観も、実は相対的なものかもしれません。対談相手の鴻巣さんが指摘する、どんなによいメッセージもプロパガンダになりうるという危惧は至極まっとうだと思いつつ、言わなすぎの弊害もあるのではないか。メッセージ性や倫理観をださないという〝文学的な意味での正しさ〟を頑なに堅持してきたために、今の日本社会は政治も言論の自由も〈何もかもが手遅れになる〉寸前まで来てしまったともいえるのではないか。

ともあれ、先ほど「普遍性」という言葉がはらむ暴力性について書いたことも含めて、ぼくらが「普遍性」とか「普遍的」という言葉を使うときは、一度よく疑ったほうがいいのかもしれないと、自戒を込めて思うのです。

二〇一九年九月二九日　木村友祐

私(たち)のモラル——第一六便　温又柔より

木村さま

のっけから、弱音を吐かせてください。

いま、頭が痛くてたまらない。といっても、決して比喩的なことではなく、ただもう、物理的に頭がひどく痛い。おそらく、観測史上最大の台風が近づいているからなのでしょう。いつからか、自分が頭痛に苛まれるときの多くは気圧が低下中であることを発見しました。その後、それは私の気のせいではなく、気圧の変化で自律神経が乱れて起こる不調の一つなのだと知りました。はたして、先ほど、Twitterで「頭痛」と検索すると、私と似た症状のひとが悲鳴をあげていました。あまり薬に頼るのはよくないと思いつつも、これ以上耐えられそうにはなく、とうとう頭痛薬を取りだして、水で喉に流し込んだところなのです。効き目よ早くあらわれろ、と願いながら、雨風が強まったり弱まったりを不気味に繰り返す窓辺のソファーでしばらく身を投げ出していたら、だんだん気が塞いできて……

昨夜からずっと台風関連のニュースが流れています。不要不急の外出は控えてください、と今朝もアナウンサーが呼びかけていましたね。私はあいかわらず昼夜逆転で、朝方に執筆を一段落させたばかり。

ふだんならお昼近くまで眠るのですが、きょうは午前中のうちに買い物を済ませようと開店間際のスーパーに出かけました。そしたら、来るべき台風に備えるためか、一〇時台でもうレジは長蛇の列。こんなに混んでいるならべつの店に行ったほうがいいかなという思いがよぎりましたが、特に急ぎの用事があるわけでもないので、人波を潜り抜けながら必要なものをさっさとかごに入れて、レジの最後尾につきました。

妙に、殺伐とした雰囲気なのです。余裕がない。どの顔も、疲れていました。朝方まで原稿を書いていた私も、まあ、似たようなものだったのでしょう。年配の女性の溜息が後ろから聞こえたと思えば、混みあう列のあいだを眉間に皺を寄せて割ってゆく、やはり年配の男性の姿も。どの客の買い物カゴにもものが大量に詰まっています。

そのうちじわじわと頭痛がしはじめ、のろのろと進む列でじっと耐えていました。すると、お待たせいたしました、というさわやかな声が聞こえてきたんです。レジ担当の若い男性店員でした。二〇代半ばに見えます。テキパキとしたようすで会計をしながら母親の横にちょこんと立つちいさな子どもにも、またおいでね、と笑顔で声をかけるのを忘れません。ものすごく混んでいてマニュアル以上のことばを尽くすのは客を対応するうえで決して効率的ではないはずにもかかわらず。殺伐とした雰囲気の中で、潑剌《はつらつ》と働くかれの姿が視界に飛び込んできたとき、突然、一服の清涼剤を与えられた心地がしました。

(あの店員さん、今夜、ぶじに家に帰れるだろうか?)

大型台風の上陸が迫っていても、仕事を休めない人たちが大勢いる。昼前には必要分の食料を確保して自宅のソファーにぐったりと身を任せていられる私とはちがって……それにしてもこんな日は外暮らしの猫たちはどうしているんだろう？

それで、えいやっと、起きあがって、こうして木村さんに手紙を書くことに決めたのです。

木村さんが引用してくださった『文藝 二〇一九年秋季号』の斎藤真理子さんのおことば——

「日本文学は、潔癖なまでに倫理的であることを拒否するというか、顕現化させてはならないと考えているところがありますね」

潔癖なまでに倫理的であることを、拒否する。

仮に、「五大文芸誌」と呼ばれる雑誌に掲載されている作品が、「日本文学」あるいは日本の「純文学」の最前線なのだとしたら、私は最新の日本文学（純文学）のことなどほとんど知らないに等しいのですが、それでもその傾向がわからなくはありません。

ところで、書くことと同じぐらい、私が自分の人生の中で最も大切にしたい行為のうちの一つは、まちがいなく、面白い小説を読む、と断言できます。面白いとひと口に言ってもいろいろな意味があるけれど、私の場合は、それを読む以前と以後とでは、これまで見えていたものの見え方が変容させられる快感を与えてくれるものに対して面白いと感じます。もっと言えば、想像力を刺激させられて、こちらも早く何かを書かなければ、と焚きつけられるような、そういうもの。

最近で言えば、『ユリイカ』での追悼特集にエッセイを寄せる機会を得て集中的に再読したトニ・モリスンや、新刊が出たばかりのジュンパ・ラヒリ、ウェイク・ワンなどがすごく面白かった。特に、アリス・マンロー作品——この作家も私は大好きです——の名訳で知られる小竹由美子さんによって初邦訳されたウェイク・ワンのデビュー作『ケミストリー』（新潮社）は、著者が私と同世代の中国系アメリカ人女性ということもあって、アメリカと日本とではまったく事情がちがうものの、〝中国〟をバックボーンにアメリカ社会でうまれ育った〝移民〟の〝女性〟としてじたばたするさまが妙に身につまされました……。

トニ・モリスンは黒人女性であり、ジュンパ・ラヒリもインド系のアメリカ人女性ということを思えば、私はあいかわらず、こうしたいわゆる社会の〝中心〟とは否応なくずれた位置にある（とみなされる）作家たちが書くものに心惹かれてしまうようです。そうであるからこそ、先の『文藝』にある鴻巣友季子さんの〈翻訳文学は日本文学の一部〉といったご発言には、すがりたくなるような思いを抱いてしまいます。

さて、この『文藝』が〈文藝誌では超異例の三刷となるほど売れ〉たというニュースには、率直に言って、腹の底から力が湧くのを感じました。文学がニュースになったとは言っても、〝みずみずしい感性〟を謳い文句に一〇代やそこらの〝若い〟書き手をもてはやしたためではなく、べつの分野ですでに著名である書き手がいかにも〝文壇〟受けしそうな〝純文学〟を書いたことを大いに売り出したからなのでもありません。「韓国・フェミニズム・日本」という、日本社会がどちらかといえば敬遠する〝政治性〟を感じさせる特集が、二〇一九年の現在、出版界内外で熱烈な注目と支持を集めたことの意味はとても重要だと思うのです。

しかし考えてみたら私自身も今年に入ってから夢中になった小説のうちのほとんどは、韓国発のものでした。チェ・ウニョンの『ショウコの微笑』（クオン）に、ファン・ジョンウンの『誰でもない』（晶文社）。キム・ヘジン『娘について』（亜紀書房）や、チョン・スチャンの『羞恥』（みすず書房）などなど。あえて韓国のものを読もうと意識したわけではないのですが、面白そうと思って選んでいたらそうなったんですよね。

たとえば、『娘について』は、不当解雇に遭って生活に窮する娘が母親を頼って戻ってくるのですが、その娘のパートナーが女性であることに困惑する母親の一人称によって淡々と綴られた小説です。娘を愛しているつもりが娘がレズビアンであるという現実を受け入れられず懊悩するその内面を描きながら、異性愛を前提とした家族制度に絡めとられている女性の倫理感を抉り出して、読者であるこちらの想像力を試します。

あるいは、北朝鮮から南韓国に命からがら亡命してきた脱北者たちのその後として、ピョンヤンオリンピックに向けて選手村建設に沸き立つ街で、かれらが徐々に追い詰められてゆくさまが静謐な文体で描かれている『羞恥』を読んだときも、一読者として、このような状況を生み出した現実に少なからず自分も加担してしまっていることを切々と問い詰められるようで、静かな悶えを感じました。

重要なのは、こうした韓国発の小説が、ただ単に、〈政治的な正しさ〉を訴えるためだけの器に成り下がってはいないということ。題材としては、ノンフィクションとして告発したほうが早いはずの問題提起が、ものの見事に小説として面白く読める。いや、小説になっているからこそ面白く読めたとも言えます。いま、優れた翻訳者たちによって続々と邦訳されつつある現代韓国小説が具える、この眩しいような小説的強度は何だろうと思っていたのもあり、木村さんからのお手紙を読んで、あらためてそこには〝倫理〟の問題がかかわってくるのではないか、と思いました。

……ここでいったん、台風に備えた買い物客で混みあうスーパーに話を戻します。それが当然の権利とばかりにうんざりしたような溜息を聞こえよがしにこぼすひとや眉間に皺を寄せて他人を押しのけるひと……そんな殺伐とした雰囲気の中で、潑剌と働いていた男性店員の笑顔に思いがけず心を洗われた私は、つい、かれのことが心配になったのです。

(かれはどこに住んでいるんだろう。近所だろうか。歩いて帰れる距離ならいいけど。こんな日でもバイトは休めなかったんだよね。ただでさえ人手が足りない感じだったし。何時まで働くんだろう。その頃には電車は動いているかな。ちゃんとぶじに家に帰れるんだろうか。かれ自身の今夜の食糧は確保できてる?)

スーパーとしては商品が一つでも多く売れるのならそれはありがたいことにちがいない。自分を含めた買い物客は、こんな日でもスーパーが開店しているのをどこかであたりまえだと思っている。でも、それが成り立つのは、パートやアルバイトを含めた従業員たちがいるからなのです。

(不機嫌そうにほかのひとを押しのけるようなひとがさっさと自宅に落ち着いて、あの店員さんが台風で家に帰れなくなるんだとしたら……)

そして、あらためて、腹の底から思いました。私はただ、心根がやさしく、まじめな人たちが、きちんと報われる世の中であってほしいのだと。これって、そんなに突飛な願いなのでしょうか?　むしろ、なんとも凡庸な思いだと思いません?

しかし現状はどうやら、そうではない。いま、世の中は、この書簡で再三繰り返してきたように、〈階層の固定化〉は急速に進みつつあるし、社会は不寛容になる一方です。実際に、社会の細部に目を凝らせば、やさしくてまじめなひとが馬鹿を見て、ずる賢い人たちがうんと得をしている。しかも、ずるい人たちが必ずしも幸せそうではない。「持たざる者」に余裕がないのはしかたないとして、「持てる者たち」にも精神的なゆとりがあるようにはとても思えない。少なくとも私はそう感じてしまうのです。

こんな現実なら、まじめにコツコツなど、馬鹿らしくてやっていられない。だれかにやさしくすることで損をしたり傷つくことしかないのなら、だれも自分以外のだれかにやさしくなどできません。しかし、やさしさに損得勘定が入り込むなんて悲しいですよね。率直に言って、こんな世の中は歪んでいる、と、そう思います。それで、この正直な反応というか、叫びにも似た苛立ちこそ、非常に〝倫理的〟な反応ではないかと。

そこで、ふと思うのです。ふたたび、例の『文藝』の対談を参照にするのですが、韓国では〈文学は倫理性を具えていなければならない、という大きな命題がある〉という指摘をうけて、鴻巣さんは非常に慎重な口ぶりで、

日本の批評では倫理という言葉はまず使わないですよね。使うと、途端に胡散臭い感じがしてしまう。

という言い方をなさっています。

しかし、韓国文学と比較したうえで日本文学――あるいは、もっと厳密に日本の文学業界と絞ってもいいかもしれない――に〈潔癖なまでに倫理的であることを拒否する〉傾向があるのだとしたら、これを特に疑問視しない日本の作家や批評家たちは、いったい、文学に何を求めているのだろう？

私にはそのことが不思議でならないのです。そして、おそらく木村さんはそのことにひどく苛立っているのでしょう。私は、自分も木村さんも、いまの日本の中では、よくもわるくも、〝倫理的〟なほうの書き手だとみなされているように感じています。

それで一歩踏み込んで、私たちはこの書簡において、〝倫理〟と〝政治的な正しさ〟を、いっそ思いきってほぼ同義語として扱ってもいいのかもしれないと思いました。そのうえで考えるのです。私が〝倫理〟や〝政治的正しさ〟と思うものはべつに、そんなに仰々しいものではない。もっと素朴に、こんなふうでは息苦しい、とか、この不安はどうしたら癒されるのか、とか、どうすればもっとひとにやさしくできるのか、といった意識のことなのです。

そうであるからこそ、先の『文藝』で斎藤さんの以下のご発言を読んだときは目から鱗が落ちる思いでした。

……いまの韓国文学を読んでいて、一人ひとりの作家の倫理観に基づく独特の〝正しさ〟への感覚があると感じます。「正しさへの志向性」と言うと強すぎるなら、「まともさの追求」と言ってもいいかもしれません。そして、それを作品に落とし込むのが韓国の作家は上手だと思います。

まともでありたい。そう、私もまた、ただ、それだけなのだなと。木村さんは書きましたね。〈文学とはそもそも反逆的なもの〉。心から同意します。そうではないものを、私も文学とは呼べません。意地でも、呼びたくはありません。木村さんはさらに書きます。〈どんなによいメッセージもプロパガンダになりうるという危惧は至極まっとうだと思いつつ、言わなすぎの弊害もあるのではないか〉。

おっしゃるように、いまや、〈言わなすぎの弊害〉が及ぼす影響は、すでに手の打ちようがないほどのものです。取返しがつかないぐらいの。だからこそ、胡散臭いと冷笑されようとも、どんどん言わなければならないのです。

ただ、一方で、反逆の仕方によっては、既存の権力構造を逆に補強する可能性がある、という危惧も私にはあります。というのも、反逆者ぶってひっくり返したつもりでいて、その実、権威の側に巧みに取り込まれてしまっている、という状況は、滑稽にもわりとありふれている。いや、これは木村さんとちがって、私が非常にわかりやすく〝マイノリティ〟とみなされる位置にあることからくる危惧なのでしょう。

——日本人ではないせいで、かわいそうな目に遭ったね。よくがんばったね。あなたが日本人ではなくてもぼくはやさしく受け入れてあげますよ……

木村さん。私は肝に銘じているんです。私が書いた小説を、余白を含めた文章の質そのものを度外視し、作者である私が台湾人である（≠日本人ではない）という出自や来歴によってのみ、評価しようとする人たちからの称賛はすべて疑ってかかろうってね。私をそのように評する人たちは、私をかれらにとっての〝政治的な正しさ〟の檻の中にぶちこもうとしているのに過ぎません。その証に、私の小説を読む前と後とで、かれらが変容した気配は一切ありません。そんなかれらは、自身をみずから「反逆者」と称することも多い。冗談ではない。私にとってのこうした読者は、私を決めつけるもう一つの権威でしかありません。

〈〝他者〟である相手が置かれた状況を受けとめ、搾取しないでつながろうとするためには、逆説的ですが、まず線を引くこと――お互いの力の不均衡を自覚すること〉

木村さんとむかいあうときの、このすがすがしさの理由がわかったおかげで、私は以前にも増して直感が冴えるようになった気がします。あ、いま、私は「暴力」をふるわれたな。そう気づき次第、容赦はしません。

……鎮痛剤の効果があらわれたのか、やっと頭痛がおさまってきました。心がほぐれたせいもあるのでしょう。私にとって木村さんとの手紙のやりとりは、自分自身のまともさを再確認するための行為でもあるなとつくづく思います。

二〇一九年一〇月一二日　観測史上最大の台風が近づきつつある日の午後に　温又柔

第五章　性と性のあいだ

線を引くとき――第一七便　温又柔より

木村さま

さわやかな季節です。木漏れ日がきらきらとまばゆくて心地いい。ここ数日、私は昼夜逆転がころっと転じて、朝早くに目が覚めるようになりました。きのうは夕方からとある取材を受けたのですが、予定よりもだいぶ早めに家を出て、小春日和というのが似つかわしい午後の数時間を散策に費やしました。毎年のことながら、冴え冴えとした秋の空を見上げるたび、自分は一年のうちでもこの一一月が最も好きだといちいち宣言したくなります。つい数日前まで台湾にいたのもあり、今年はことさらそう感じたのかもしれません。

『空港時光』が台湾で翻訳・刊行されたので、出版社主導の販売促進を目的とした刊行イベントをはじめ、台湾各地の大学や書店を〝巡回〟してきました。今回は、先々で迎えてくれる方々に恵まれ、首都の台北のみならず、高雄、台南と南部の町にも行くことがかない、いつも以上に長めの滞在となりました。

同じ台湾でも台南や高雄となると、北回帰線を跨《また》がった南側。熱帯圏となります。年中温暖な気候の台湾南部は、一一月なのに日中も夏の陽光が眩しく半袖でも暑いぐらいでした。いや、一一月なのに、という表現はちょっと自己中心的ですよね。この星の熱帯地域に暮らす人たちにとって、おそらくそれは、ごくありふれた一一月の一日だったはずなのですから。

……とはいえ同じ台湾でも、台北にいるあいだは日が沈んだら薄手のシャツ一枚ではかなり肌寒く感じられたので、北と南のこの気候のちがいを肌身で感じとれただけでも、ふだんは台北にばかりいる自分が知る〝台湾〟は、ほんとうにごくわずかな一部のみなのだなあとあらためて思い知りました。

ちょうど『空港時光』の最後の段落で「どうやら台湾は、私が考えている以上に大きく、なおかつ複雑なのだと思い知る」と締めくくったのもあり、台湾にいたある夜、中国語で刊行されたばかりの『空港時光』の該当箇所を探して、「一直以來都這麼認爲，但此刻我領悟到，台灣比我以爲的更大，更複雜」と日記に書き写しました。

……その後、自分の筆跡を眺めながら、日本語ではなく、中国語を読み、書きながら育った自分について空想します。

木村さん、可笑しがらないでくださいね。私はいまだにこんなふうに、台湾で育っていたかもしれない自分自身を想像することがあります。オンユウジュウ、ではなく、ウェンヨウロウ、と名のっていたはずの私の人生について思いを馳せるのです。ウェン・ヨウ・ロウ、とは「温又柔」を中国語で発音したときの音を（半ばむりやり）カタカナで綴ったものです。

ちなみに「木村友祐」の中国音を私なりにカタカナで再現すると、ムゥ・ツゥン・ヨウ・ヨウとなるんですよ！（しかし、ユウスケとユウジュウは翻訳されても、ヨウヨウとヨウロウでヨウが重なっていて、国境を越えても兄妹のようでうれしい）。つまり、ヨウヨウは、木村さんの秘められたもう一つの名前なのです。

……とまあ、こんなふうに日本と台湾が、同じ漢字文化圏だったため、私は子どものときよく空想しました。又柔という漢字を挟んだこちら側の日本で育っている私と、あちら側の台湾育ちのかのじょ。ヨウロウ、という名のかのじょは、私の子どものときからの架空の親友だったといっても過言ではありません。

それで、中国語になった自分の文章をながめながら、私は、はじめこそ、これはかのじょ――台湾で育ったウェンヨウロウ――が書いたものなのだと夢想しようとしました。

> 不管如何，現在的咲容拿著「中華民國」護照，及日本政府發行，記載著「永住者」的「在留卡」，往來於日本和台灣之間，這件事情並沒有造成太多的困擾。至少，過往沒感到太多的困擾。現在也是如此。

翻訳家による中国語をノートに書き写してゆくうちに、私はだんだんと疑問を募らせたのでした。こんなこと、かのじょ――ヨウロウ――は、わざわざ書こうとするのだろうか、と……。

この箇所はユウジュウである私が書いた原文に戻すと、

今の咲蓉には、『中華民國』の旅行券と日本国政府が発行した『永住者』と記載された在留カードをもちながら日本と台湾を行き来することが、それほど苦痛ではない。少なくとも、以前ほどは。あるいは、今のところは。

となります。日本と台湾を行き来しながら育つ過程で、ことあるごとに自分はふつうの日本人とはちがっていると思わされ、さりとて自分は台湾人そのものだとも割り切れなかったからこそ、台湾人と日本人のどちらでもあってどちらでもない、という、不安定ともいえる感覚そのものを私は、自分の思考の拠点として選択するに至りました。

私は、〝アイデンティティ〟とか〝ディアスポラ〟といった用語をまるで知らなかった子どものときからすでに、出生地であり、親の母国である台湾と、人生の大半を実際に過ごしている日本いう二つの国を隔てる「線」の上で、どちらに転んでも何かがどうしても自分とぴったりとはそぐわないという感覚を漠然と持っていました。そして、このどことなくおぼつかない感覚こそが、書くという行為へと私を駆り立て、書くことの中に自分の居場所を確保したいと切望させたのだとも思っています。もしも、台湾国内で育っていたのなら、私は、ちょっとした浮遊感をもなうこのそぐわなさを抱く可能性は低かったと思うのです。

木村さん。私は、中国語に翻訳された自分の文章の一部を書き写したあと、こんなふうに考えたのです。自分は台湾で育っていたら、書くということに対してこれほどまでに没頭していただろうか、と。いや、私のことだから、どこで育ったとしても、方法を習得するチャンスにさえ恵まれたのなら、書くこと自体は好きだったかもしれない。ただ、いくら好きでも、台湾人としてうまれ、そのまま、台湾人としてすくすくと育っていたのなら、いま、書いているようなものは、書いていなかったことでしょう。

さらに言えば、私の父の赴任先が東京ではなく、もっとべつの国の都市であったのなら、自分のルーツとなる台湾の歴史の中に刻みこまれた日本の気配に、私はいまほど、敏感だったこともない気がします。たとえば、『空港時光』のこの段落……

> （台湾の東部の都市、台東にて）日本人が敷いた鉄道の配線跡に立ち、日本人のものだった製糖工場を見あげていたら、沸々と湧きあがるものがある。
>
> ——はじめてなのに、懐かしい。どうも郷愁をそそられるんです。
>
> 勝手に懐かしがるな。こみあげてきたのは、そんな日本語だった。その日本語は、ほかならぬ自分自身への戒めでもあった。台湾、とりわけ台湾が日本の植民地であった頃のことについて考えるとき、私の心情は限りなく日本人に近い。

こんなことは、台湾人としてうまれながら日本で育ったこの私でなければ、おそらく書こうとは思わないのではないか？　日本の、もっと言えば、日本の学校に通って、日本人にまぎれて読んだり学んだりするうちに日本語と一体化していったかつての自分を自覚すればするほど、私は日本語をとおして自分が台湾を書くことの限界と、その限界そのものを一つの可能性として、私にとっての台湾を書く方法を模索したくなります。そうすることでやっと自分は、台湾と適切な距離をとると同時に最大限にかかわることができるはずなのだ、と。

今回、台湾という、私にとっては、ほかのどんな国ともまったくべつの重みをもつ場所で、『空港時光』の原作者として取材に答えるかたちで発言したり、いくつかの大学では私の作品について論文を書いているという学生と対話する機会にも恵まれたおかげで、つくづくとそのことを思い知らされました（研究者の卵たちの視点は鋭く、どぎまぎさせられてばかりでしたが）。

どこでも必ず聞かれたのは、おなじみのこの質問です。

――次回作は、どんな内容を書くご予定でしょうか？

そう訊かれるたび、母と娘についての物語、と答えました。以前、木村さんにも打ち明けたように、私はいま、はじめての長篇を書くことに挑戦しているのですが、その内容を一言で言い表すと、そうなるのです。もう少々詳らかにすれば、台湾人の母親をもつ娘と、日本という異国で娘を育てることとなった母親のすれちがいと和解にいたるまでの物語を書くつもりでいます。夫との結婚生活に悩む娘は私と同世代という設定で、そんな娘にやきもきする母親も私自身の母と同世代の人物です。

娘の少女時代にも遡りながら、いつまでもカタコトの日本語しか話せない母親の愛情を素直に受け入れられずにいる娘と、日に日に日本人めいてゆく娘とのあいだに生じる距離をなんとか埋めようとするも空回りばかりしている母と、そのふたりを台湾から見守る、日本統治期に覚えた日本語を流ちょうに話す祖母の存在もとおして、みずからの人生において日本語と台湾とむきあ

郵便はがき

料金受取人払郵便

神田局
承認

7451

差出有効期間
2021年7月
31日まで

切手を貼らずに
お出し下さい。

101-8796

537

【受 取 人】

東京都千代田区外神田6-9-5

株式会社 明石書店 読者通信係 行

お買い上げ、ありがとうございました。
今後の出版物の参考といたしたく、ご記入、ご投函いただければ幸いに存じます。

ふりがな お 名 前	年齢	性別

ご 住 所 〒 -

TEL ( ) FAX ( )

メールアドレス	ご職業（または学校名）

＊図書目録のご希望	＊ジャンル別などのご案内（不定期）のご希望
□ある □ない	□ある：ジャンル（ ） □ない

書籍のタイトル

◆本書を何でお知りになりましたか？
□新聞・雑誌の広告…掲載紙誌名[ ]
□書評・紹介記事……掲載紙誌名[ ]
□店頭で □知人のすすめ □弊社からの案内 □弊社ホームページ
□ネット書店[ ] □その他[ ]

◆本書についてのご意見・ご感想
■定　価 □安い（満足） □ほどほど □高い（不満）
■カバーデザイン □良い □ふつう □悪い・ふさわしくない
■内　容 □良い □ふつう □期待はずれ
■その他お気づきの点、ご質問、ご感想など、ご自由にお書き下さい。

◆本書をお買い上げの書店
[市・区・町・村 書店 店]

◆今後どのような書籍をお望みですか？
今関心をお持ちのテーマ・人・ジャンル、また翻訳希望の本など、何でもお書き下さい。

◆ご購読紙 (1)朝日 (2)読売 (3)毎日 (4)日経 (5)その他[新聞]
◆定期ご購読の雑誌 [ ]

ご協力ありがとうございました。

ご意見などを弊社ホームページなどでご紹介させていただくことがあります。 □諾 □否

◆ご 注 文 書◆ このハガキで弊社刊行物をご注文いただけます。
□ご指定の書店でお受取り……下欄に書店名と所在地域、わかれば電話番号をご記入下さい。
□代金引換郵便にてお受取り…送料+手数料として300円かかります（表記ご住所宛のみ）。

書名	冊
書名	冊

ご指定の書店・支店名	書店の所在地域 都・道 府・県　市・区 町・村
	書店の電話番号 （ ）

うことが運命づけられた世代を跨る三人の人物の背景にある、日本人にとっての台湾と台湾人にとっての日本を交錯させられたら、と思っています。

……と、そんなふうに答えていたら、ある大学で、こんな質問を受けました。

――どうして、男性ではなく、女性なのですか？

私にそう問いかけたのは、真剣なまなざしをたたえた男子学生でした。私は少し考えてから、

――私自身が、女性であるからなのでしょうね……それに、日本人男性と結婚した台湾にルーツをもつ女性が悩む姿をとおして、日本の女性をめぐる境遇も表現したいと思うからです。

流ちょうな日本語を操るその学生は、過去はともあれ少なくとも現代においては、台湾よりも日本のほうが圧倒的に「男性優位」社会であるという現実を知っていたのにちがいありません。私がそう回答すると、すぐに納得してくれたようすでした。

きょうも、よく晴れた、とても一一月らしいいい気持ちのいい空の下を歩きながら考えていました。私がこれまでに発表してきた小説は、ごく短いものをのぞけば、すべて女性が主人公です。どうしてだか、いまのところ、自分が書きたいと思うことを書くためには、自然とそうなってしまう。もちろん、女性だけでなく、男性のことも私は書きたい。ただ、それはたとえば娘にとっての父であったり、祖母の夫としての祖父であったり、あくまでも女性にとっての男性としての男性のことなのです。そしてこう思うのは、私自身が女性であるという事実と深く関係しています。この件については、木村さんと手紙を交わす中でも少し触れたことがありましたね。

木村さんの小説の主人公は、必ずしも木村さんと同性である男性とは限りません。たとえば、

ビルの窓拭きに従事する人びとのことを描いた「天空の絵描きたち」は女性が主役です。それで私は、木村さんにとっては異性である女性を主人公にして書くときは何かべつの意識はあるのか、たずねてみました。木村さんは〈自分の中の女性性を働かせて書いている〉と答えてくださいました。ただし、〈女性の体の感覚までは到底書くことができ〉ないため、あくまでもご自身が〈想像できる範囲内（男性と共通する部分）でしか書けないことは自覚〉しているのだと。

あの手紙の中で木村さんは、〈ぼくはやはり、〝外部〟に出て、現実そのものを感じたい〉と、きっぱり宣言なさっていました。ややもすれば、箱庭めいた、隅々まで端正に整えられている分、大変うつくしくはあるものの、非常に限られた狭い世界の中で繰り広げられる微細な関係の機微をうまく掬《すく》いあげたような、どちらかといえば私小説めいた作風のものこそが純文学っぽいのだという風潮はあいかわらず根強くて、それは書き手にとどまらず、読み手や、もっと言えば書き手を志望しているような読み手たちの中にも、文学といえばそういうものなのだ、と思いこんでいるひとは依然多いように感じます。

けれども、少なくとも私は、文学――純文学と言ってもいいのだけれど――の可能性を、そのようなものとして狭めるのはもったいないことだと思っています。だからこそ〈自分が見知ったものの〝外部〟に体ごと出て、手に負えない異質な現実とぶつかって〉ゆく木村さんの覚悟を頼もしく思うし、そんな木村さんの最新作「幼な子の聖戦」は、いま、ご自身が書くべき主題――現代社会に対する真摯な異議申し立て――をどうにか純文学のかたちにねじ込もうとしている闘いの跡が見える分、血湧き肉躍るのです。

ところで木村さん。私があくまでも女性の視点で書きたいという思いをよりくわしく説明するためにも、純文学っぽさという幻想ともかかわる、私が被ったあまり愉快ではないある出来事について、お伝えしなければなりません。まだ、私（たち）がデビューして一年も経っていない頃のことです。某大手出版社の編集者が私に会いたいと連絡を寄越しました。

――まあ、温さんも、いつかは、日本人しか出てこない小説を書けるようにならなくちゃね。

読んでみたい、でもなく、書いてほしい、でもなく、書けるようにならなくちゃね。私は相手の物言いに、自分の目も、耳も、疑いました。しかしどう見てもかれ――そう、私よりずっと年上の男性でした――は、まったく悪びれることなく、むしろ、貴重なアドバイスをしてやっている、という態度なのです。でも、と私は反論しました。

――私は、台湾人として日本で育ったという経験をもっと書いてみたいんですよ。

――いや、だから、そのあとの話だよ。

私が黙っていると、それが気に入らなかったのか、かれはほとんどふんぞり返ったまま、言い放ちました。

――意外に、頑固なんだね。

その後、かれから連絡が来ることはありませんでした。いちいち説明しなくてもわかると思いますが、私が頑固なのではなく、かれにとっての私が自分の思いどおりにならなかったというだけの話です。正直、こんなことには慣れっこなのです。

――可愛げがないよね。

――○○さんは、もっと素直に反応してくれたけどな。

――色気がないなあ。

かれら――そう、私にこんなこと言うのは全員とも男性です――は、私に大切なことを教えてくれました。

おまえは台湾人だ。ましてや女だ。ならばもっと従順でいたほうが、この国ではおれたち（＝日本人男性）に可愛がってもらえるぞ？

木村さん。私は、日本人〝ではない〟ということのほかに、男性〝ではない〟ことが理由で遭遇せざるを得なかったこうした出来事とも、書くという行為をとおしてむきあうことで自分を支えてきた気がします。

――どうして、男性ではなく、女性なのですか？

考えてみれば、台湾で育った自分自身を想像するときの私は、一度も「性」を跨ったことがありません。空想の中の中国語を話している私はいつも「女の子」でした。いまになって、ふと思うのです。私の知る限り、日本ほど、男性中心的ではない台湾社会のマジョリティとしてすくすく育った私は、ひょっとしたら「女性」としても、日本社会の中で育ったこの私よりもはるかにのびやかに生きているのかもしれない……

ああ、木村さん。また、私たちのあいだに、線を引くときがきたようです。それも、とても重要な。私たちは、別々の「性」を生きています。この、ささやかな、それでいて、最大のちがいとは、どんなことを意味するのでしょう?
たとえば、私が男性〝ではない〟せいで被らざるをえなかった経験と、木村さんが男性〝である〟せいで被った経験とを照らし合わせてみたら、「男性優位」であるはずのこの社会が、いったい、だれにとって最も都合がいいのか、立体的に見えてくるかもしれませんね。これを機に、ちょっと試してみましょうか。もちろん、お互いに苦痛のない範囲でね。

温又柔

二〇一九年一一月二〇日

無意識の加担——第一八便　木村友祐より

温又柔さま

台湾での『空港時光』の刊行、おめでとうございます！　一〇年前にデビューしたばかりの頃は、ご自分の小説が台湾でも読まれるようになるとは思ってもみなかったのではないでしょうか。でも、これは必然の流れですね。

いただいたお手紙では、温さんは〈もしも、台湾国内で育っていたのなら〉と繰り返し想像していました。それにつられてぼくも、もしも、翻訳された『空港時光』を温さんの想像上の分身であるウェンヨウロウさんが読んだなら、と想像してみるのです。

おそらく、台湾で生まれ、台湾で暮らすウェンさんは、自分が気づかなかった視点や感覚をもたらされるような思いで、新鮮な興奮を覚えながら読むのかもしれません。たとえ、台湾での暮らしに不足がなくても、温さんの分身であるウェンさんもきっと、日々の暮らしの中の小さな違和感に足をとられることはあって、答えを探すために小説を手に取ることがあるのではないか、と考えるからです。

そう想像しているぼくもまた、「木村友祐」を中国語で発音すれば、「ムゥツゥンヨウヨウ」となる！　仲間から「おーい、ヨウヨウ」と呼ばれて振り返る、もうひとりのぼくの姿が思い浮かびます。〝自分〟とは、絶対に動かせない固定された存在ではなく、別の存在の可能性だってある。そう考えると、楽しいですね。

先のお手紙では、温さんはさらに、ウェンさんについてのもうひとつの可能性を想像していました。

〈私の知る限り、日本ほど、男性中心的ではない台湾社会のマジョリティとしてすくすく育った私は、ひょっとしたら「女性」としても、日本社会の中で育ったこの私よりもはるかにのびやかに生きているのかもしれない……〉

温さんがデビュー後に男性の編集者から浴びせられた言葉の数々。まだ駆けだしの、日本ではマイノリティである台湾人で、女性である書き手に向けた、なんという恥知らずな言葉かと呆れました。ひどい、信じられん……と思いましたが、実際にあったことなんですね。そのあとに〈正直、こんなことには慣れっこなのです〉とも温さんは書いていて、さらに啞然としました。

これまで温さんといろいろとお話ししてきましたが、その話を聞くのはおそらくはじめてだし、しかも何度も同じような目にあっているなんて。小説も女性の作家も商品としか見ていない、そんな愚劣な連中が文芸の編集者ヅラしてるのかと憤りを覚えます。どこの編集者だよ、出てきてツラァ見せろと言いたい。

温さんと一緒にデビューしたぼくのほうは、「可愛げがないよね」とか、「○○さんは、もっと素直に反応してくれたけどな」とか、「色気がないなあ」などという言葉を、一度も言われたことがありません（男のぼくに対してそういう「愛嬌」や「従順さ」や「色気」に言及するのは妙なのかもしれませんが、相手が女性ならば言っていいわけではありません）。

また、ぼくが読者に読まれにくい方言を使って書くことに対しても、「木村さんも、いつかは、標準語を話す都会人しか出てこない小説を書けるようにならなくちゃね」なんて言われたこともありません。内心では思っていたかもしれませんが、面と向かって言った人はいません。

この明らかな差異、断絶。ここに、日本人で男であるぼくと、台湾国籍で女性である（さらに若い）温さんとの立場のちがいが噴きだしているのだと思わされました。そして、そんな抑圧があったということを、ぼくが長年気づかないでいられたこと自体に、すでに格差が潜んでいたのです。だから、その男性編集者らの態度に怒りを覚えつつも、彼らのことを他人事のように、その卑劣さと無縁であるかのように、一方的に断罪することはできません。自分ごととして足元を見つめなくてはなりません。

まず、ぼくの個別性のことからお伝えするなら、温さんが〈男性〝ではない〟せいで被らざるをえなかった経験〉に比べて、ぼくが〈男性〝である〟せいで被った経験〉は、ほとんど思いだせないくらいに乏しいのです。お互いの経験を照らし合わせてみましょうという温さんのご提案には、おそらく、「男だから〜すべし」という男らしさを強要された抑圧の経験を語るようにうながす意味があったのだと思います。でも、ぼく自身は、昔から「男らしくあるべし」という価値観にあまり染まったことがなく、そういう抑圧の記憶が残るほどには、親や教師からつよく言われた覚えもありません。

妙なエピソードをお伝えすれば、中学生くらいのとき、ぼくはオカルトや精神世界の本が好きで、そのとき読んだものの中には「両性具有者」のことが書かれていました。生身の人間の両性具有者ではなく、天使か何かの想像上のものだったと思いますが、そのときぼくが感じたのは、ふたつの性を兼ね備えていることは、理想的な完璧な姿ではないだろうかという憧れです。だから、自分の中に女性的な要素を見つけたとしても、わりと素直に受け入れていました。

オトコオトコしたものに対して逆にカッコ悪いとさえ思っていて、悩みといえば、そんなふうだから（オトコオトコしてないから）女の子にモテないのだろうかと、ときおり頼りない気持ちになったくらいでしょうか。

そこには、温さんとぼくの経験の非対称が存在していて、被害を打ち明け合うには、ぼくはふさわしくありません。でも、だからといって、男女の上下関係に無縁かといえば、けしてそんなことはありません。今ぼくは「男女」とごく自然に書きましたが、あらゆる面で男が先で女が次という順番自体に、社会的かつ歴史的な上下関係の刻印があるのです。そして、繰り返しますが、そうした差異に無頓着でいられたということ自体が、優遇された場所にいて不足を感じなかったことを示しているのでしょう。

むしろ、ここでぼくが語るべきなのは、これまでも今も、そのように自分が無意識に加担しているだろう、女性に対する加害についてのことです。

これから書くことは、おそらく、温さんの心をかき乱すことになるのではないかと危惧します。そして、今までの対話の中で、いちばん不快なものになるでしょう。ぼく自身、知られたくなかったことを書くのだから、痛みを覚えます。だけど、この国で女性が置かれてきた現状を浮き彫りにするためには、書くしかありません。

女性を見るとき、まずモノとして見る。ひとつの人格としてではなく。

この傾向が、男性が女性を見る目線には、根深く、根強くあるのではないでしょうか。視界に入る見知らぬ女性を見るとき、まず、その容姿を認識します。顔の造作。丸みをおびてやわらかそうな体のライン。若いかどうか、など。ただし、これはぼく自身をモデルにしているので、男がすべてそうだとはいえません。ぼくの下劣さをもって一般化はできませんが、それでも、世間で問題になるセクハラの事案を見ていると、おそらくそういう、女性をモノとして見る性癖・慣例が根にあるのだろうとすぐ感覚で理解できるのです。他人事ではないからこその、ひどく苦い感触とともに。

街中や駅の構内を歩いていて、この視線を自分の中に感じるとき、見ている相手の人柄などおかまいなしに、ただ見た目だけに意識が集中していると感じます。そして驚くのです。その人の痩せていたり太めだったりする体つきは、こちらに見せるためにそうなっているわけじゃないのに、自分は今、ジロジロと評価して品定めするように見ていたと。

そんなときぼくは、以前観た村上浩康監督の『蟹の惑星』というドキュメンタリー映画を思いだすのです。それは、多摩川の河口近くの干潟にいる蟹の生態と、その蟹の研究をしているおじいさんのことをとらえた驚きと見応えのある映画なのですが（蟹のうつくしさに見惚れます）、じいさんが言うには、捕まえた蟹が暴れるのを封じるには、視界をふさげばいいのだそうです。ピョンと突きでた目玉を倒して視界をふさげば、蟹は動けなくなるんだと。実際、映画の中では、目玉を倒された蟹はとたんに動くのをやめてしまいました。

なぜぼくがそのことを思いだすかというと、(『春琴抄』の佐助のように針で両眼を突けとまでは言いませんが)男たちの目をふさぐだけで、痴漢やセクハラやレイプといった被害はグッと減るだろうと思ったからです。手足を拘束するまでもありません。なぜなら、嗅覚が衰えたぼくら人間の男たちは、女性を女性として認識するのは、ほとんどといっていいくらい視覚情報に拠っているからです。

見る/見られる。女性だって男性を見るし、場合によってはそこに品定めの視線がまじるとしても、それでも女性のほうが、男性よりも寄ってたかって「見られる」のではないでしょうか。たとえば「見初める」という言葉がありますが、女が男を見初めるという具合に使われるよりも、男が女を見初める、そして女は見初められる、というふうに使われることのほうが多いように思います。

ここにも上下の力関係があると感じますが、この関係が、ごくあたりまえのように、男と女のあいだに強固に根づいているのではないかと仮説を立ててみます。つまり、女性たちもまた、見られることを前提にした日々を送っているのではないかと。見る/見られるという関係を自明のものとしたうえで、それを逆に「見せる」「魅せる」ことに反転する。だからこそ、化粧品や若返りグッズや脱毛エステなどの美容業界、女性向けのファッション業界の衰えることのない隆盛がある——。テレビのCMでも、電車内でも、それらの広告はいたるところに氾濫していますね。

……と、ここまで書いて、でも、これもまた、男目線の危うい誤解をはらんでいるのではないかとも感じはじめています。この見方で押し進めるなら、女性がスカートを穿いて脚の形を視線にさらすのも、体のラインをくっきり浮き立たせる服を着るのも、男の欲望を内面化したため、となりかねません。

女性には女性の自律したおしゃれの喜びがあるのだということをわからずに、その装いすべてに男の欲望を介在させて見るなら、どうなるでしょう。肌の露出が多かったり、体のラインがくっきり出た服を着ていれば男に媚びているサインだと決めつけてしまったら、性暴力を起こす口実にもなってしまうのではないでしょうか。だとすれば、非常に危険です。

それにしても、いったい、どこまでが男性目線の内面化で、どこからが自分から美容やおしゃれにいそしみ、うつくしい自分を楽しむことなのでしょうね。……いやしかし、この問い自体がまたまた大きなお世話かもしれません。なぜなら、男性の装いについて同じ問いを立てないこと自体が、ほんとうはおかしなことなのですから。

上下の力関係といえば、根本的なものに、一対一で向き合ったときの女性の筋力と男性の筋力の差があります。そこに、男性が女性に対して権力的に振る舞う要因の根があると感じます。相手を屈服させるなら、最終的には暴力に訴えればいいという。筋力は暴力（軍事力）の保持であり、すなわち権力となるという図式。つまり端的に、筋力＝権力。

そうした生まれながらの筋力の差に基づく男女の上下関係が社会のはじまりにあって、それが現在の社会構造に固定化したのでしょうか。それとも、女性の持つ潜在的な大きな力を恐れて、その力が発揮できないように封じ込めるため、そしてさらに非力な男でも女性の上に立てるようにするために、女性を下位に置くという構造を女にも男にも内面化させてきたのでしょうか……？

女性と男性の非対称性はまだまだありますが、たったこれだけ書いただけで、気が滅入ってきました。白状すれば、ぼく自身、夜道でぼくの前を女性がひとりで歩いているとき、追いついて恐がらせないように速度を落としながら、自分が今、「男」であることの禍々しさを運んでいるように感じることもあるのです。男は男であること自体でヤバいんじゃないかと。

今は理性的に振る舞ってはいるけれど、戦争といったタガが外れた状態では何をしでかすかわからない、本質的にヤバイ生きものなんじゃないかと思うことがあります。そしてこれは、残念なことに、過去の戦争や現在の紛争における男の振る舞いを見れば、考えすぎではないという予感があります。

女性をモノとして見る、上下関係にもとづいて男にとって都合のいいように従わせる。その最たる悲惨なあらわれが、「従軍慰安婦」だったのでしょう。以前ふれたドキュメンタリー映画『主戦場』では、歴史修正主義者と性差別はセットになっていることにふれていました。たしかに、「慰安婦」とされた女性たちの苦しみの声に寄り添うよりも、「慰安婦」の存在を否定することばかりに躍起になる人々の心性は、もとより女性を軽んじていると思うほかありません（女性の歴史修正主義者も同様です）。

そしてそこには、日本以外のアジアの国々に対する蔑視も組み込まれているでしょう。彼らからすれば、ぼくがここで書いた考察は〝自虐的男性観〟とでも呼ぶべき苦々しいものに見えるのだろうと思います。男子たるもの、もっと益荒男《ますらお》（雄々しく強い男）たれ、と。

最悪なのは、そうした歴史修正主義と女性差別とアジア差別を標榜する者たちが、この国ニッポンの政治を司っていることです。なぜ、この国は敗戦をへても、女性は男に従うべき、かつ良妻賢母であるべきという考え方と、アジア差別を改めることがないまま来てしまったのでしょうか。戦争の中枢にいた者たちが裁きを逃れ、戦後も政治や教育に影響力を保持していたということでしょうか。

女性とアジアへのそうした蔑視が根深く根を張るこの国で、ではどうすればいいのかと答えに窮します。でも、その根を断つためには、ともかくぼくらは、ぼくら男たちに足を踏まれて「痛い！」と悲鳴を上げた女性たちの声を聴くことからはじめるしかありません。伊藤詩織さんをはじめ、顔と名前をさらして声を上げる女性たちがあらわれているのですから。……悲劇は、もう充分すぎるほど起こりました。

温さん、今ぼくは、大変遅ればせながら、日本で大ヒットとなったチョ・ナムジュ『82年生まれ、キム・ジヨン』（斎藤真理子訳、筑摩書房）を読んでいます。韓国での男性優遇の社会構造を、具体的な細部を積み上げて浮かび上がらせるこの作品は、日本にもほとんどそのまま当てはまります。読んでいて、ひたひたと悲しくなるのです。

木村友祐

二〇一九年一二月一日

死守したい一線――第一九便　温又柔より

木村友祐さま

さあ、手紙を書く時間だ……冬至を数日後に控えるきょうこの頃は、いつまでも外が暗くて、安心して思索に耽っていられるのが気に入ってます。この、冬の夜特有の安心感に浸りながら木村さんに宛ててことばを紡ぐ楽しみときたら。一か月前とちがって、私はあっというまに夜更かし生活に舞い戻りました。両親や妹と住んでいた頃は、小説を書いていると家族に知られたくなかったので夜中に自室に閉じこもってこっそり書くしかなかったのですが、U介氏と暮らしはじめて一一年が過ぎたいまでも、私にとって書くことは夜とともにあるようなのです。

自分が心の中で思っているだけでなく、周囲からもそれなりに作家だとみなされるようになってからのこの一〇年、注文や依頼があって何かを書けば、その報酬として原稿料や印税が支払われるようになりました。しかしそれで喰っているかというと、またべつのお話。お腹をいっぱいにしたくても雀の涙をごくごくと呑むわけにはゆきません。

さらに言えば、私はこれまでずっと、自分の考えていることを知り、自分がどこにいるのか見出すために書いてきたので、いまだにそのように書かなければ、どうしても書いた気がしない。

こんな調子なので、たくさん書いて、効率よく稼ぐ、というふうにはゆかず……生計を立てる手段を「仕事」と呼ぶのであれば、私は無力に等しい。それでもU介氏は、私が夜中になっても寝床には入らず、机のまえに張りついて何やらやっているこのことを、私の「仕事」だとみなし、そのうえ、労ってもくれます。そのおかげで私は、喰ってゆく、という目的からすれば決して生産的ではない、我ながら意固地なこの書き方を貫いていられるのです。

そういえば私は、こんな質問をされることがたまにあります。

――ご主人はどちらの方ですか?

はじめの頃こそ、質問者が最も知りたいことを自分から察して、夫はふつうの日本人ですよ、と律儀に答えていましたが、近頃はこれほど馬鹿正直に答えることはありません。自分には答えたくないことを答える義務などないと学んだからです。でも、正直に言えば自分が相手の立場なら、たしかに気になってしまうとも思うんですよね。台湾人が、この日本で、だれかと婚姻関係を結んでいる。はて、相手はナニジンなのだろうか?

ちなみに私は、U介氏のことを他者に示すとき、「主人」はおろか「旦那」という表現はしません。自分たちの関係をあらわすうえで、ああいった主従関係を連想させる表現は、どうもしっくりこなくて。さらに言えば、友人や知人の夫を「ご主人」や「旦那」と呼ぶのもできれば避けたいと私は思っています。それで「おつれあい」とか「パートナー」とか言うようにしているのですが、どうもまだあまり浸透していません。

でも、「奥さん」の「奥」とは、いったい、どこの奥のことなの? と高校時代の私が友だちと不思議がっていたのは、もう二〇年以上も前のこと。

考えてみれば一九九〇年代後半は、一六、七歳のオンナノコだった自分や友人が、あらゆることの些細な部分にひっそりと宿る「男性優位的」な発想に疑問を抱いても、大人たちから特に咎められることはなかった。むしろ、そのような違和感を繙くための道標というか、ヒントを与えてくれる思想のようなものはほんの少し手を伸ばせば、すぐそこにありました。性別を理由にした差別を禁じる「男女雇用機会均等法」が施行されたのが一九八六年であることを考えれば、私が高校生の頃にはもう、男は外で働き女は家を守るといった〝神話〟はさすがに前の時代よりは弱まっていたはずです。

だから、いまや七〇代に近い、自分の母親のような団塊の世代の女性たちが「うちの主人が」とか「おたくのご主人は」などと言い合うのを耳にしたときは、まあ、そんなものよね、と呑み込めるのですが、自分よりも若い女性の口から「主人が」と聞こえたときは、淡い絶望感が募ってきます。あなたたち、それでいいの？　って。

ただの習慣的な物言いにいちいち目くじらをたてるのはおかしいとか、そんなの言葉狩りだよと冷笑された日には、どうしたってこう反論したくなる。ふつうの人びとのあいだで何気なく使われていることばが、個々人の感性や社会の無意識に与える影響の大きさをおもんぱかれば、こうした「男性優位／上位」的な表現が、あいかわらず当然のようにまかり通っているという状況を楽観はしていられない、とね。

たとえば、既婚女性は「人妻」と言うけれど、既婚男性を「人夫」とは言わないのも実にいびつです。女は、男に所有されるモノであって、その逆ではない、とことばが暗に保証しているようで……いま試しに「未亡人」と辞書で引いてみたところ、夫と共に死ぬべきなのにまだ死なない人の意、元来、自称の語、とあって目眩をしかけました。私は、こうした男女をめぐる〈社会的かつ歴史的な上下関係の刻印〉を感じさせる表現と出くわしたら、慣習だからとあきらめず、それを根本から疑ってみることによって、男女両性にとってより風とおしのよい関係の築き方を思索するチャンスにしたいのです。言葉狩りなどとは言わせません。

話が逸れました。

――ご結婚なさってるんですね。奥さまは、日本人ですか?

こんな質問を、木村さんはおそらく受けたことはないと想像します。日本にいる限り、日本人の、それも男性に対して、「このひとの奥さんはナニジンだろう?」とは、よっぽど特別な状況をのぞいて、わざわざ疑問を抱くことはないでしょう。

こんなことを書くのは、木村さんのお手紙の中にあった、私と木村さんのあいだにある〈この明らかな差異、断絶〉について、さらに踏み込んで共に考えてみたいと思ったためです。〈性〉について書くからにはと木村さんは心して告白してくださいましたね。みずからの〈下劣さ〉を赤裸々に語ろうと努める木村さんの真摯さがなんだか可笑しくて、少し笑ってしまいました。

〈これから書くことは、おそらく、温さんの心をかき乱すことになるのではないかと危惧します。そして、今までの対話の中で、いちばん不快なものになるでしょう〉

どうか安心してください。私は、いや、私たちは、女性である自分の身体が男性たちからそのように眺められることがあるのだと、人生の各段階で学びながら育つのです。私自身は自分に投げかけられる性的な視線にはわりと鈍感なほうでしたが、それでも一〇代が終わる頃には、はっきりとそのことを知っていました。

いまの私は、「コンビニからエロ本がなくなる日」の到来を切々と待ち望んでいます。自分のために、というよりは、この国で育ちつつある女の子たちが、自分のふくらみかけた乳房や、いずれ陰毛がはえてくる股間などが、男に劣情を催させるモノなのだと思い込まされることがないように。そうした男の視線に呪縛されることで、みずからの欲望を歪めてしまわないように。

しかし、まさに自分自身がオンナノコだった頃の私は、猥褻な印刷物が掲載された雑誌や漫画、深夜に家族の目を盗んで見ていたテレビ番組や、ほんのりとした性愛の描写がある映画などをとおして、自分もいつか、好きになった男性にエロティックな目で見られたい、見てもらいたい、と思っていたのです。私は自分の裸体を、好きな男性に「見られる」ときのことを夢想しては、恋に恋していました。男兄弟がいなかったのもあって、オトコノコの裸体は私にとってほとんど未知の領域に近いものでした。

だからといって、すすんで、かれらの露わな姿をこの目で「見たい」と思うことはほとんどなかった。むしろ、見ず知らずの男性が陰部をちらつかせていたら、それこそ不快というよりは、恐怖とともに目をそむけたぐらいでした。見知らぬ男の恥部なんか見たいと思わないし、こちらの意思に反して見せつけられるのはおぞましくてたまらない、と友だち同士で嘆き合ったこともあります。

もちろん、男性の容貌やからだつき、引き締まった筋肉などにうっとりと見惚れることはあります。でも〈見ている相手の人柄などおかまいなしに、ただ見た目だけに意識が集中〉するほど我を忘れたことは、少なくとも記憶にある限りありません。木村さんが全男性を代表はしていないように、私もすべての女性を代表はできないのですが、それでもこうして一緒に考えていると、「男性」と「女性」とで「見る」ことと欲望が直結しているのは、圧倒的に前者なのだろうなと思わされますね。

振り返れば、思春期の頃の私は、自分にとって未知の、男性の剝き出しの身体よりも、いずれ、好きな男性に「見られる」であろう、成熟しつつある自分自身の裸体のほうにこそ興味がありました。さらに言えば、異性である男性の裸体よりも、自分と同性である女性の乳房や腰つき、やわらかな曲線、肌の艶やかさのほうにこそ、エロティックなものを感じていました。

これは私が木村さんとちがって、〈寄ってたかって「見られる」〉ほうの性に属していることと密接な関連があるように思います。

異性愛者同士の話に限定はされますが、女、と、し、て見られる、とか、男、と、し、て見ていない、という言い方があります。それは突き詰めれば、その相手を性的な対象として認識するかどうか、ということで、より具体的に言えば、その身体の一部分を撫でまわしたい、とか、舐めずりたい、といったような、つまり欲情にかられるかどうか、ということですよね。

〈男たちの目をふさぐだけで、痴漢やセクハラやレイプといった被害はグッと減る〉と木村さんは書きますが、たしかに、その人格や心の内面、頭の中身などを度外視して、単なるモノとしての異性のからだの一部に欲情しやすいのは、圧倒的に男性のほうでしょう。少なくとも私と木村さんがいま生きているこの社会ではそうですよね。そうであるからこそ、「見られる」側にある女性は、みずからの身体や容貌をいかに「魅せる」べきか試行錯誤することを男性以上に強いられてもいる。

逆に、無駄に女として見られることがないように努力するひとも少なからずいます。〈いったい、どこまでが男性目線の内面化で、どこからが自分から美容やおしゃれにいそしみ、うつくしい自分を楽しむことなの〉か、という木村さんの〝疑問〟はもっともです。そこに明確な線を引くのはすこぶるむずかしい。何しろ、男性に「見られる」「見せつける」ことを存分に意識しながら「うつくしい自分」の「魅せ方」を楽しむという女性もいます。

さて、木村さんが疑問を呈しているように、男女間におけるこうした〈見る／見られるという関係〉は、ほんとうに自明なものなのだろうか、と。

よく知られるように、孔雀は、色鮮やかな羽を持つほうが雄です。見目麗しさを武器に異性（！）を籠絡せねばならないのは、孔雀界では女ではなく男のほうなのです。

そういえば、知り合いの女性がこんなことを語っていました。夏休みに、ドイツ――の、どこなのかは忘れちゃったのですが――に遊びに行ったら太陽が燦燦《さんさん》と輝く路上で自分の前を歩いていた若い女のひとがぱっと服を脱ぎ、ブラジャー姿丸出しで汗をぬぐっていたと。人通りのけっこう多い道で若い男性もおじさんもいたけれど、だれ一人その女のひとのことをじろじろと眺めるようなことはなく、これだけ暑いんだもん、服ぐらい脱ぐよね、という調子だったと。逆に、べつの知人からはたしかイエメンを旅したときに、半袖姿の観光客の女性が肘から手首までの部分を見せていただけで、猥褻なので困る、と地元の警察に注意を受けていたと聞かされました。

孔雀はさておき、〈嗅覚が衰えたぼくら人間の男たちは、女性を女性として認識するのは、ほとんどといっていいくらい視覚情報に拠っている〉ことはほぼ正しいと思います。しかし、人間の男が女性の何を目にしたときに欲情を煽られるのかとなると、本能に根ざした感覚ではあるとしても、案外相対的であって、社会や時代の状況、歴史や宗教、文化的な環境に左右されているところがあります。

とはいえ、ここで重要なのは、私と木村さんは、女性が公共の場で突然ブラジャー姿になったら男たちから好奇の目で眺められることは避けられず、また肘を出しても猥雑だとは注意されない社会で暮らしている、という前提に立ち返って、この話を進めることなのでしょうね。

私は自分が一〇代の頃は、男性を「見る」ことよりも女性である自分が「見られる」ことのほうを夢想しながら秘めたる興奮を疼かせてきた、と書きました。私が望んでいたのは、こちらの人格や心の動きや頭の中身も含めて、私という一人の人間の身体を愛おしんでくれる男性から見つめられ、愛撫されること……ですので、「見たい」よりも「見られたい」とは言っても、不特定多数の男性たちに性的な眼差しで自分の容姿や体つきをモノとして品定めされることを望んでいた、という意味では決してないのです。

木村さん。私は、男性たちが通りすがりの女性の〈顔の造作〉や〈やわらかそうな体のライン〉、〈脚の形〉などをつい目で追ったり、心ひそかに劣情を催すこともあるという事実を否定しようとはまったく思いません。いま、つい、劣情と書いてしまったけれど、男性が女性の姿かたちに惹かれるのは素朴な反応なのですからそのことを必要以上に卑しめるのはやめましょう。

問題は、そのような反応を臆面もなく女性自身たちに突きつけてもかまわないと信じて疑おうとしない男性たちの態度のほうなのです。私にとっては、いや、おそらく多くの女性にとっても、望まぬ性的視線にさらされるのはとても苦痛なことです。じろじろと無遠慮に眺められることや、死守したい一線を踏み越えられそうな状況に陥るのは、ただの恐怖でしかありません。木村さんを動揺させたいわけではないのですが、その不快感やおぞましさときたら、すさまじいものがあります。

木村さんからの、赤裸々ながらも非常に真摯な告白が含まれた今回のお手紙を拝読していて、〈一対一で向き合ったときの女性の筋力と男性の筋力の差〉をちらつかせながら、こちらを従わせようとする男性の視線にさりげなく値踏みされるときの、あの屈辱感は、自分がヒトとしてではなく、モノとして扱われていることからくるものなのだとあらためてまざまざと思い知らされました。

――台湾人の女の子と会えるからには、もっと可愛い子を期待したんだけどね。

心配しないでください、出版業界のひとではありません。上海に留学していた学生の頃の話です。その男は、名前を聞けばだれもが知る商社の駐在員でした。

ほぼ初対面なのに、いや、ほぼ初対面だからこそ、かれがちらっとこちらを見るときの視線は、品定めをするようなものがありました。もっと言えばそれは、おまえのことを女として見てやってもいい、といった調子すらありました。しかし私のほうが、かれを拒んだ。いまとなれば、私をモノにできなかったことが、かれにあのような悪態をつかせたにちがいないと想像するのは容易です。しかし二〇歳そこそこだった私は、律儀に傷つけられました。

（どうせ私はビビアン・スーのようには可愛くないんだ）

でも、それはいったい、だれにとっての「可愛さ」なのか。ビビアン・スーは天使のように麗しい女性ですが、それは日本人男性を喜ばすためにのみそうだというわけではないのです。

木村さん。どうか怒りを鎮めて続きを聞いてください。私が上海で会ったその商社マンには妻も娘もいるのです。すべての息子がそうであるように、かれを産んだ母親も。こういうことを考えると、禍々しい不安が募ってきませんか？

自分の娘や妻や母親に対しては父親として夫として息子として常識的かつ温厚で紳士的な男性が、べつの女のことはモノとしてぞんざいに扱う。でもかれは、べつに理性を失っているわけではない。ちゃんと、そのように扱っていい女と、そうしてはならない女を区別している。

逆に言えば、ぞっとするようなことではありますが、自分の父親が、叔父が、夫が、従兄が、義弟が、男友達が、仕事仲間の男性が……要するに、私のことは大切にしてくれている男性たちが、私のあずかり知らぬところで、だれか、べつの女性の尊厳を著しく貶めるようなことをしているという可能性は、決してゼロではないのです。

私たちはいよいよ直視しなければなりません。

性と性のあいだの「線」は、単に男女のあいだにだけ引かれるのではない。たとえば、故郷にいる母親や婚約者や恋人や姉や妹たちを敵国から守るために、明日死ぬかもしれない兵士たちに癒しと安らぎと性的な快感を与える戦地の女たち。あるいは、戦勝国の血沸き肉躍る兵士たちの暴挙から良家の奥様やお嬢様の貞操を守るために性的歓待に従事させられる女たち。

この女は、モノとして不特定多数の男の慰み者にしていい。

この女性は、そんな目に遭わせてはならない。丁重に扱おう。

こうした「線」は、いったいどうやって引かれるのか……きっと今回も木村さんは、〈台湾国籍で女性である〉私が、ご自身と同じ〈日本人男性〉たちから被る数々の暴挙を想像しながら、いまも胸を痛めてくれていることでしょう。

しかし、そうであっても木村さんは〈他人事のように、その卑劣さと無縁であるかのように、一方的に断罪することはできません。自分ごととして足元を見つめなくては〉と思ってくださる。そうであるからこそ私は、「日本人」や「男性」に踏まれた痛みを免罪符のようにふりかざして、自分はだれの足も踏んだことはないと開き直りたくはないのです。そう、私も、できるだけ、だれかの呻きに敏感でありたい。その声が女性のものであろうと、男性のものであろうと。あるいは、人間のものでなかろうと。

……さて、そろそろU介氏が起床します。木村さんとの、密やかな時間はひとまずここまで！

二〇一九年一二月一六日　　温又柔

追伸

この手紙を書き終えた数時間後、目を覚ましたら、「幼な子の聖戦」が芥川賞候補入りという報道が……！　あの賞に昔ながらの権威がいまも備わっていると過信したくはないのですが、とりあえず日本一有名な文学賞の最終候補者として、作家・木村友祐が注目を浴びることを思うと、文学業界にも日本社会にも一筋の光が射し込んだ心地です。やったね！

公認された欲情——第二〇便　木村友祐より

温又柔さま

二〇二〇年、になりましたね。二度目の東京オリンピックが開催される年。このオリンピックのために、新国立競技場の工事現場のそばに身を寄せていた野宿者は移動を余儀なくされ、世紀の一大イベントに備えた治安維持のためという名目で、非正規滞在の外国人が不当に長期勾留されています。またこのイベントは、必ずや、「日本人」の国威発揚に利用されるでしょう。

そのような華々しい／禍々しいオリンピックに対抗するために、ぼくらは小さな文学賞、「鉄犬ヘテロトピア文学賞」をはじめましたね。その文学賞も、今年でひとまず終わりを迎えます。のっけからこんなことをいえば、お正月の祝賀ムードも微妙にもやもやしてきますが（すみません）、とはいえ、まずは、新年おめでとうございます。今年も温さんにとって、実り多き一年となりますように！

ぼくのほうは、小説家デビューから一〇年目にしてはじめて、芥川賞という〝新人賞〟の候補に引っかかり、結果を待っている状態です。文学そのものの本質とはかけ離れたイベントに、いちいち心をとらわれねぇぞと思いながら、それでもふとした拍子にそのことが頭に浮かんでしまうというこの不本意な感覚は、すでに温さんは経験されましたね。作品は提示されました。あとはもう風まかせ、です。

気がついてみれば、温さんと昨年二月からはじめた手紙のやりとりも、もうすぐ一年がたつのですね。何かの媒体で公開される予定もないのに、温さんにいただいた言葉についてじっと考え、悩み、うろたえ、自分が答えられるギリギリの言葉をどうにか紡いできました。温さんもまた、同様だったことと思います。この密やかな言葉の往還、思考の惑いと沈潜。なんという贅沢なことでしょう。

前回のお手紙では、女性の身体をめぐる、当事者であるがゆえの鮮やかな、かつ生々しく切実な視点を提示していただきました。感じたことは、『82年生まれ、キム・ジヨン』を読み終えて感じたことと同様に、わかったつもりでいたことも、その細部の心情の機微までは全然わかっていなかった、ということです。

〈私にとっては、いや、おそらく多くの女性にとっても、望まぬ性的視線にさらされるのはとても苦痛なことです〉

〈じろじろと無遠慮に眺められることや、死守したい一線を踏み越えられそうな状況に陥るのは、ただの恐怖でしかありません〉

〈その不快感やおぞましさときたら、すさまじいものがあります〉

まさに、その苦痛や恐怖、すさまじいまでのおぞましさを、ぼくら男の側は、どれだけほんとうに身にしみてわかっているのだろうと思いました。そう言われてはじめて、そうだったのか、とようやく想像をはじめるほど、女性の側の思いや受けとめに鈍感だったのでは、と思います。それゆえ、人によっては、そう言われてもまだピンとこない人もいるのではないかとさえ思いました。

温さんとの対話の影響もあって、最近、このことを自分に置き換えてみるのです。ぼくはバイトの勤務先に行く前に、自販機で缶コーヒーを買います。取りだし口から缶コーヒーを取ろうと腰をかがめるのですが、そのときぼくのお尻は歩道のほうに突きだした状態です。

もちろん、普段はいちいち自分のお尻に注意など払っていませんが、ふと、まさにいま、だれかが（男でも女でも）おれの尻に性的な視線を集中させていたらと考えたとき、なんとも落ちつかないイヤな感覚になりました。視線ばかりではなく、いきなりそのとき背後から力ずくで腰を抱え込まれたとしたらどうだろうとも。そんなことがあったら、自分が自分である尊厳を強引に無視された痛みと屈辱を感じるだろうと想像しました。

男性側には、こんな話は笑い話として受けとられるかもしれませんが、女性には笑える話ではないはずです。なぜなら、日々、毎時間、その可能性にさらされているのですから。

性的なものを含んでだれかに（特に自分が関心のある人に）身体を見せたいという気持ちになることはあるでしょう。でも、仕事中心の日常の意識にいるときに、自分の気持ちとはまったく別に身体を性的に眺められることは、人としての尊厳をそのつど削り取られる感覚に陥ることだろうと思います。

缶コーヒーを取りだそうと腰をかがめて突きだした尻を、だれかに舐めるように見つめられる感覚。この苦々しい感覚を、すべての女性は日々味わっているのではないでしょうか。尻ばかりではなく、顔も、髪も、胸も、首筋も、二の腕も、腰も、太ももやふくらはぎも、そんな視線にさらされながら。

〈いまの私は、「コンビニからエロ本がなくなる日」の到来を切々と待ち望んでいます。自分のために、というよりは、この国で育ちつつある女の子たちが、自分のふくらみかけた乳房や、いずれ陰毛がはえてくる股間などが、男に劣情を催させるモノなのだと思い込まされることがないように。そうした男の視線に呪縛されることで、みずからの欲望を歪めてしまわないように〉

だれもが出入りする全国のコンビニに、エロ本が置いてある。さらにいえば、エロ本とはみなされていない週刊誌や少年マンガ雑誌の表紙や巻頭ページに、水着姿の女性が堂々と掲載され、棚の前を通りかかった老若男女すべての人の目に入る。

今までは、それがあたりまえのことになっていました。ここでもまた、温さんの指摘によってハッと気づかされるという情けなさをさらすのですが、そこに表れているのは、女性の体を欲情の対象として眺めて何が悪い、という男の側の論理なのではないでしょうか。子どもから老人まで出入りするコンビニにそのような雑誌が公然と置いてあるのは、その論理を国じゅうで公認していることだともいえるかもしれません。

これに関しては、「女性の体は隠すべき恥ずかしいものではない」という言い方は、（言葉そのものは正しくとも）的外れな指摘ですよね。そして、出版の自由を含む「表現の自由」を言い立てるなら、だれにとっての表現の自由なのかを問い返さなければなりません。それは結局、男にとっての表現の自由なのではないか、ということです。

コンビニや書店にエロ本を置けないようにすることは、まずやるべきことだと思います。ただ、それなら女性の水着姿やヌードの掲載自体をすべて取り締まればいいのではないかと考えを進めたとき、それはそれで微妙な問題をはらむように思いました。女性の裸体が人の目にふれることを、現段階では男の閣僚がほとんどを占める国家が禁じる。つまりそれは、男が独占する国家が女性の身体を管理する、もっとストレートにいえば、男が女の身体を管理することになるのではないかという危惧を抱きます。

そこで連想するのは、キリスト教やイスラム教、仏教といった古くからある世界宗教における、女性や女性の身体に対する扱いです。それらの宗教のいずれかに属していれば、どうしても考え方の基層にその思想が浸透していると考えられるのですが（ぼくでいえば仏教に）、人々のモラルの指針となる宗教においても、女性の身体はなんらかのコントロールが必要な、統制や禁忌の対象とされてきたのではないでしょうか。言いかえれば、はるか昔からずうっと、女性の身体は女性自身のものとはみなされてこなかったのだと思います。

〈異性である男性の裸体よりも、自分と同性である女性の乳房や腰つき、やわらかな曲線、肌の艶やかさのほうにこそ、エロティックなものを感じていました〉

女性の身体について、同性の視点として、温さんはそう書かれました。これは男としてのぼくには、思いもよらない、とても新鮮な指摘でした。そのあと、温さんはこう続けます。

〈これは私が木村さんとちがって、《寄ってたかって「見られる」》ほうの性に属していることと

密接な関連があるように思います〉

　その側面はあるのかもしれないと思いつつ、そこにあえて付け加えてみたいのは、女性の身体は、男性ばかりではなく、女性にとっても官能性を含んで魅力的なのではないか、ということです。だからこそ、体のラインを強調した服が多くの女性に支持されている。

　そのうえで先ほどまでの話にもどれば、両性にとって魅力的な女性の身体を、男の側はあたかも私有財産や財宝のように囲い込もうとしてきたのではないか、という疑いが湧いてきます。

〈この女は、モノとして不特定多数の男の慰み者にしていい。

　この女性は、そんな目に遭わせてはならない。丁重に扱おう。

　こうした「線」は、いったいどうやって引かれるのか……〉

　この線を引く権利を有する者は、当然、男にちがいありません。そして、そこでの線引きの基準は、線を引く男の関係者かそうでないかという、根拠などない、単なる所有意識、身内意識、階級意識にもとづくものと予想します。引いた線からこちら側（線引きする男の側）にいる女は、人間扱いされるという。そしてそのような視線は、日本人以外のアジア人の女性には、よりいっそう露骨に注がれることになってしまう。

　ただ……、こうやってすごく物がわかったような口ぶりで書いているぼくだって、その時代の特権階級にいたらどうなっていたことか。なんのやましさも感じずに〈ぞっとするようなこと〉を行っていたかもしれないのです。その事態を想像すると、ほんとうに、考えるほどにぞっとします。

いちばん身近で長らく見えにくくされていたもの。それが、女性の尊厳および人権の低い扱いなのかもしれません。その真の意味での確立は、残念ながら、まだしばらく時間がかかるのでしょう。なにせ究極的には、（原発事故で自主避難した母子を本気で支えなかったように）女性と子どものことをいつも後回しにするこの国の政府を相手に闘わざるをえないくらい根深い問題なのですから。

でも、その弊害に、人々は少しずつ気づきはじめてきました。この流れを後退させないように、地道に当事者の声を積み上げていかなければならないと思います。もちろんこれは、女性だけの闘いではありません。というより、むしろ、ぼくら男性が取り組むべき闘いです。男たち一人ひとりが、自身の心の中にある、女性に対する優位性や特権性、差別心と向き合うようにならなければ、ほんとうの意味での変化は起きないのでしょうから。

ここで最後に、わかっていたようでその生々しさまではわからなかったことについて、別のお話をさせてください。

昨年、ある会食の席で、はじめてお会いしたゲイの男性が、エイズを罹患した最愛のパートナーの最期に立ち会えなかった悲しみを吐露されました。パートナーの実家の家族よりも付きっきりで看病したのに、結婚が法的に許されていないため家族とはみなされず、また相手の親の拒絶もあって、病院で最期を看取ることができなかった。ずうっとひとりで看病してきて、だけど最後の最後には、そばにいられなかったと。その悲しみと無念を、その人は泣きながら、胸の奥からふりしぼるような声で訴えていました。

ぼくはその話を聴きながら、その人が被った理不尽に痛みを覚え、溢れでる涙を抑えることができませんでした。でもその涙は、「知らなかった」ことに対する涙でもありました。同性愛について偏見を持たずに〝わかっていた〟つもりのぼくは、実際は何ひとつその心情をわかっていなかった。その事実を痛切に思い知らされ、激しい自責の念に頭を殴られたようになって、余計に泣けてしまったのです。その人の絶望の深さを目のあたりにして、同性婚を法的に認める必要性をまざまざと感じました。

異性を愛するという〝普通〟とされることからはみだしてしまう性的指向や、体の性別と心の性別が合致しない人たちの生。彼らはたしかにここにいるのに、いまだに何かまちがった者のように異物視され、結婚という、人としての〝普通〟の権利も与えられないままでいます。いったいどれだけ多くの人々が、ぼくたちに話を聞かせてくれたあの人のように、だれにも気づかれないところで苦悶の声を上げているのでしょうか。

温さん、ぼくはやはり、声を聴かなければなりません。自分の外に出て、声を聴きに行かなければなりません。少なくとも、わかったつもりになっている自分を疑わなければなりません。当事者や現場にいる人の声の生々しさにふれたとき、はじめて、物事の本質の一端にふれることができるのかもしれないのですから。

二〇二〇年一月三日　　木村友祐

第六章　国家と家族のあいだ

国家からの関与——第二一便　木村友祐より

温又柔さま

一月も、もう半ばになりましたね。今年は明らかに暖かな冬で、あれ、一月の寒さってこんなもんだったっけと、すでにかつての冬の寒さの感覚が遠のいています。

正月に八戸の実家に帰ったら、いつもは食卓の上に塩鮭の切り身を焼いたものが大皿にぎっしり盛られて置いてあるのに、今年はひとりに一枚の小さな切り身がだされただけでした。深刻な鮭の不漁のためだそうです。これも海水温の上昇の影響ではないのかと、いつも食べていた魚が食べられなくなる将来が頭をよぎって、暗い気持ちになりました。人間も困るけれど、それ以上に北海道のクマたちは大丈夫だろうか、鮭が遡上しなくなったせいで母グマと子グマが飢えに苦しんでいないだろうかと、心配になります。

そんな不安の種を抱えて東京にもどったら、トランプ大統領の指示で、アメリカ軍がイランの国民的英雄とされるソレイマニ司令官を殺害したというニュースが飛び込んできました。自国民へのロケット弾攻撃などへの自衛のため、という理由づけをしているようですが、戦争中でもないのに、主権国家の要人をいきなり空爆で殺すという、普通に考えて異常としか思えないことをやったのです。だれが殺したのかわからないように実行する暗殺ではなくて、むしろ殺害のことを誇らしく世界中にアピールさえしました。

イランがアメリカとその同盟国に報復を宣言したのも、当然といえます。トランプ大統領は事件のあとに「戦争をしたいわけではない」と言ったようですが、それだと、イラン側はやられ損になりますね。このままで済むのかどうか（済まないと思いますが）。

こんなとき、ぼくがいつも不思議なのは、個人がやったなら逮捕され極刑に処されることでも、国がやったときはなんとなく許されてしまう（そういうものだとどこかでみんなが受け入れてしまう）のはなぜなんだろう、ということです。トランプ大統領が「個人」でソレイマニ司令官を殺害したら大問題になるはずなのに、「国」がやれば〝そういうもの〟になってしまう。先ほどぼくは「戦争中でもないのに」と書きましたが、なぜ、国同士が争う戦争なら殺人も許容されてしまうのか。このダブルスタンダードのマジックはなんだろうといつも思うのです。

ぼくは、「戦争」といえば「仕方のないこと」にされること、ぼくらがいつの間にかそう思ってしまうことは、危険なことだと思っています。こんなぼくの思いは、知識と教養のある「大人」には、鼻で笑われるのかもしれません。大昔の、国以前の部族レベルで暮らしていた頃から人間は戦争を起こしてきたのだし、近代になっても盛んに戦争は繰り返されてきた。そのようにイヤでも戦争は起こってしまうのだから、一般庶民があれこれ反対を訴えても「仕方のないこと」で、国が起こす戦争に疑念を挟むのは現実を踏まえない子どもじみた認識だと。

けれどもぼくは、そういう現実主義めいた大人の認識や諦念・冷笑には、真っ向から刃向かいたいです。政治家を選ぶ側であるぼくらは、つねに、国の一員ではなく「個人」として（もっといえば「一匹」として）、物事の良し悪しを見極める立場を明け渡してはならないと思っているからです。「戦争だからって殺しが許されるなんておかしいでしょ?」という子どものような認識を、明け渡してはいけないと。

この見方は、ぼくが小説を書く動機のベースになっているものです。端的にいえば、国策という巨大で冷徹な〝システム〟に従うことへの拒絶と抵抗というか。血の通う生きものの側に身を置こうとすれば、どうしてもこの国がやろうとする大事業とは対立せざるをえません。

過去も現在も、この国ニッポンは、生きものの暮らしを統制し、管理し、排除して事業を推し進めてきました。戦争という大事業によって数多くの自国民の兵士を餓死で死なせ、台湾を含むアジアの国々を植民地下に置いたことからはじまり、水俣病の原因企業であるチッソを守るための患者の切り崩し、ハンセン病患者の隔離および断種と堕胎の強制、原発事故を起こした東電の保護と事故の矮小化、沖縄県民の民意をまったく顧みない辺野古への新基地建設と海殺し、東京オリンピックの治安のためという歪んだ名目で続いている非正規滞在の外国人の長期収容、労働環境の整備は現場まかせにして多額の借金を背負ったアジアの若者を働かせる外国人技能実習制度、など、など……

ほんとうに、ろくでもないですね。こんなことをやらせるために国の運営をまかせ、権力の行使を許したわけではありません。いったい、だれのための国なのかと思います。そして、いったいだれのために、為政者らは国を動かしているのか。

国といえば、つい最近、内閣の中枢にいる某政治家が、「二千年にわたって同じ民族が、同じ言語で、一つの王朝を保ち続けている国など世界に日本しかない」と発言し、問題になりました。間違いも甚だしいその発言は、大和朝廷が東北地方を侵略して、その地で独自の文化を築いて暮らしていた「蝦夷」と呼ばれた人々を屈服させて取り込んだ九世紀の出来事をなかったことにしています。また明治時代、北海道のアイヌ民族を迫害して同化を強いたことも抜け落ちています。アイヌの言葉が独自であるように、もはや記録にも残されなかった蝦夷の言葉も、独自なものだったでしょう。その政治家の地元がある九州にも大和朝廷の支配下に置かれた異なる民がいたそうですし、第一、沖縄には、れっきとした琉球王朝がありました。そういうこの国の複数性を、その政治家は、天皇を頂点とする王朝のみで均一に塗り潰したのです。なんという傲慢。なんという悪質な歴史の捏造。そんなふうに、為政者側の人間による国の定義のイカサマを見せつけられると、〝国〟ってなんなんだろうとあらためて思います。それは果たして、実体があるものなのでしょうか。宗教のように、ストーリーにもとづいたあらゆる権威付けと罰則によって、実体があるように思わせられているだけなのではないでしょうか。だから、国家への忠誠を誓わせることを推し進めようとすると、どんどん宗教に近づいていくのではないでしょうか。

国があるから民があるのか。民があるから国があるのか。

見方によっては前者が当てはまることもあるかと思いますが、代議制による民主主義国家が成立する大前提は後者の「民があるから国がある」なのだとぼくは思うし、何があっても、主権は民の側にあるという立場を明け渡したくありません。国とそこに住む人々の関係について、以前、『移民政策とは何か』（髙谷幸編著、人文書院）という本を読んで、漠然と感じていたことをクリアに言葉にしてもらった箇所がありました。ちょっと長くなりますが、大阪大学の准教授の髙谷幸さんが書かれた「出入国在留管理――非正規移民への対応を問う」から、文章を引用させてください。

――さてこの非正規移民とは、国家から滞在を認められていない存在である。一方で、アンディは工場に勤め、日本人男性と知り合い、子どもが生まれた。子どもは学校に通い、NGOともつながった。人びとや組織・制度が結びつき一定のまとまりとして成立している空間を社会と呼ぶならば、アンディをはじめとする非正規移民は、この社会から完全に排除されているわけではない。／彼らは、国家から承認されていない一方で、人間関係を築き、市場や家族、学校という社会における組織・制度に参入することもできる。これは、社会が、国家から相対的に自立した自生的な空間であること、人が生を紡ぐのはその空間においてであることを示している。非正規移民とは、社会と国家のメンバーのズレを体現する存在といえるだろう。

国家から承認されていなくても、「自生的な空間」で人は生きものとしての生を紡ぐ。まったくそのとおりだと思います。身につけた言語や文化のちがいがあったとしても、人が生きる営みに根本的な様式のちがいはないのだから、他国からやってきた者でもやがて異なる環境に適応して暮らしていくでしょう。さらに、ここを読んでぼくが感じたことは、たとえ「国家のメンバー」＝国民であっても、生きものとしての生を営む本来の姿は、本質的に国家とズレがあるものではないか、ということです。そのズレを、子どもの頃からの学校教育やルールを遵守させる環境づくりなどによって、国家が求める人間像に沿わせていくのではないでしょうか。地方でそれぞれの方言で話していた子どもに、国家がつくった共通語＝標準語を習わせるのもそのひとつです。

先ほどの引用箇所のあとに、髙谷さんはこう続けます。

――一方で、国家は、社会とのズレを放置しておくわけではない。近代国家は、領土や人員の境界すなわち国境を管理する権限をもっているが、この権限を用いて、国家は、社会とのズレを解消しようとする。

他国からやってきた者が「自生的な空間」においてなんとか適応し、家族や友人をつくって暮らしていく。そこでは、人が生きていくことになんの問題もありません。でも、その生きものの暮らしに日本の国家は介入して、線引きをするのです。おまえは日本国籍を持っている日本人か否か、日本人でないなら、正規の在留資格を持っている者か否か、という基準で。日本国籍者ではなく、在留資格も持っていなければ、力を行使して領土から排除しようとします。治安のため、日本人の職を奪われないため、日本人の〝純血〟を保持するため、などという、どれも根拠が疑わしい理由を持ち込んで。

ぼくが思うにそれは、「国家の権威」などという根拠のないものをあらしめるために立場の弱い者を利用して、国というものは厳然とあるのだぞ、国は怪しい外国人を取り締まってあなた方国民を守っているのだぞ、というイメージを国内に植えつけるためにやっているようなものです。その目的のためなら、日本で生まれた子どもと親を引き離すことさえ容赦なくやってのける。

そして、この国家の線引きは、外国籍の者ばかりではなく、日本国籍の市民にも向けられます。日本国籍者であっても、国家の求める人間像からひとたび外れれば、基本的人権の保護の対象から外されるか、救済を後回しにされます。犯罪者はいうに及ばずですが、野宿者に対する冷遇や、生活保護受給者に対する保護費の削減もそうでしょう。また、シリアで武装勢力に拘束されたジャーナリストの安田純平さんを、この国は本気で救おうとしたでしょうか。

困ったときに助けてもらうために国家という体制を支持していたはずが、ほんとうに困ったとき、この国は親身になって手を差しだしてはくれないようです。さらに、辺野古で米軍基地建設に抗議する人々に対する弾圧をみれば明らかなように、政府の意向に逆らう者には容赦なく牙を剝いて襲いかかるでしょう。ぼくはそこに、国家という権力機構の本質をみるのです。

ここまで、国家というものに対するぼくの根本的な不信や疑念をつらねました。ただ、これは特に日本という国についてつよく感じる不信なので、国家自体がなくていいとまでは、今は踏み込むことはできません。

先日、台湾総統選で「台湾を次の香港にしない」と訴えた蔡英文総統が再選されましたね。温さんも投票のために台湾に行かれたご様子。香港の人々が、中国の思惑とは別に民主的でありたい願いを行動に移したとたん、苛烈に弾圧されたように、台湾という国の輪郭がなければ、政治においては強権的な中国にすぐにでも飲み込まれてしまうという危うい不安を、温さんは皮膚感覚で抱えているのかもしれません。そもそもそれ以前に、かつて台湾は、アジアを侵略した日本の国家によって支配されていました。そこでは温さんの祖父母は、「日本人」とされていた……

ここでもぼくは、今の台湾を思う温さんの気持ちをどれだけ生々しく想像できるのだろうと自分に問わなければなりませんが、国家とそこで暮らす人々について、国境と言葉をめぐって思索を深めてきた温さんはどのように考えているか、お聞きしたいです。

二〇二〇年一月一五日

木村友祐

この国の複数性——第二二便　温又柔より

木村友祐さま

たったいま、ホアキン・フェニックスがアカデミー主演男優賞を受賞しました。その興奮が冷めやらぬなかで、この手紙を書きはじめています。

思えば約一か月前のあの日も、私は朝からそわそわとしていました。そう、かつて「賞なんてクソだ。あんなデタラメには一切かかわりたくないね。無意味だ」と語ったことがあるホアキンが、ほかでもないジョーカー役でアカデミー賞をかっさらったら痛快だろうなと願っていたように、「幼な子の聖戦」とその作者が、「潔癖なまでに倫理的であることを拒否する」傾向がある日本の〝文壇〟を内側から喰い破ったらいい、と祈る気持ちで。

トロフィーを手にしたホアキンが「声なき者のために語る機会がめぐってきました。たとえば、男女平等や人種差別や先住民の権利など問題はたくさんある。我々は、搾取を許してはならない」とスピーチするのを見ていたら、ジョーカーに扮したかれが、デ・ニーロ演じるコメディ番組司会者のマレー・フランクリンにむかって、「おまえは、このスタジオの外に出たことはあるか?」と問う場面がまざまざと蘇り、目頭が熱くなります。

さて。いつも以上に書きたいことが山ほどあるのですが、まずは、ある結婚式の風景についてお伝えしたいと思います。

先週の日曜日、令和二年二月二日という二の並ぶ日に、友だちが結婚しました。かのじょとは、日中学院という、後楽園の裏手にある中国語を教える専門学校で出会いました。日本人の両親のもとにうまれ、子どものときからずっと日本に住んでいるかのじょ曰く「なんとなく好きだから」中国語を学んでみたとのこと。だからこそ私が「真ん中の子どもたち」を発表したときに、「面白かったよ。ほら、言語と個人の関係はもっと自由でいい、なになに人だからといってなになに語ができなくちゃいけないなんてない、って書いてあったでしょう。私は日本人としてうまれ育ったけれど、どうしてだか中国語がとても好き。そのことになんの理由もいらないんだって、なんだか安心したの」

と言ってもらったときはうれしかった。その後、

「実は私が、いま、おつきあいしているひとも、〝真ん中の子ども〟なんだよね」

とかのじょは教えてくれました。

そのひとは、一〇歳の頃に両親とともに黒龍江省哈爾浜《ハルビン》から来日したそうです。

私が参列したかのじょの結婚披露宴では、日本語だけでなく中国語も飛び交っていました。参列客同士のお喋りがそうであったのみならず、式の司会進行そのものが日中バイリンガルで行われていました。新郎新婦がそれぞれの家庭環境、学校、職場で親しくする人たちには、日本語と中国語をどちらも話せるひともいれば、どちらか一方しかわからないひともいる。そのため宴のあいだ、だれも退屈しないように、「日中融合型の披露宴」をすることに決めたというのです。

この日、ウェディングドレス姿の友人が、新郎のご両親に宛てて、亲爱的爸爸妈妈（親愛なるお父さん、お母さん）……と流暢《りゅうちょう》な中国語で綴ったお手紙を読みはじめたときは、ぽろぽろと涙が出てくるのをこらえることができませんでした。

鼻を啜りながらハンカチで目元をおさえるのですが、哈爾浜出身という新郎のご両親は、いま、いったい、どんな気持ちで、日本で育った息子の、日本人の妻が「あなた方の息子さんは素晴らしいひとです。わたくしはかれと巡り会えたことを心から幸福に思います」と中国語で語るのに耳を澄ましているのだろう、と思っては、さらに涙が溢れてきます。

そんな新婦に寄り添う新郎の姿のほうに目をやれば、うまれ育った中国から離れて日本に住みはじめた頃はことばがまったくできず非常に苦労したというかれの過去にもつい思いが至り、またもや涙が出てきて、という状態……とにかく、自分は、いま、忘れがたくうつくしい瞬間に立ち合っているのだという、幸福な興奮で胸がいっぱいでした。

私の友だちもはじめは、新郎が中国語も喋れるとは思わなかったそうなのです。それもそのはずで、新婦と出会った頃の新郎はすでに二〇代半ばを超えていて、かれが一〇歳の少年だった頃のようには日本語がたどたどしくなかった。ネイティブ並みの、日本語を話します。

そのうえ、かれの苗字は、中国人よりは日本人を連想させるもの——王とか李、黄ではなく、鈴木や田中、佐藤のような——でした。いいえ、日本にやってきてから改姓したのではありません。かれの父親もかれ自身も中国うまれでありながら、ずっとその姓を名乗ってきたとのこと。それは、戦前に日本から中国大陸に渡ったかれの祖父の姓なのだそう。つまり私の友だちの夫は、日本にルーツがある中国人なのです。

木村さんも、お書きになっていましたね。

〈身につけた言語や文化のちがいがあったとしても、人が生きる営みに根本的な様式のちがいはないのだから、他国からやってきた者でもやがて異なる環境に適応して暮らしていく〉

はじめは、中国語など喋らないように見えた相手だったけれど、親しくなってゆく過程で私の友だちは恋人の来歴を少しずつ知り、いつかかれの両親と会うことがあれば、自分から中国語で話そうと心に決めて、そして、いよいよ、結婚の日を迎えた……中国語で手紙を読み終えた花嫁を囲みながら新郎とそのご両親が並ぶ姿をとおして私は、一つの家族の歴史とそれを包み込む世界史の結びめを目視した気がしました。

昔々、日本がいまよりもはるかに広かった頃、中国大陸に渡った日本人が一代を経て母国に舞い戻ることになった。祖父の祖国とはいえども外国と等しかったはずの日本で暮らすことになった中国うまれの少年は苦労しつつも日本語を習得し、いつしか日本人とみまがわれるほどの青年に成長すると、偶然なのか必然なのか、中国語が大好きだという日本人女性と結ばれ、新たな家庭を築きはじめる……

一〇年後の我が家はいまよりも少しにぎやかになっているはず、と花嫁は言いました。それで私は安心して（結婚はしても、すべての夫婦が子どもを持つことを希望しているとは限らないから）、そう遠くない将来、日本にルーツを持つ中国うまれの父親と、中国語が堪能な日本人の母親のあいだにうまれるはずの子どもについて、想像を巡らせます。

大日本帝国と中国大陸及びアジア一帯の不均衡な関係が引き起こした不幸な歴史的背景を顧みず、国境を跨る家族の歴史、と無邪気に讃えることは決してできないし、絶対にしてはいけませんが、それでも、約一世紀前、大正天皇の時代の日本から中国大陸に渡った日本人の曾祖父の存在も含め、令和二年二月二日に「日中融合型披露宴」で祝福された新郎新婦を父母に持つ子どもが、自分の中にある複数の起源を愛おしみながら、すくすく育つのを祈りながら私は友人の結婚披露宴会場をあとにしたのでした。

……とまあ、幸福な余韻にいつまでも浸っていたかったのに、式が執り行われたホテルのすぐそばに皇居があったからか、ふと、例の大臣が「二千年にわたって同じ民族が、同じ言語で、一つの王朝を保ち続けている国など世界に日本しかない」と発言したことがよぎり、そのとたん悲憤の感情と、おなじみのやりきれなさが募ります。

もちろん、かの大臣はそう発言したことで大いに批判を浴びていましたが（「誤解が生じているのならおわびのうえ訂正する」）、全然悪いとは思っていないそぶりを隠そうとすらしていないのだから、ほんとうに、ろくでもない。ましてや、こんなことがあってもかれ個人はさして痛くもかゆくもないのだろうと思うと、無念やるかたない。

しかし、こんなことを言ってのける者がこの国の権力者であるという事実以上に私が恐怖を感じるのは、〈この国の複数性〉を均一に塗り潰すようなこうした発言――政治家に限らず、芸能人や文化人といった一定の影響力を具えた著名人たちの――を、むしろ歓迎するような昨今のこの国の風潮のほうなのです。

――近頃、日本人じゃないひとが町に溢れてるせいで、気の休まる場所が減ってきた。
――少子化をどうにかしないと、純粋な日本人がいなくなってしまう。
――なんだか、いつか日本が日本じゃなくなる気がして怖い。

なんの悪意もなく、むしろみずからは脅かされる側にあるという語り口の、自称〝ふつう〟の日本人たちによるこんな会話が耳に入ってくる頻度は、私の感覚では、ここ数年でやけに増えた気がします。現政権がこの傾向を助長しているのにはちがいありませんが、ファミレスやカフェなどで、そんな会話を無邪気にしている人たちと出くわすと、暗澹たる気持ちに陥ります。まさに、生命力が削がれるような。

こういう会話をすることに疑問を持たない人たちは、当然、日本は日本人のための国だと信じて疑っていません。でも、かれらにとっての「日本人」とはだれのことなのか……たとえば、ある人物の皮膚や目の色、親の出自、言語や文化が、自分（たち）の思い描く「日本人像」と少しでもズレていたら、仮にその人物が日本国籍（や永住権をはじめとした在留資格）を持ってはいても、あのひとは純粋な日本人ではないから、と判断するひとが、まだこの社会にはとても多い。〈治安のため、日本人の職を奪われないため、日本人の〝純血〟を保持するため〉にも、不純な日本人がこれ以上増えるのは困る、と平気で言ってのけたり、そのことを漠然と恐れているような人たちが思い描く「日本人」像は、とてもシビアなのです。そのシビアさは、領土や人員の境界を管理するという目的であくまでも法的な根拠に基づきながら〈おまえは日本国籍を持っている日本人か否か、日本人でないなら、正規の在留資格を持っている者か否か〉と審査する「国家」以上といっても過言ではない。
ちょうど『天皇が逝く国で』（みすず書房）という本の中でノーマ・フィールドはこんなふうに書いています。

法的、遺伝的、精神的なものががっちり組み合わさって、日本人とはすなわち日本人の血が流れている者、すなわち日本と呼ばれる国民国家の市民、すなわち日本的感覚をもつ者、となる連動装置こそまさしく、この列島に住む多くの異なる種類の人びとを絞めつける万力をつくりだしている。

そいつは本物の日本人か否か――このような問いは、非常に危険なものです。本物かどうかを決定、あるいは保証すると思われているものの一つに、純粋な血統を置こうとする態度――無意識的なものも含めて――は、日本人であるための条件を満たさない者を排除するのみならず、条件を満たしているはずの人びとをも締めつけるのですから。
何しろ、〈日本国籍者であっても、国家の求める人間像からひとたび外れれば、基本的人権の保護の対象から外される〉ように、国家のレベルでなくとも、学校や職場といったなんらかの組織内でほかの人たちから、自分たちとは同じでない、と「審判」を下された者は、一目置かれる、というよりはむしろ、厄介者扱いされたり、疎まれたり、最悪の場合は心身に苦痛が及ぶほどの陰湿な嫌がらせを受けることもある。残念ながらいまの日本では、ほかのひととちがっている、というのはそういうリスクをともなうことなのです。

だからこそ、日本人の血が一滴も流れていない私が、自分も日本人であるとあえて主張したいとき、その根底には、私が本物でないと判断する根拠に血統や遺伝子といった先天的なものを持ち出すな、と訴えたい気持ちがあります。逆にいえば、相手はどんなに肯定的な意味のつもりでも、あなたにもやはり台湾人の血が流れているんだね、などと言われると、血で判断するな、と刃向かいたくなる。要するに、ある者が自分たちと同じかどうか、と判断するときに血統や遺伝子を取りざたにするのは、その発想が優生思想とも結託している分、許しがたいと私は思います。

もちろん政府の意向に逆らったために国家から敵視されて命が脅かされるという惨《むご》さとは比較できないかもしれませんが、自分が属する組織の論理に逆らえず、場の同調圧力に抗しきれず、息を殺しながらかろうじて生きている、というのも非常に過酷な状況ではないか……ともあれ、ひととちがう、ということが恐怖の種となりがちないまの日本の社会はやはり異常です。

〈血の通う生きものの側に身を置こうとすれば、どうしてもこの国がやろうとする大事業とは対立せざる〉をえない。そうであるからこそ国家というものに対する〈根本的な不信や疑念〉があると木村さんは書きましたね。ただしそれは、〈特に日本という国についてつよく感じる不信〉であるとも。

率直に言って、私も木村さんとほとんど同じ思いを、いまの日本という国に対して感じています。しかし、この国を生きる大多数の人びとが想像する「日本人」の条件を十全に満たしていない私が、日本なんか信じられない、と声高に叫べば、そんなに気に入らないならさっさとここから出ていけ、と罵声を浴びる可能性もあるでしょう。そのことが私は鬱陶しい。ただもう、ひたすら鬱陶しい。

しかし考えてみれば、一部の人びとが私を日本人だとは決して認めないように、私自身もまた、日本という国家に自分自身を重ねて考えることはめったにありません。たとえば、自分も日本人であるという、ただそれだけの理由で、海外で活躍する日本人を我が事のように誇りを感じる、といったような、国家と自分自身を同一視する感覚が希薄なのです。

だからといって台湾になら一体感を覚えるのかというと決してそんなこともありません。私は、自分もこの国の一員だとばかりに大勢のひとにまじって日の丸を振るのに抵抗があるように、台湾、厳密には中華民国の「国旗」である青天白日満地紅旗を台湾人たちとともに振ることにもためらいがあります。仮にそうすることで、確実にその一瞬だけは、その国旗を振っている人びととまちがいなく仲間になれるのだとしても。

日本か台湾か、の次元ではなく、私は「国家」というものそのものに懐疑心があるのでしょう。なぜなら私は、言ってみれば、どちらの「国」からもズレているから。

それがあかるみになる状況の一つが、選挙でしょう。

日本で選挙権を持つために必ず備えていなければならない条件は、日本国民であることです。ここでいう日本国民とはすなわち日本の「国籍」を持つひと。台湾——中華民国——籍を持つ私は、そのため日本では一度も投票を経験したことがありません。しかしそんな私は、台湾人（中華民国国民）としてなら、選挙権があるのです。

ご存じのように先月、台湾では総統選がありました。総統とは中華民国の最高権力者に該当します。不思議だと思いませんか？　長く住んでいる日本では市町村の議員を選ぶことすらかなわない私が、三歳のときに離れたきりの台湾では最高権力者を選べるなんて。

そのことを意識するからこそ私は、自分に与えられた権利を行使するときにはどうしても、台湾人のように台湾で暮らしていながらも、中華民国籍がないために台湾に対してどんな政治的選択も許されていない人たちのことを思わずにいられないのです。

その意味では、〈台湾という国の輪郭がなければ、政治においては強権的な中国にすぐにでも飲み込まれてしまうという危うい不安〉はたしかに共有しつつも、あの人たちとちがってあなたは台湾人だから、と私を受け入れるそぶりの自称〝ふつう〟の台湾人とのあいだにも深い溝を感じます。ましてや、あなたは台湾人なのだから中国人が嫌いでしょう、と日本人から言われたら（残念ながらよく言われるのです）、やはり刃向かいたくなります。私が嫌ったり、憎むのだとしたら、その対象は強権的な中国という「国」に対してであって、そのもとで締めつけられている中国の人びとでは決してない、と。ただ最近は、こんなあたりまえのことを自分がいちいち説明しなければならないことにすっかり疲れきっています。

いずれにしろ、日本では有権者として具体的に力を及ぼすことがかなわない分、〈国が起こす戦争に疑念を挟む〉ためにも、私は中華民国の総統を選ぶ権利を有する一人として、自分の権利をささやかながらも行使したい。

ところで、旧暦の新年は春節といい台湾では新暦の正月よりも重視するため、私の母は毎年、その時期に台湾に帰省します。今回の台湾総統選と春節は日程が近かったため、両方とも行ったら疲れちゃうから、と言って母は選挙のほうには帰らないと言いました。

「……投票しないってこと？」

「だって、ママの一票なんて、特に影響ないでしょ」

影響ない、だと？　私の表情が翳《かげ》るのを察すると母は先回りして、

「まあ、あんたはママの棄権が面白くないだろうけれどね」

と言いました。そしてこちらをからかうように言うのです。

「ああ、今回ママが選挙に行かなかったこともあなたはそのうちどこかに書くんでしょう。いやんなっちゃう」

「……」

こういうとき、小説家として親とむきあうのって、なんと居心地がわるいのだろうと思います。

そういえば木村さんも、身内びいきと隠ぺいを繰り返す安倍を持ち上げる自民党を支援し続けることは、子どもや孫たちのこれからを困難にすることであって、もうよしたほうがいい、とご両親にむかって声を荒らげてしまった、とTwitterで呟かれてましたよね（それが、まさに「幼な子の聖戦」のテーマですものね）。するとお母さまが、「おらんどは、そういう勉強をしないで応援してきたがらなぁ、あの方の人柄で」と笑いながら目尻を拭った、と。小説家の息子とその母親のようすを想像しながら、思わず胸を詰まらせました。私にも身の覚えのあることでした。

「ママ、あなたみたいに、むずかしいことわからない。あなたみたいに、深くない」

……そんな「幼な子の聖戦」が芥川賞の候補となったことで、ご両親をはじめご家族など、木村さんの周辺もこの年末年始は、さぞ気ぜわしかったことでしょう。猫たちも！

先ほどの『天皇が逝く国で』からの一文を引用するついでに、やはりノーマ・フィールドによる『祖母のくに』（みすず書房）もぱらぱらと捲《めく》っていたら、「文学を考えるということは、ある作品を弁護するか、捨てるかの問題ではなく、作品の書かれた時代、読まれる時代、それから個々の読者の情況を射程に入れた上で、描きだされる可能性の地平線を見いだすこと」とあるのをちょうど見つけました。

木村さん。私は、どれほど権威ある賞であろうと、とりわけ、候補作を選考する側も現役の作家である場合は、おなじ時代を生きている作家によって書かれたものをめぐって、一人の読者としてどんなふうにそれを読んだのか、みずからの文学観をさらすことであると思っています。断じてそれは、教師が生徒の答案を採点するような、上下関係を彷彿させる教育的なものではないはずだ、と。そう信じています。

もうじき出る『文藝春秋』に掲載される第一六二回芥川賞の選評で、各作家の方々が「幼な子の聖戦」という作品にどんな可能性を見いだしたのか……想像しようと思うと身震いがします。

次の手紙では、芥川賞ノミネート狂騒曲、についても聞かせてもらえるのを期待しつつ（もちろん、書きたくなかったら書かないでいいのです！）。

温又柔

二〇二〇年二月一〇日

国家へのかかわり——第二三便　木村友祐より

温又柔さま

あれはいったい何だったんだろう……。芥川賞ノミネートのあの一件が落着してからまだひと月しかたってないのに、だいぶ前の出来事のようにおぼろに思いだされます。

結果は落選。その後のぼくの状況は、ノミネート前の状態と特に変化はないので余計にそう思うのですが、本は無事に刊行されました。新宿紀伊國屋書店に行けば、一階入り口のすぐそばの特等席みたいな台に『幼な子の聖戦』が平積みで置いてあるという、小説家になってはじめての厚待遇も目にすることができました。

ただし、前回行ったときは、手前・中・奥と三列に並べられた平積み本たちの最前列に置いてもらっていたのが、きょう行ったら、もういちばん奥の列に移動させられていました。予想はしていました。最初は平台の手前に置かれていても、だんだん奥に移されて、やがては棚に一冊だけ刺さっている状態になるだろうということは、体に刻まれたこれまでの経験が教えてくれます。ヒュウ〜（風が吹く音）。

自分が書いた本が書店に並ぶ、そのこと自体が夢みたいなことなのに、いつの間にかどんどん慣れて、考え方もどこかで経済システムにのっとった見方で自分の本をとらえるようにもなりました。そのスレた見方は、自分の本がどんどん隅に追いやられることに対して傷ついたり寂しい思いをしたりしないよう、あらかじめ防御する心の作用から来るものといえますが、多くの人の手を経て本が編まれ、それがだれかの孤独な時間とともに読まれるという僥倖を、忘れてはいけませんね。

そう感じさせられたのは、先日、温さんや星野智幸さん、デビュー当時の編集長だった集英社のIさんと若手編集者のMさんに刊行祝いをしていただいたとき、温さんがぼくの本を抱きかかえるようにして、ことのほか喜んでくださる姿を見たからでした。本が出るとは、それくらい得がたいことなのだと、かつてはぼくにもあった初心を思い起こされたのです。

さて、前回お送りいただいたお手紙を読みながら、〝本物〟とか〝純粋〟ってなんだろうとあらためて思いました。人間に関するあらゆる物事において、本物や純粋という定義はほんとうに成立しうるものなのか。そしてなぜ人々は、こんなにも本物や純粋という概念に惹きつけられてしまうのか。さらにいえば、なぜそこまで自他の線を引くことに固執したがるのか。

もしも、血統や遺伝子をもって「日本人」とほかの人々を区別しようとするなら、古代までルーツを遡って検分すれば、朝鮮半島の人々を含め、ほかのアジアの国々で暮らす人々と見分けがつかなくなるのではないかと思います。それなのに自分たち（日本でうまれ育った日本国籍保持者）は、あたかもこの列島の地面から「日本人」なるものが生えでたかのように、国籍の有無すら超えた〝本物〟で〝純粋〟な日本人がいるかのように振る舞ってしまう。想像上の「日本人」に自己同一化するみたいに。

いったい、この国からそういう「日本人」を信奉する人々――「自分は血統的にも遺伝子的にも純粋で本物の日本人だと自認する人々」がいなくなったら、いちばん困るのはだれなんでしょうね。それは実は、日本という国の物語を統御したい為政者たちではないでしょうか。

なぜこんなにも〝本物〟で〝純粋〟な日本人がいるかのように多くの人々が振る舞うかといえば、その大きな一因には、「天皇を頂点にいただく大和民族の末裔こそが日本人」だという、自民党の為政者らの物語にもとづく日本人像が、〈あの某大臣の発言のように〉陰に陽に人々のうえに流布され、浸透させられてきたから、ということがあるのではないかと思うのです。外国に対して自分たちの独自性を誇示するために。また、国という輪郭を確固たるものにすることによって、自分たちが天皇の代わりに国を治めているのだという正当性と権威性を備えるために。

つまりは為政者の〝必要〟のために「本物」の「純粋」な日本人というストーリーが性懲りもなく再生産されている。一方、民の側からも、おぼつかない自分の生に特別の意味を付与したいがために、科学的に根拠があるかどうかを度外視してそのストーリーを求めてしまう。相互作用によるその閉鎖的な〝信仰〟は、どんどんこの国に浸透しているように思います。

前回のお手紙で、温さんは、〈自分も日本人であるという、ただそれだけの理由で、海外で活躍する日本人を我が事のように誇りを感じる、といったような、国家と自分自身を同一視する感覚が希薄なのです〉とお書きになりました。その感覚はぼくもまったく同じです。スポーツにおける日本代表チームの選手が「日の丸を背負って」とか「国旗を背負って」などと話すのを目にすると、腹の底がぐらぐらします。そんなもの背負わなくていい。頼んでないし。なぜスポーツ選手は、往々にして、国家の付属物にされることにこんなにも従順なのでしょうか。

彼らがそう言ってしまうのは、日本の選手が金メダル何個獲得だの、日本人がノーベル賞を受賞しただのとマスコミが喧伝し、大喜びする人々の態度を内面化したせいでしょう。だけど、ぼくは、金メダルもノーベル賞も、そのチームや個人の偉業であって、誇りにしたがる他の人々にはなんにも関係ないじゃないかと意地悪に言いたくなるのです。個々人で勝手に励みにするぶんにはいいでしょうが、少なくとも「日本人」がすごいわけではありません。

温さんはさらに〈だからといって台湾になら一体感を覚えるのかというと決してそんなこともありません〉とお書きになっていましたね。これははじめて聞いたように思います。ぼくは漠然と、温さんは台湾という国家には心情的に親しみを感じているのかなと思っていたので、〈日本か台湾か、の次元ではなく、私は「国家」というものそのものに懐疑心があるのでしょう〉と明言されたことに、軽い驚きを覚えました。

すぐにウンウン、そうだよねと共感する自分がいましたが、ただ、ぼくの国家への懐疑と、〈どちらの「国」からもズレている〉と感じている温さんのそれとは、表現は同じでも、温さんの言葉に含まれた痛みを考慮せずに受けとめることはできないのだとも思います。国籍国ではない日本はもとより、国籍国である台湾からも〈ズレている〉と自覚しているからこそ、温さんは、台湾にいても〈中華民国籍がないために台湾に対してどんな政治的選択も許されていない人たち〉の声なき声があること、その複数性を無視することができないのだから。

前々回の手紙でぼくは、国家からの民（家族）に対する関与について書きましたが、そこで今回は、民（家族）からの国家へのかかわりについて書いてみようと思います。

Twitterでぼくが吐露した母とのやりとりに、温さんもご自分のお母さんとのことを思いだし、胸を痛めてくださいましたね。あれはどういう経緯でそうなったかというと、ぼくの作品が芥川賞の候補作になって、某衆議院議員のO氏からじかに祝福の電話をいただいたと、夕飯のときに母がうれしそうにぼくに話したところからはじまったのです。

母は、八戸を地盤とするその議員の、後援会の婦人部の会長を務めているのでした。政治に関心があったのではなく、父に勧められたからです。もともとは父が（婦人部ではないからオヤジ部の？）後援会の会長を務めていたのですが、病で半身が動かなくなったこともあって、そのかわりを母に託したという経緯があったようです。

ぼくが書いた小説は、O氏が所属する自民党を真っ向から揶揄するものでしたから、電話をくれたのは読んでないからだとぼくは笑いました。そして、ぜひ読んでもらったほうがいい、だって今やあの党は、良心的な保守政治家のOさんですら、改憲には不向きだという理由で追いやろうとしてるんだから。もうそれくらいヤバい党になってるんだから、と続けるうちに、あの党を応援することは「孫たちのこれからを困難にすることに加担することなんだ」と、酔いの勢いもあって思わず激してしまったのです。でも、その母は、ただ、党というよりもO氏の人柄のよさを信頼して応援してきたのでした。

農家の多いぼくの町では、長年、票を手放さないために農家に対していちおうの配慮をする自民党を支持する人たちがほとんどだったと思われます。自分の地元に仕事やインフラ整備といった利益を持ちこむ力のある政治家に票を入れるのがあたりまえで、それはおそらく、発展から取り残されがちな自分たちのところをなんとか豊かにしてほしいという悲願の表れだったろうと想像します。それを責めることはできません。そしてこれは地方に限ったことではなく、都市部の人々もまた、自分の利益になりそうな候補者に票を投じるのが普通のことだったでしょう。

選挙へのかかわりは、当然そういう自分中心の動機がまずはじめにあるし、あっていいし、だからこそ、自分と政治とのつながりを近しく感じられるともいえます。政治への入り口は、敷居は低くていい。だけど、投票に慣れた大人たちに対しては、いつまでも自分中心でいいのだろうかという思いが、ここ数年でぼくの中に堆積してきました。そうした投票行動には、自分以外の他者のことを考える「公共」という観点が抜けたままなのではないかと。

この場合の「公共」とは、市民の自由を拘束するための口実にされるような、政府にとって都合のいい意味のそれではありません。だれもがくつろぐことを許される公園のように、基本的人権を重視した、どんな人でも暮らしやすい社会の構築をめざすための考え方の枠組みのことです。

こんなことをTwitterに書けば、良い子の意見だと鼻で笑われそうですが、議員ひとりを選ぶとき、自分の考えの中に、全部とは言わないけれどせめて四分の一くらいの割合だけでも他者のことを入れて票を投じるべきではないかと思うのです（それこそ、投票する権利を与えられていない人たちのことも考慮に入れるというような）。他人に良いことをするのを美徳とするくせに、選挙ではなぜそれができないのだろう、この国の人々には、自分以外の他者のことも考える「公共」という考え方が、ほんとうの意味では根づいていないのではないかと感じることが多くなりました。

ここからは、ちょっとギリギリの、危うい話題になってしまうかもしれませんが、時々ぼくは、「責任」ということも考えるのです。ここでいう「責任」もまた、徴兵制を導入したい者が持ちだすような、国民として果たすべきものとしての義務や責任という意味ではなく、他者とともにこの社会で暮らす者としての、「モラル」にかかわる意味での「責任」です。

およそ百年前（正確には九七年前の大正一二年）の関東大震災のあと、この国で、「朝鮮人が井戸に毒を入れている」とか、「朝鮮人が暴動を起こした」といったデマが流れ、新聞はおろか警察までそのデマを拡散して、恐慌をきたした人々が各地で自警団を結成し、在日の朝鮮人の人々を虐殺しました。虐殺に及んだ人々は、多くが一般市民の男たちでした。ぼくからみれば、曾祖父かそれより上の世代の人たちでしょう。

彼らとしては、自分の地域や家族を守るつもりでそうしたわけですが、『九月、東京の路上で――1923年関東大震災ジェノサイドの残響』（加藤直樹著、ころから）という本には、地震と火事ですべてを失った驚きや恐怖や怒りといった感情をぶつける対象として「朝鮮人が選ばれた」と書いてあります。「その背景には、植民地支配に由来する朝鮮人蔑視があり」、震災の四年前に朝鮮で大日本帝国からの独立運動（三一独立運動）が起きたことで、「日本人はいつか彼らに復讐されるのではないかという恐怖心や罪悪感があった」。それが人々の過剰な防衛意識に火をつけ、それに加えてさらに「もともと普通の庶民以上に朝鮮人への差別意識と強い敵意」を持っていた警察と官僚がデマを鵜呑みにして拡散させたことで、惨事が歯止めもなく広範囲に拡大してしまったと解説しています。

植民地化という国家事業が人々の心に与えた重層的なわだかまり。それが、震災でパニックに陥ったことによって悲惨なかたちで表に溢れでてしまいました。何が言いたいかといえば、まちがった情報に煽られて虐殺したことが明るみに出て以降、いったい彼ら（虐殺に及んだ人々）は、どうけじめをつけたのかということです。ひどく意地悪な言い方になりますが、ほとんどが固く沈黙したまま、いい夫、いいお父さん、いいおじいちゃんとして亡くなったのではないでしょうか。過ちを謝罪しないまま、そして虐殺した事実の証言を残すこともないままに。

これは、戦争に駆りだされ、どうにか命を落とさずに生還した男たちについてもいえます。凄惨な現場の只中で、自分自身も人間が変わり、人を殺してきた。慰安所を当然のように利用した。そのことを、帰還後に一切語らないまま墓場まで持っていった人々がほとんどだったのではないでしょうか。一部、人生の終局になってから証言する人はいますが。

どちらも、その後を自分が生きるためにそうしなければならなかったのだろうと思います。その経験の苦痛をかけらも知らない、壮絶さを想像することもできないぼくが、彼らに責任を問うのはあまりにも身勝手なのかもしれません。見方によっては、彼らも犠牲者だといえます。もしもぼくが同じような加害の当事者だったとしたら、やはりそうならざるをえないのかもしれません。

けれど、それでもあえて問うのですが、彼らが犯した加害の証言の少なさのせいで、どちらも「虐殺はなかった」という歴史改竄の言説が介入する事態を招いているとしたら？　いい夫、いいお父さん、いいおじいちゃんとされたその人たちは、二度と同じことが起きないように責任を果たしたといえるのでしょうか？

そもそもこの国の為政者自身が、そうした責任を果たしてきたでしょうか。先の本によれば、虐殺の被害者の正確な数が判明しないのは「当時の政府が虐殺の全貌を調査しようとせず」「事件の隠蔽と矮小化、ごまかしに努めたから」なのだそうです。同様に、何万人もの人生を一変させた原発事故が起きても責任者はだれも自ら責任をとらず、政権を取り戻した自民党政府は事故原因を究明するよりも被害の矮小化に努め、原発の再稼働を優先させました。

つまり、驚くべきことに、この国の男たちは（主体は明確に男たちです）、自らの過ちを、戦前から現在まで、一貫して責任をとらないまま来ているのではないでしょうか。「過ち」として真の意味で反省したことがあったのでしょうか……？　そのような国家と自分を重ねたいとはさらさら思わないのですが、その関係も、視線が変われば同じではいられないのかもしれません。

視線を外に向けたとき、国家とそこで暮らす人々を同一視することは避けなければなりません。一方で、視線を内側に向ければ、日本がアジアを一方的に植民地にしたという歴史的事実に対し、それに関してなんら身に覚えがないぼくが無関係を決めこむことができるかといえば、そういうわけにはいきません。被害を受けた国の人々から見れば、ぼくも「日本人」です。自分の国が犯したことを自分ごととして引き受ける態度が求められます。

さらに、もしかすれば、ぼくが死んだあとを生きる後世の人々に対しても、自分ごととして引き受ける態度が求められるかもしれない、と最近は考えるようになりました。現在の国家が引き起こしたことについて、死者となったぼくも後世の人々の批判を受けることになるのかもしれないのですから、将来世代に対する責任とは無関係ではいられないと。こういう思いもあって、母に対してつらく当たってしまったのですが……

こんな考え方は、温さんはどう思われますか？　窮屈でしょうか。これまでは、モラルを外れた価値観を示すのが作家のかっこよさだとみなされてきたのだと思いますが、作家がモラルを語らねばならない時代になったのでしょうか。

でも、だれも言わないことを言うのが、作家の役目ですよね？　ぼくだってほんとうは、かっこいいことだけ言っていたいのです……

二〇二〇年二月二四日　木村友祐

来歴として迫る国々――第二四便　温又柔より

木村友祐さま

まずは、前回の手紙で、書きそびれたことを……私はやっぱり、一切れの塩鮭の切り身から、餓えに苦しむ母グマと子グマを連想する木村さんを敬服します。その想像力の根底には、文字から遠く離れた者たちへの木村さんのまなざしがあるように思えます。

近頃、よく考えます。この手紙のやりとりで木村さんがずっと〈外部〉と呼んできた〈自分が知らない世界〉にむかって〈日常から自分を引き剝がす〉ことは、スーザン・ソンタグの表現を拝借すれば「自分でもなく自分たちのものでもない存在のために涙を流す能力を醸成し、鍛錬」するうえで、絶対に不可欠なものだな、と。それは、まさに〝能力〟であって、ほうっておくとたちまち鈍くなってゆく類のものです。私たちは、いや、私は、と潔く一人称で書いたほうが正直でしょうか――ややもすると「自分や自分たち」のためにしか涙を流さなくなるので。

さて。私も見ましたよ、数軒の書店の〈特等席みたいな台〉で『幼な子の聖戦』が平積みになっているようすを！　そのつど、我が事のように喜びました。そう、あの日、「天空の絵描きたち」とともに〈多くの人の手をへて〉編まれた木村さんの最新刊を〈抱きかかえ〉ながら私は、星野さん、Ｉさん、Ｍさんとともに木村さんを祝えたことがとてもうれしかった。

それで、思いだしたのは、自分にとって最初の小説である『来福の家』が世に出たときのこと。二〇一一年一月半ばなので、震災の少し前という時期です。

発売日の翌日、自分の本がほんとうに書店に並んでいるのかこの目で確かめたくて、神保町の書店街に行きました。ところが一軒目である三省堂書店の棚をアイウエオ順にたどっていっても、オ、と、カのあいだに「温又柔」の著書はありません。検索エンジンに自分の名前を入力すると「在庫アリ」という結果。どうして見つけられないのだろうと不思議に思っていたら、なんと私が探す本は日本文学の棚ではなく海外文学の棚に分類されていました。おそらく著者名が非日本的だったため、そちらにまぎれこんでいたのでしょう。

最初から日本語で書いたにもかかわらず、自分の本は「日本文学」の棚から弾き出されたのか、とがっかりしながら私はその裏にある海外文学のコーナーに向かいました。私のデビュー作にあたる本のかたわらには、あのシャマン・ラポガンさんや、同じく台湾の女性作家である朱天心、そのすぐ隣には、中国の莫言や残雪といった作家たちの本がありました。皆、日本語に翻訳された中国語圏の作品です。その頃の私は、いまほど韓国の小説は読んでいなかったので意識していなかったけど、原文が韓国語の本もそばにはあったはずです。

自分の本が、そういった自分が愛読してきた本に囲まれているのを眺めているうちに私はだんだん、えもいわれぬ痛快さが募ってきます。なんというのか、自分の本が、原文のない翻訳小説のように感じられたのです。つまり、自分の書くものは、五〇音順で並べられる著者たちのだれともちがうものにちがいない、とでも言うような。そして、そのように扱われるのはまんざらでもないと思ったのです。その後、べつの本屋では「日本文学」の棚に自分の本が並んでいるのを見つけて、それはそれで、この自分もまた日本文学の書き手の一人なのだと認められたようで心からうれしくなったのですが。

ともあれ、あのように規模の大きな由緒ある書店において、日本語で書いた自分のはじめての小説が、日本文学ではなく、海外文学の、それもアメリカやフランスやロシアといった国名ではなく、アフリカとアジアという地域の名が冠されたコーナーのうちの、アジアというコーナーの、韓国、中国、そのほか、というコーナーにあったという事実は、私が、日本にとっての自分、もっと言えば日本語で書く作家である自分が、いま、この国でどんなふうに受けとめられているのか、あるいは、受けとめ損なわれているのか、その様々な可能性について考えはじめる良い機会となりました。

そうであったからこそ、都甲幸治さんが『21世紀の世界文学30冊を読む』（新潮社）の中で、「最近、どの棚に置いたらいいのかわからない本が多い」と書店の外国文学担当者が悩んでいるというエピソードを紹介する箇所を読んだときは、他人事には思えぬ好奇心が疼きました。

たとえば、国別に分類するのが「困った作家」の一人として、都甲さんはジュノ・ディアスを取り上げます。

カリブ海に浮かぶイスパニョーラ島はドミニカ共和国で生まれ、幼くしてニュージャージーに移民し、長じて中南米文学とアメリカ青春小説と日本のオタク文化のごった煮である

『オスカー・ワオ』を書いて、ピュリッツァー賞を獲った。しかも作品はスペイン語まじりの英語で書かれている。いったいこれは何文学なのか。

さらに、「アメリカに来た中国人の家族におけるいざこざ」を英語で書く中国系アメリカ人——より正確には、天安門事件ののちに、アメリカに亡命した中国人——であるハ・ジンを取り上げながら都甲さんは、

これは中国文学なのか。でもこの行き違いは、まさにアメリカに来たから発生したのではないか。あるいは、中国語で書かれていない中国文学とはなんなのか。あるいはこれはアメリカ文学だろうか。しかし中国人ばかりが出てきて、感情の流れも展開も中国的なアメリカ文学なんてどう分類すればいいのだろうか。

とも書きます。

ほかにも、アレクサンダル・ヘモンやチママンダ・アディーチェを例に、ヘモンならボスニア、アディーチェならナイジェリアという、アメリカ以外の土地の歴史やそこでのみずからの記憶をも自分の人生のまぎれもない一部として英語で書いているという作家たちを都甲さんは鮮やかなまでに次々と紹介し、いまのアメリカでは「むしろこうした人々の方が普通なのだ」と断言します。

都甲さんの本を窓口に世界文学の「現在」を知れば知るほど私は、すでに「好去好来歌」と

「来福の家」を書いてしまったあとではあったものの、中国語や台湾語も飛び交うことが「普通」である我が「家」の情況を描いた自分の小説が、星野智幸さんによる「日本語文学の裾野を広げる」といった表現で迎えられたことや、沼野充義さんや野崎歓さんといった、翻訳の領域でも優れた功績のある錚々《そうそう》たる方々が、新しい「日本文学」として評価してくださったことの意味がより正確に理解できる思いがしました。

それまでの私は、自分が作家として進むうえでの道標として、日本人ではないながらも執筆言語として日本語を選ばざるを得なかった「在日」とみなされる作家たちを意識していました。この国の近現代文学には日本人以外の作家たちによる小説がちゃんと存在しています。たとえば、在日朝鮮人たちが書く小説には、朝鮮の文化や朝鮮語の気配がはっきりと刻まれているものが多数存在します。

にもかかわらず私の小説は、ある種の「新しさ」をもって受けとめられました。

これは、日本が世界第二位の経済力をもつ一九八〇年代初頭に、父の仕事の都合でまさに経済的な理由で台湾から日本に移住したという私の「来歴」によるものが大きいと思っています。つまり、私のような書き手があらわれたということは、私個人を越えて、旧植民地である朝鮮や台湾、中国大陸にとどまらず、中東や南米も含むニューカマーたちがこの国にはたくさんいて、しかも、その第二世代にあたる子どもたちの多くはすでに成人していて、この国でふつうに暮らしている、という現実を意識させるものであったと思うのです。

（私たちも、ふつうの存在なのだ）

日本語で書いた自著が、書店によっては「日本文学」にも「海外文学」にも分類されることを知った頃から私は、自分と同様、べつの国や文化にも根をもちつつ、限りなく日本人に近しい心情をもってこの国にうまれ育った「仲間」たちに、私たちのお手本になりそうな物語は、日本の外にもある、と伝えたい気持ちが芽生えました。

実際に私は、かつて「在日」と呼ばれる作家たちが書いたものを指標に、自分もこんなふうに書いてみたい、と考えていたように、イーユーン・リーやジュンパ・ラヒリといった亡命や、幼少期にアメリカへ移住したという作家たちの作品を夢中で読むようになりました。

たとえば、日系一世の父親と日系二世の母親のあいだにアメリカでうまれたジュリー・オオツカの『屋根裏の仏さま』（新潮社）は、二〇世紀初頭にいわゆる「写真花嫁」としてアメリカへ渡った日本人女性たちの物語についての小説なのですが、これを読んだときは、日本にルーツのあるアメリカ人によって英語で書かれた、もう一つの日本文学を読んでいる心地となり、くらくらするような思いでした。日本にルーツをもつ著者が英語で書いた作品が日本語に翻訳されて、日本育ちの台湾にルーツをもつ自分がそれを読み、感動を覚えるということ……この経験は、自分も、日本語によってもう一つの台湾文学を書けるかもしれない、という希望を私に授けてくれました。

同じくオオツカの長篇小説に『あのころ、天皇は神だった』（フィルムアート社）というものがあります。こちらは、第二次世界大戦中のアメリカで強制退去によって収容所に送られた日系人の一家についての小説です。一九六二年うまれのオオツカが、綿密なリサーチに基づいて、かのじょの親や祖父母の世代の日系人が被った出来事について書いた小説を私はやはり夢中で読みました。

木村さん。私は「天皇は神だった」頃のことを考えるたびに、神聖なるものとして祀り上げられた存在が、個々人に及ぼす力の恐ろしさを感じます。あの頃、その禍々しい威光は、いまの私たちが「日本」という国を想像するときに思い浮かべる範囲よりもはるか遠くにまで届いていました。その光のおかげで、台湾や朝鮮半島、あるいは中国大陸の東北部では、天皇を頂点にいただく大和民族の末裔たる人間たちが大東亜共栄圏のリーダーとして君臨することができました。その一方で、太平洋の彼方のアメリカでは、天皇が統べる国の末裔とみなされた人間は、一人残らず、「敵性外国人」として、収容所に送られていたのです。

もっとも、日本列島内であっても、天皇がおはします「中央」から遠く離れれば離れるほど闇の領域は深くなり、そこにはまつろわぬ民だっていっぱいいたことも、忘れてはなりませんよね。さらにいえば、人間扱いされなかったという意味では、天皇——ヒロヒト、と限定してもいいかもしれないが——もまた、「天皇制」に巻き込まれたのだとも言えます。ヒロヒトという個人もまた、当時の為政者たちが、みずからの権威を正当化する口実として大いに利用（悪用）した制度の特殊な犠牲者だったのだ、と。だからといって、あの戦争に対して、かれになんの責任もないということにはもちろんなりませんが。

ヒロヒトの跡継ぎで生前退位をしたばかりの上皇は、この国の象徴として、戦争の犠牲となった人びと——日本人にとどまらず、日本国の支配下にあった国々の人びとも含めて——を悼み、過去を忘れてはならないと繰り返してきました。いや、私がこんなことを言えば、そんなのはきれいごとだ、天皇制自体を廃止しなければならない、と怒られてもおかしくはないでしょう。この制度そのものにあらかじめ組み込まれた差別的な構造を思えば当然ですよね。

けれどもどうしてだか私は、戦争を忘れてはならない、と繰り返し述べてきた上皇は、かれの父親が「天皇陛下」として負うことのなかった責任を引き受けようとしていたからではないのかと考えたくなるのです。あの温厚そうな姿にほだされるような思いでそのような希望を託したいだけかもしれませんし、その姿のそばにはほとんどつねに、民間人として十五年戦争を経験した上皇后があったので、余計にそう思いたい気持ちが自分にはあるのは否めません。それこそ、戦後の皇室イメージ戦略にまんまと絡めとられている証かもしれないのですが……

問題は、〈国という輪郭を確固たるものにすることによって、自分たちが天皇の代わりに国を治めているのだという正当性と権威性を備え〉ているつもりの現代日本の為政者たちのほうです。数年前、政府主催式典で、「天皇陛下万歳」という声が上がり、安倍晋三も含む壇上の主催者たちがこぞって万歳三唱をしたというニュースを見たときは、ぞっとしました。その式典が、サンフランシスコ講和条約が発効し、第二次世界大戦後、停止状態にあった日本の主権が回復したことを祝う席だったと知ればなおさらでした。日本を取り戻す、というスローガンを掲げるかれらは、当時はまだ天皇だった上皇が、天皇の名のもとに犠牲となった人びとを悼んでも、そのことが自分たちにとってつごうが悪ければそしらぬふりするのです。なんと捻《ねじ》れた状況なのか。

話が逸れました。

率直に告白しますと、日系アメリカ人であるジュリー・オオツカが英語によって成し遂げた

「アメリカ文学／日本文学」に身を震わせながら、自分もこんなふうに書いてみたいと望むときの私は、日本の歴史に含まれた台湾と、台湾の歴史の中に刻まれた日本とが、自分に連なる家族たちの来歴として迫ってくるのを感じずにはいられないのです。日本か台湾かの二者択一はなく、どちらからもズレているからこそ私は、この二つの国の歴史が重なり合う部分に目を凝らしたくなる。だからこそ前回の手紙で私は〈日本か台湾か、の次元ではなく、私は「国家」というものそのものに懐疑心がある〉と書きました。

私はほとんど無意識のうちに、木村さんなら同意してくれると思ってあの一文を書いたのです。しかし木村さんは、〈ウンウン、そうだよねと共感する自分〉を自制し、〈表現は同じでも、温さんの言葉に含まれた痛みを考慮せずに受けとめることはできない〉と言います。

木村さんは、〈国家と自分を重ねたいとはさらさら思わない〉ことと、〈日本がアジアを一方的に植民地にしたという歴史的事実に対し、それに関してなんら身に覚えがないぼくが無関係を決めこむこと〉とを、一緒にしてはならない、と書きます。

「日本人」にも「台湾人」にもぴたりとは重ならない私とちがって、自分はそうはいっても「日本人」として〈自分の国が犯したことを自分ごととして引き受ける態度〉を保ちたい、と木村さんが書くのを読み、はっとしながら私は、自分たちのあいだにあるべきはずの緊張を思い起こし、矛盾しているようではありますが、ほとんど同時に安堵も覚えました。だからこそ、お互いにここまで対話を続けてこられたのだな、と。

おっしゃるように、国家と自分（個人）の関係は、〈視線が変われば同じではいられない〉ものですよね。さらに一歩踏み込むと、たとえば、国家にみずからを安易に重ねて浮かれることや、あるいは〈国家とそこで暮らす人々を同一視すること〉をしない、というのは、自分の側で自制できることです。しかし、他者のほうが自分をそのように見つめたり、扱おうとするときには何が起こるのか？

木村さんが言及してくださったように、この国には、関東大震災ののち〈井戸に毒を入れている〉とあらぬ噂をたてられた朝鮮人たちが大勢〈虐殺〉されたという悲惨な歴史があります。ここで、もう一歩踏み込んでおきたいのですが、さて、自警団たちは、〈地震と火事ですべてを失った驚きや恐怖や怒りといった感情をぶつける対象〉である朝鮮人と日本人のちがいをどう判別したのでしょう？

在日朝鮮人の〝末裔〟の一人、一九五五年うまれの李良枝は「かずきめ」という小説で、こんなふうに書いています。

いっちゃん、また関東大震災のような大きな地震が起こったら、朝鮮人は虐殺されるかしら。一円五十銭、十円五十銭と言わされて竹槍で突つかれるかしら。でも今度はそんなこと起こらないと思うの、あの頃とは世の中の事情が違っているもの。それにほとんどが日本人と全く同じように発音できるもの。（……）ねえ、いっちゃん、私は虐殺されるかしら、ねえ、どうなるの、もしも殺されなかったら、私は日本人なわけ？

一九二三年の九月、東京の路上で、イチエンゴジュッセン、と発音しろと自警団たちに迫られたものの、イチエンコチュセン、としか発音できずに殺されてしまった人たちは、どれほどいるのでしょう。「五十銭」と発音するとき、「ゴジュウ」が「コチュ」となってしまうのは朝鮮語が母語の方に多い傾向です。

李良枝の父親は済州島出身ですが、かのじょ自身は日本でうまれ育ちました。作家としてこれからというときに、三七歳の若さで急死したかのじょが生前に発表した小説は一〇篇にも満たず、たった一冊から成る分厚い『李良枝全集』（講談社）にはかのじょの全作品のみならず、未完のまま残された草稿も収録されています。

「除籍謄本」と題された作品もその一つです。主人公の「私」は、朝鮮半島出身の両親をもつが日本でうまれ育ったため、韓国語があまりできません。そうであるからこそかのじょは、自分のルーツにつながることばを学ぶために韓国に渡るのですが、そこで、とある韓国人男性に迫られます。

「な、なんのご用ですか？」

男はにっと笑った。目も鋭く光る。

「オレは一度、日本の女とやってみたかったんだ」

「…………」

男は少しずつ近寄ってくる。

「あ、あの、ちょっと待って」「（……）私はれっきとした朝鮮人なんです」

「朝鮮人？」

「……あっ、ごめんなさい、韓国人なんです」

「うるさい、反日思想が恐くて嘘をついていやがる。おまえたちのために韓国人がどんな目に会ったか、知っているだろう」

「ねえ、待って、待って下さい。話し合いましょう。大きな誤解です。私、あの、私の祖先は李成桂なんです。（……）父は済州島から日本に来ました。私もいろいろあって、それで留学を決意したんです。四月一日からソウルの学校に通ってウリマルを勉強することになっています。日本でも一人で勉強してきたんです。（……）」

「黙れ、黙れ、同胞がその程度のウリマルでどうする、おい、ウリマルで一円五十銭と言ってみろ」

「イルウォンオシプチョン……ですか」

「そらみろ、日本人の発音だ」

その後、ナイフをちらつかせた男は、全同胞に代わって日本人であるおまえを処罰してやる、とかのじょに迫ります。なんとか難を逃れようとかのじょは必死で懇願します。

「そうだ、私、除籍謄本持っています。（……）帰化したことや、両親の以前の韓国名や、それに済州島の住所もちゃんと載っています。私が韓国人だということ唯一証明できるんです」

「除籍謄本？」

「すぐにお見せします。だから少し待って」

「おい、オレをなめるなよ、そんな紙切れが何になる、おまえは日本人だ」

男がナイフをふりあげて、かのじょは意識を失います。一行空けて、それがかのじょの見ていた悪夢だったと記されます。

むろん李良枝が、かのじょの同胞たちが「一円五十銭」と発音できなかったことで日本人に虐殺された歴史を反転させたものとしてこの小説を構想したのは疑いようがない。

たまたま女性であったかのじょは、強姦されるという危機にさらされます。かのじょは、日本人とみなされることで犯されそうになります。

いいですか？

ほんとうは朝鮮人なのに日本人のような発音しかできないかのじょは、同胞であるはずの韓国人の男から報復という名の強姦をされそうになっているのです……

命に係わる二者択一に迫られたとき、「除籍謄本」という証明書に示されたかのじょが朝鮮人であったという来歴は、文字どおり、紙切れのごとく吹き飛ばされる。代わりに、その舌に刻みこまれてしまっていた日本語訛りの朝鮮語のせいで、日本人なのだとかのじょは判別されたのです。

いかんせん、未完の草稿です。李良枝はひょっとしたら、これが公表されることには不本意だったかもしれません。しかし私は、短すぎる生涯を駆け抜けたかのじょの全集にこの一篇がおさめられていることはとてつもなく重要だと思っています。

忘れもしません。『李良枝全集』を手に入れてまもない頃、はじめてこの作品を読んだとき、私は号泣しました。ほんとうに、声を上げて泣いたのです。

日本人のように日本語を話せても、日本国籍のない自分。

台湾の国籍はあっても、台湾人のようには中国語が話せない自分。

朝鮮人であったことを証明する「除籍謄本」と、イルウォンオシプチョンという日本語訛りの「発音」という、二つの根拠が自分にはあると自覚しながらその狭間で悪夢を見てしまう小説の主人公の境遇と、そのような小説を書かずにいられなかった作者の切迫感が、私にはまったく他人事ではなかったのです。

さらに言えば、李良枝、そして「除籍謄本」の「私」と同性である自分についても意識せざるをえませんでした。いつか話したことがありますよね。台湾――厳密には中華民国――の「国民」には兵役が義務付けられています。ただし、男性のみ。そのため私か妹のどちらかが男の子だったら、急いで日本国籍を取得しただろうと父は言ったことがあります。

――住んでもいない国で、兵役だなんてかわいそうだからね。

中華民国籍から日本国籍になれば、台湾の国民としての兵役の義務はなくなります。しかし私たちが女の子だったから、父は中華民国をあえて手放さずに済みました。もちろん父が日本に帰化しなかった理由は、べつにそれだけではありません（それに台湾が、女子にも兵役を課す国家だったらまた事情は異なっていたでしょう〉。それでも私はときおり、自分がたまたま女だったから、日本国籍を持たぬままここまで来てしまった、と考えることがあります。

うまれた国と、育った国の狭間に生きる一人の女の子。李良枝が書き遺したものの続きを書くつもりで書いた「好去好来歌」で私は、日本の作家としてデビューしました。

そんな私に高橋源一郎さんがすすめた『異族』（講談社）もまた、中上健次の未完の作品でした。よく知られるように、李良枝にむかって、おまえも小説を書け、書いて鎮めろ、とすすめたのは、中上健次です。李良枝や中上健次を読み、習作を重ねてデビューしてからの日々も、私は戸籍上の異族として、日本とむかいあってきたように思います。

それにしても、あの日に出会った木村さんとこうして、日本や日本語の中心と思われている軸を徹底的に揺さぶって、無効化するような小説をもっと書かなければね、と励まし合いながらその後の一〇年をつかず離れず歩んでこられたのは、私にとってなんと幸運かつ幸福なことなのだろうと。

……悲しいことに私たちが出会った頃と比べてこの国の事態はますます深刻になっています。為政者たちは以前にも増して、自分たちにとって不都合な真実の〈隠蔽と矮小化、ごまかしに努め〉ています。そんな風潮の中で、朝鮮半島や中国にルーツをもつ人たちが、ふたたび、憎しみの対象に選ばれつつあるのではないかと疑いたくなるようなことが頻繁に起こり、鬱々とします。もはや政府ぐるみで、それを促しているのではないかと思ってしまうほどです。

その一つの要因は、〈いい夫、いいお父さん、いいおじいちゃんとして亡くなった〉人びとが、

〈その後を自分が生きるために〉、歴史に対してきっちりオトシマエをつけてこなかったことともに深くかかわっているなと思うんですよね。

そんな折、高山明さんが、芸術選奨文部科学大臣新人賞を受賞しました。昨年の夏、「あいちトリエンナーレ」の一環であった、慰安婦問題、昭和天皇などをモチーフとした作品を含む「表現の不自由展・その後」に、「日本人の心を踏み躙るもの」といった苦情が殺到し開催から三日間で中止に追い込まれたあと、高山さんは「Jアート・コールセンター」を設置して、「表現の不自由展・その後」に物を申す人びとからかかってくる電話に直接耳を傾けました。「アーティスト自身が電話を通じて市民との対話を重ね、芸術の役割を問いかけようという行為は、芸術と社会の間に新たな回路の構築を期待させる」というのが、文化庁による高山さんへの授賞理由だそう。文化庁といえば、「手続き上の不備」という不可解な理由で、採択済みだったあいちトリエンナーレへの補助金を全額不交付にした機関でもあります。

しかし、そうであったからこそ、高山さんはこの賞を受けたのです。というのも高山さんは、この件に関して精力的な署名活動をしてきたメンバーたちと綿密にやりとりをし、内部関係者にも力になってもらって、表彰式の際に賞状を受け取る機会に乗じて、あいちトリエンナーレに対する助成金不交付への反対署名一〇万筆分を文部科学大臣に直接叩きつけるつもりだったのですから。

(なんと、高山さんらしい発想でしょう!)

ところがご存じのようにコロナの影響で授賞式は中止となり、結局、その計画は実現しなかった。またとない機会を逸して、だれよりも辛かったのは、高山さんご自身だと思います。その後、朝日新聞のインタビューで、芸術選奨文部科学大臣新人賞を受け入れたのは「芸術と社会をつなぐ役割である文化庁そのものとの対話の回路を開く」ためだと高山さんは語っています。

表彰式の中止によって果たされることのなかった秘密の計画――あいちトリエンナーレの補助金を全額不交付にした機関の長に、そのことに対する一〇万人分の異議申し立てをじかに渡す――が実現していたなら、まさに「文化庁そのものとの対話の回路」をこじ開けることになっただろうに、と私も悔しくなります。

とはいえ、例の新聞インタビューで、芸術は「友・敵」という二項対立を回避する迂回路を開き、社会の中に政治の力学に回収されない「余地」や、対話する「すき間」をつくるためにある、と語る高山さんのことばには今回の件も含め、高山さんがやってきたことそのものがはっきりとあらわれているように思います。

友か敵か。身内か他人か。善人か悪人か。本物か偽物か。

そうやって線を引きあうことで、対話の可能性が狭まってゆくといった状況が、いま、あちこちで進行しているように思います。対話のための「すき間」や「余白」が塗り潰されれば潰されるほど、その社会の中で凝り固まってゆく価値観を疑おうとしない人たちの読解力は低下してゆく。そうなってくると、権力者にとって都合のいい分断がさらにすすんでゆきます。

要するに、政治状況が硬直すればするほど、それを打開するためにも、「二項対立を回避する迂回路」を確保するための芸術が必要なのです。その表現が、〝政治的〟な題材を取り扱っているかどうかとはまったくべつの次元で。

カロリン・エムケが『憎しみに抗って——不純なものへの賛歌』（浅井晶子訳、みすず書房）で書くように「排斥と憎しみに抗う戦術のひとつ」が、「世間の基準から外れていても幸せな生き方と愛し方の物語を語ること」ならば、こんなときこそ、強いられた規範や基準に違和感を覚える自分の感覚を信じて、その自分について語るために一つひとつのことばを語源にまで遡って検討するところから、書くという行為に挑まなくてはなりませんよね。

〈だれも言わないことを言うのが、作家の役目ですよね？〉

まったくそのとおり！　もしも自分がこういうことを書かないでいたら、ほかのだれかも書きはしないだろうことがある限り、私たちはそれを書くべきなのです。

〈ぼくだってほんとうは、かっこいいことだけ言っていたいのです……〉

いいや、すでにタガが外れかかっているこの国ではむしろ、モラリストであることのほうがずっとかっこいいと私は思います。

だからこそ、木村さんが「日本人」という属性から逃れられない一人の個人として〈他者とともにこの社会で暮らす者としての、「モラル」にかかわる意味での「責任」〉をもってこの国の歴史とむきあおうとしているように、私もまた日本という国と台湾という国の「あいだ」に生きる一人の個人として、いま、この現実の中で、書くことの意味を問い続けたいのです。

九年目の三月一一日

温又柔

第七章　リアルとバーチャルのあいだ

幸福なネット時代――第二五便　温又柔より

木村さんへ

私が一通目の手紙を木村さんに書き送ってから、気がつけば、とっくに一年が経っていました。木村さんと手紙を交わし合う機会を定期的に保ってきたことで自分はどれほど支えられ、また癒されてきたのかとあらためて感じ入ります。

しかし、たった一年前のことが、いまよりもはるかにのんきに思えてしまうのが狂おしいですね。

人類の危機といっても過言ではない新型コロナウイルス感染症の脅威によって、いまや、世界規模の異常状態が現実となっています。

日本ではオリンピックの延期が発表されるや否や、こんなときこそスポーツの祭典をという謳い文句を唱えていたはずの政府は手のひらを返すかのように、いまは浮かれていてはならない、国民一丸となってウイルスと闘おう、とばかりに補償なき自粛を要請しはじめました。

感染拡大の抑え込み策としての都市封鎖が噂されるなか、ついに今夜、緊急事態宣言が発令されるとの報道。いまは防疫第一ですが、それでも国からの様々な制限がかかれば、経済的に困窮するひとや社会的に孤立するひとは出てくるでしょう。弱い立場にある人たちがさらに追い込まれる事態になりかねません。本来ならばこういうときにこそ、国家が率先して果たさなければならない責任はいくらでもあるはずが、さて、どうなることやら……

　残念ながらこれまでの安倍政権のやり方を思えば、とても楽観はできず、それどころかささやかな、あたりまえの希望を抱くことすらむずかしく、まさに暗澹たる思いがします。COVID-19という禍は、この国のほんとうの姿を冷酷にも炙りだしてゆくようで、つくづく残酷です。このような状況のもと、いったいどこから手紙を書けばいいのやら……

　深呼吸。いつもどおり、ごく個人的なことがらを報告するところからはじめることにしましょう。

　一週間前、かれこれ数か月もかかりきりだった長篇小説をついに書き終えました。この一年のあいだの手紙のやりとりでも何度か言及した、例の、台湾にルーツをもつ娘とその母親についての小説です。

　自分にとって史上最長の枚数となる約四二〇枚のこの小説を書くあいだじゅう、私はよく、「フィクションとは人生の中に可能性としては存在しながら、しかし一度も夢見られたことのないことがらを探求する方法である」というナディン・ゴーディマのことばを思い出していました。

　小説家の数だけ小説の書き方があるものですが（木村さんは小説を書いているときに登場人物たちとどんな関係を結んでいるのだろう）、私はだいたい、自分が書きつつある小説の登場人物たちの人生を自分も生きている心地で書きます。そうやって、いまここにいる私自身の人生とはべつの次元に存在する、自分が歩んだかもしれない人生の可能性を空想するのです。そうではない書き方にも憧れますが、いまのところの私はどうしても、小説を書くことが、自分のべつの人生について想像することと密接につながってしまいます。

これまでの経験上、私は自分が書いた小説をはじめから終わりまでとおして読み直すことはめったにしません（たぶんいつだって、次の小説を書くのに必死でそれどころではないからなのですが）。けれども、日々の中で、自分が書いた小説の登場人物たちの気配がふとした弾みによみがえることはしょっちゅうあります。そういうとき、私はまるで実在する旧友を懐かしがるようにかれらのことを考えます。そのせいか、小説を一篇書き終えるたび、私は「友だち」が増えてゆきます。いや、私の中に存在する無数の「友だち」のことを自分以外のだれかとわかちあいたいからこそ、私は小説を書くのかもしれません。

……考えてみれば、小説と称して、いろいろなものを書いてきた一〇代半ばの頃から私は、いま、ここにいる自分とはべつの自分を、しょっちゅう空想していました。自分のようでいて、自分そのものではない無数の私の「友だち」について、きっとだれかと話し合いたかったのだと思います。それで、かのじょ――中高生だった私が書く物語の主人公はいつも女の子でした――のことを自分のノートや日記帳の中にだけ閉じ込めるのがもったいなくなってくると、どうにか小説に仕立て上げて、ほんものの友だちに読んでもらっていたのでしょう。

その傾向が顕著になったのは、自分の個人ホームページを持ち、そこに日々の雑記や、時には

「小説」として創作物を公開するようになった頃でしょうか。

忘れもしません。私が高校一年生のときに父が、Windows 95 が搭載されたデスクトップのパソコンを買いました。一九九六年のことなので、アクセス、とか、インストール、といった響きに近未来的な輝きが備わっていた、まさにインターネット黎明期のことです。

パソコンを起動し、ダイヤルアップ接続さえ無事にかなえば、コンピューターネットワーク上に構築された広大な仮想空間にアクセスできる、という事実に心躍らせたことをよく覚えています。

インターネットにつながることは、高校生だった私にちょっとした革命をもたらしました。たとえばだれかが自分のサイトにアップロードしている写真やイラストやそこに添えられたテキストを読んで感銘をうけて、ささやかな感想を掲示板に書きこんだら「見てくれてうれしい」と直接反応してもらえて舞い上がったり、そのままチャットルームに招かれて、そのサイトのほかの読者たちとパソコンのモニター画面越しに「会話」をしたり、といったような……そんなふうに、顔も本名もわからないお互いのハンドルネームしか知らない「友だち」の存在が、面白くて頼もしかった。

言うまでもなく、このような革命が高校生の私に起きたのは、パソコンを購入する際に父が電話会社とプロバイダ契約してくれたからこそなのですが、私は、まだそこまで考えが及びませんでした。光熱費と同じく、蛇口を捻れば水が、スイッチを入れたら電灯が、なんの心配もなくふんだんに使えるのはだれにとってもあたりまえだとばかりに、これからの時代は、たとえ同じクラスや学校に自分と気の合う友だちが一人もいなくても、インターネットさえあれば、この広い世界に散らばる自分にとって出会うべき人たちと必ず出会えるはずだと胸を高鳴らせていたのです。

その感覚は、いま、ここにいる自分とはべつの自分を空想するときとも似ていたように思います。そう考えてみると、まだ見ぬ「友だち」を求めてパソコンとむきあうときの私と、自分の中にいる「友だち」について書こうと日記帳やノートを開くときの私は、まったく同じ顔をしていたのかもしれません。

インターネット歴三年目。大学一年生になった私は、必修科目の一つである情報基礎の授業でHTMLを学ぶ機会に恵まれ、簡単なウェブページを作成する課題に取り組みました。そしてそれがきっかけで、自分のホームページを開設するに至りました。

ホームページを持つことでついに私は、リアルなこの世界とは文字どおりべつの次元に、もう一つの自分のための空間を確保したのです。とはいえ、二つの世界の境目はあいまいです。何しろ私は、リアルな世界の友だちにこそ、自分のホームページにアップロードした文章を読んでほしいと願っていたのですから……それなのに実際に、「カムカムオン」――私は自分のホームページをそう名付けたのです――読んでるよ、と、友だちの友だち、といった間柄のひとに思いがけず声をかけられると、どきりとします。

そのこそばゆさときたら、一人で夢中で遊んでいたところをうっかり見られてしまったときのようです。それでもほぼ初対面のひとから、温さんの文章をもっと読んでみたいな、などと言われれば天にも昇るような気持ちになれたし、そういうことがあったあとは、待ってくれているひとがいる、とめでたくうぬぼれながらいっそうはりきってせっせとホームページを更新しました。たとえ閲覧者数はごく限られていて片手で数えるほどだとしても、書いたものをアップロードさえしておけば、不特定多数のだれか――その中には未来の親友がいるかもしれない――に読んでもらえる可能性がある。

考えてみれば、いまも私は、その頃と根本は変わりません。いつだって私は、自分の書いたものを心から必要としてくれるひとがどこかに必ずいて、そのひとがいつか私のことばを見つけてくれるようにと願っているのです。

さて。インターネットが私の世界を広げてくれた頃から、もう二〇年以上が経ちます。いまでこそ、パソコンを立ち上げるまでもなく、手のひらサイズのスマートホンに触れれば、ものの一秒で、Facebook や Twitter、あるいはＬＩＮＥや Instagram などといったありとあらゆるＳＮＳ（ソーシャルネットワーキングサービス）に、つながることが可能です。

一度、挨拶したきりのひとと Facebook で「友だち」になったおかげで、お互いのタイムラインを見たりコメントし合ううちに、次に会ったときにはもう昔からの知り合いのように感じられた、とか。あるいは、あの映画のこの場面に感動した、とツイートしたら、同じところで泣いた、と意外なひとがリプライしてくれて、そのひととの距離が一気に縮まる、とか……

ＳＮＳのおかげで良かったことはたくさんあります。一方で、ＳＮＳさえなければ被らずに済んだ嫌なことがあったのも否定できません。

つい最近も「日本国籍があってもなくてもこの国にいるだれもが安心して暮らせる環境であってほしい」と呟いたところ、

——おまえみたいな外国人が増えたせいで日本は安全じゃなくなったんだ。

と見ず知らずのひとからのリプライが飛んできて、やれやれと思いました。情けないのは、こんなことがべつにめずらしくはないということです。

インターネット黎明期に抱いたあかるい予感や心躍るような高揚感はどこへやら……Twitter のリプライ欄で「おまえ」呼ばわりされるたび、嘆息せずにいられません。

たとえば私が、かれらの隣人であったり同僚であったり親戚であるのなら？　たぶん、私たちがマンションのごみ捨て場や会社の給湯室や冠婚葬祭の場で顔を合わせたとしたら、かれらは私にむかって突然、おまえ、と呼んで罵ったり、日本から出ていけ、などといった言い方はしないはずでしょう、よっぽど特殊な状況でない限り。しかしバーチャル空間では、こんなことばかりが起きます。顔も素性も本名も伏せたままでいられるので、偏見に基づく悪意や憎悪まみれのことばや、愉快犯的で幼稚なことばがたやすく飛び交うのです。しかもこうしたことばづかいをするような人たちは、つねに攻撃対象や誹謗中傷のターゲットを探している。敵意が先立っているので、わかちあおう、という意思は微塵もありません。はじめから、おはなしにならない、のです。

もちろんリアルな世界にも、まったくおはなしにならないひとというのはいます。考えてみれば、こちらがあちらよりも目下かつ女性であるというだけで、おまえ、呼ばわりしてくるひともいないわけではありません。それでもリアルな世界でなら、ほんとうに許しがたい事態に陥ったならば、最悪の場合、ことばは失っても、怒りに打ち震えている自分をさらすことで、私はあなたをゆるしませんと主張できます。

しかしバーチャルな空間となると、そういうわけにはゆかない。一方的に「おまえは本当の歴史をわかっていない」と説教をされたり、「日本人になりたいくせになれないからといって嫉妬するな」と突然絡まれたりして、相手の矛盾を指摘したら数時間もせずに、そのアカウントごと削除されていた、なんてこともあります。私を中傷するためにわざわざつくったアカウントなのかと疑いたくなるほどの……そうやって、私自身に向けられたのではないものも含めて、バーチャル空間を跋扈《ばっこ》する血の通わないことばの数々に絶望しそうになるたびに、いっそすべてのインターネット接続を断ちたくなることがあります。

要件を伝達するだけならメールやチャットのほうが早いし、その意味ではいまとても便利な世の中だけれども、逆に言えば、つながりっぱなし、という状況に、多くの人たちが知らずしらずに消耗しているとも言えます。

それに、ことばを交わすといっても、パソコンやスマートフォンの「画面」越しにするときと、直接、顔と顔を合わせ、お互いの声に耳を傾けながら交わし合うときとではやっぱり勝手がちがいますよね。

考えてみれば、意味のないお喋りや、たわいもない会話ほど、「不要不急」のものはありません。ＣＯＶＩＤ－19感染拡大防止のために私にできることがあるとしたら、それらを控えることぐらいしかない。そして、自粛してみてはじめて、意味のないお喋りや、たわいもない会話を何不自由なく楽しめるのは、なんと尊いことだったのかとつくづく思うのです。

先週は、小説を書き終えた解放感からか、春になったらお茶をしようね、と言い合っていた友だちの顔が何人も浮かびました（白状すれば、木村さんにも連絡したかったんです。小説を書き終えたお祝いとして乾杯をねだろうと思って！）。

けれども、結局、だれとも会わずにいます。

言うまでもなく、ウイルスをうつされないように、いや、どちらかといえば、自分がウイルスを撒き散らすことがないように、と思うからです。そのように考えているのは、おそらく私だけではないでしょう。そのせいで、町じゅうが、いや国じゅうが緊張を強いられている状態です。

ほんの少し前までは、バーチャル世界を横行する心無いことばの応酬に辟易したら、パソコンやスマートフォンの電源をオフにしてリアルな世界に飛び出し、外の新鮮な空気を浴びながらあてのない長い散歩に出かけたり、親しい人たちと集ってごはんを食べたり、お茶を片手に気の合う人たちと過ごしたり……要するにだれかと直接ことばを交わし合うことで私はいつも、自分のことばを信じる力を取り戻してきたような気がします。

しかし、ＣＯＶＩＤ－19が猛威を振るういま、それこそ、外に飛び出して、新鮮な空気を吸おうにもひどく気をつかわなければならない。ましてや、口角泡を飛ばして夢中で語らう、などという状況は最も避けねばならない非現実的なものとなりました。

その意味では、Twitter や Facebook やほかのソーシャルネットワークをはじめ、グループＬＩＮＥやメッセンジャー、e-mail も含めて、もう一度、インターネットの恩恵について問いなおす良いチャンスがやってきたのかもしれません。少なくとも私は、会いたい人たちに会えない状況が続くのであれば、ここにこそ、自分と他の人たちとがことばをとおしてお互いに信頼し合える空間をどうにか保ちたいという気持ちを日に日に募らせています。そのためには、以前にも増して、仮想空間に投げかける一つひとつのことばを、ほんものの友だちと実際に会っているときならどんなふうに使うのか意識することを怠ってはいけないな、と考えてみたり……いよいよ緊急事態宣言がはじまる時刻です。きょうはここで。

二〇二〇年四月七日

温又柔

一変した風景——第二六便　木村友祐より

温又柔さま

まずは、はじめての長篇小説の脱稿、おめでとうございます！

またひとつ、大きなハードルを乗り越えましたね。四百枚を超える物語ともなれば、自分にこれを書きあげることができるのかと、不安になったことも度々でしょう。

意気消沈し、ダメだと思い、でも翌日、気持ちを少し立て直して、また先に進む。うまく書けたと舞い上がった数日後に、いきなり壁にぶつかって目の前が真っ暗になる。そしてその翌日、深呼吸し、どうして行き詰まったのかを考え、手探りするように次の文章を書いてみる……。おそらく、そうした一喜一憂をジリジリ繰り返しながら前に進んで、まさかのゴールを迎えたことと思います。

闇夜を潜り抜けるような執筆から解放されたのだから、ほんとうは、仲のよい友人たちとパーッ！　とお祝いしたいですよね。断食明けみたいに。ぼくも温さんと一緒に、ビールとおいしい料理で解放感に浸りたかったです。それなのに、猛威をふるう新型コロナウイルスに感染しない・させないためには人と接触しないことが肝心だということで、温さんはだれにも会わず、家で静かに過ごさなければならない。お祝いしてもらえるはずの誕生日にひとりで過ごすみたいに……。でも必ず、いつかお祝いしましょうね。

世界が変わりましたね。その言葉は文字どおり、世界中がパンデミックの脅威にさらされているという意味であり、また、ぼくらの日常の風景が一変したということでもあります。

どれほど情報通信技術が発達しても、結局は、実際に人と会って対面で話すことが、コミュニケーションの方法としていちばん有効かつ信頼できるものでした。なぜなら、お互いの表情やしぐさ、声の調子、言葉の間などから、何を思っているのか、言葉にならない部分までも感じとることができるからです。あるいは、何も言わなくても、ただ一緒にいるだけで得られる安心もあります。同じ空間にともにいる、それをからだで感じることの重み。

だけど、この新型コロナウイルスは、「会う」という人とのかかわりの肝心な部分を遮断してしまいました。ましてや「集う」なんてもってのほかとされます。人との交流で生まれる創造的営みも、新たな友人と出会うきっかけもなくなってしまいました。

バンドのライブ、演劇やダンスの公演もストップ。練習で集まることもむずかしい。役者とスタッフが集まっての映画の撮影も延期になるだろうし、新しい企画も立てられない。このウイルスの影響で、どれだけ芸能や芸術活動が停滞してしまうのでしょう。ぼく自身、小説の取材で人に会って話を聴くということも、当面は無理だろうと思います。

大学では、オンライン授業をするようになったみたいですね。大学で教えている人たちがZoomというアプリの名前をSNSに盛んに書くようになりました。お互いの顔を見ながら対話ができるというのであれば、これは、「会う」ことに代わる新たなコミュニケーションの方法になるのでしょうか。

このまま外出自粛が定着するのであれば、モニター越しにやりとりすることがあたりまえになって、つまり、モニターに映る人や動物たちをほぼリアルなものと認識するようになって、いつしかぼくらは、実際に「会う」という行為を忘れてしまうのだろうか。「会う」ことを知っている世代と、知らない世代とで分かれてしまうのだろうか、などと空想が働きます。

けれど、温さんの小説との向き合い方を教えていただいて、何も「会う」ことだけが最良のコミュニケーションとは限らないのだということも思いだしました。

たとえば、小説という、文字情報だけで形づくられたもうひとつの世界。そこで描かれるのは、現実をただ模写したものではなく、書き手の思考を背景にして生まれた架空の人物や物事です。その世界には、会って話すだけでは伝えられない書き手の思いが込められています。胸の奥底にあるのに言葉にならなかった、あるいは言葉にだせなかった思いを、小説は架空の人物や物語をとおして伝えることができる。ゴロリとした、言葉にならない〝わからなさ〟を共有することを含めて、読者と対話以上の対話ができるのが、小説の意義だし、ぼくらがしんどい思いをしながら小説を書く理由ですよね。

この温さんとの手紙のやり取りだってそうです。言葉を書いて届ける前に、しばらく自分の中で、温さんの言葉に感じたことを拾い、まとめるために要する時間があります。これまで何度もお会いして言葉を交わしてきた、そのときの温さんの雰囲気を思いだしながら。そこが、匿名の陰に隠れて条件反射的に言いたいことを言い捨ててしまえる Twitter の言葉とは決定的にちがうものですね。

インターネット黎明期の、顔も名前もわからないだれかとの交流をこっそり楽しむ温さんのお話は、興味深く、他人に対していつも自分を開いている温さんらしいと微笑ましく思いました。新たな友だちができるのが大きな喜びで、その友だちをずっと大切に想う温さん。そして、自分の書いた小説の登場人物たちに向けても、温さんは同じように想います。

〈そのせいか、小説を一篇書き終えるたび、私は「友だち」が増えてゆきます。いや、私の中に存在する無数の「友だち」のことを自分以外のだれかとわかちあいたいからこそ、私は小説を書くのかもしれません〉

恥ずかしながら、ぼくは、自分の作品の人物たちをそんなふうに思いだすことはありません。書いているときは、その視点人物になって感情が動いているし、単なるストーリーのコマとして動かしているわけでもないのですが。もうひとつの世界にいる自分あるいは他者を描くというよりも、その人物になって書くという役者のような書き方だからでしょうか、書きあげたあとは、憑依が落ちたように忘れています。作品自体も、書いてしばらくしたら忘れるというか……。薄情というか無責任というか、いやはや。

それはさておき、インターネットを通じて〈出会うべき人たちと必ず出会えるはず〉と胸を高鳴らせた幸福な時代をへて、今やネット空間は〈Twitter のリプライ欄で「おまえ」呼ばわりされる〉という悲しい事態になってしまいました。SNSという新たなツールの、空間の隔たりを越えて世界中の人と知り合えるし、マスメディアよりも速く情報が得られるという可能性と便利さ。一方でそこは、とりわけ匿名が許されるTwitterは、冷笑や憎悪が渦巻く、感情の掃き溜めのような場所にもなっています。

問題なのは、匿名で好き勝手なことを言える遊びの場であることを盾にして、差別に対する規制を設けないままでいたら、そこでふくれ上がった差別言動がやがてヘイトデモというかたちでリアルな世界に溢れでてしまったということです。思うのは、たとえネット上の言葉であっても、表出された言葉は行動の先駆けとなるものだということです。たかが言葉でも、「死ね」とか「殺す」とだれかに向かって吐きだされた言葉は、精神的なレベルでブレーキを解除してしまった、つまり、実際の行動への端緒を開いてしまったのだとぼくは思います。それは行動の萌芽になりえる。だから、たかが言葉だと軽視してはダメなのです。

言葉は、物質と同じものではないでしょうか。声にだされた言葉は、目には見えない、空気の振動でしかないけれど、受けとった人の心に確実に影響を与えるものです。書かれた文字も同様です。街頭で、匿名のハガキで、ネット上で、いわれなき差別と憎悪の言葉をぶつけられた人の心には、目には見えない傷ができているはずです。その心の傷は、やがては体に不調をもたらすでしょう。なのに、なぜいまだに、国はヘイトスピーチを厳しく取り締まろうとしないのでしょうか？　ヘイト団体のデモを大勢の警官が取り囲んで防護するのは、異様な光景でしかありません。

それにしても、リアルな世界でかかわりのない人との交流や攻撃に毎日毎時間さらされているなんてことは、インターネットが登場するまではなかったですよね。友人や知人と会っていない時間でも、SNS上でのべつ交流が続いているのは、楽しくもあり、くたびれることでもあります。ぼくらは、孤独がもつ豊かな側面を、ずいぶん忘れてしまいました。

そして、インターネットで伝えられる様々な情報をどう受けとめたらいいのかという戸惑いも、ぼくはずっと感じているのです。なぜなら、ぼくはその物事を直接見ていないから。事実かどうかを確認していないから。誤った情報だった場合、その誤ったことを自分が拡散してしまうと思うと、リツイートやシェアしようと思っても指が止まるのです。それは、実際に自分が見て・感じて・調べたものだけを信じるという、現実至上主義とでもいうべき考え方が根強く残っているからです。その情報の真偽に責任をもてないまま発信するのは、どこか気持ち悪い。

ただ、むずかしいのは、たとえば危機的状況を訴えているものであれば、拡散を迷っているうちに事態はどんどん悪化していくかもしれません。そんなときは、リツイートするべきかどうか、指をさまよわせてジリジリ悩むことになります。たかが自分ひとりのリツイートにたいした影響力はないとしても。結局、どんな人物や組織がその情報を発信しているか、その信頼度を見計らってから拡散することになります。それでもやはり、「ぼくはそれを見ていない」「調べていない」という居心地の悪さは残るのです。バーチャルな情報を、心からの確信がもてないまま「現実」と認定するみたいに。

だから、そういう部分でも、情報量が手に余るインターネットの利用にはけっこうなストレスを感じるのです。ただでさえ、自分が実際にある出来事に立ち会ったとしても、その出来事の受けとめ方が正しいかどうかは本質的にはわからないというのに。つまり、厳密にいえば現実至上主義さえ幻想の上に成り立っているのに、さらに把握しきれない情報を「現実」とみなさなければならない事態に陥っています。

では、ぼくらは現実の手ごたえをどこに求めたらいいのか――、それは、たとえば温さんが書いたような、〈外の新鮮な空気を浴びながらあてのない長い散歩に出かけたり、親しい人たちと集ってごはんを食べたり〉という、自然の中で過ごすひとりの時間や、家族や友人とのたあいのないお喋りという、日々の些細なことだったりするのかもしれません。

でも、新型コロナウイルスのパンデミックは、それさえも奪ってしまいました。先日テレビで、外出できない人向けにCGでつくった心癒される自然の映像を流すというサービスがあることを紹介していましたが（バカヤローと思いましたが）、これからはもう、そんな作り物の映像でも現実とみなして癒されなくてはならないのでしょうか……？

こんな状態で、温さんは今、日々の些細な〝たしかさ〟をどのように得ているのでしょう。

またきょうも、新型コロナウイルスに関する情報が流れてきます。原発事故後に放射性物質が拡散したときと同様、自分でその真偽を確かめるすべもなく、ただあっちの情報、こっちの情報と振り回されるばかりです。

そのせいもあり、政府の無策もあり、ウイルスばりに不安の感染が蔓延する世界となりましたが、それでもどうにか、最後まで平常心を保っていきたいですね。

二〇二〇年四月一九日

木村友祐

Twitterの可能性?——第二七便　温又柔より

木村友祐さま

お元気ですか?　否、正気を保てていますか?
我が家では花瓶を新調しました。三月半ば頃、新型コロナウイルス感染拡大の影響で卒業式や結婚式の中止や延期が相次ぎ、生花の需要が急減しているというニュースを見て以来、花が余ってるならば、と町の花屋さんで積極的に花を買うようになったためです。〈CGでつくった心癒される自然の映像〉ではなく、ほんものの花があると、それだけで家の中がぱっとあかるくなるような気がして、なかなかいいのです。コデマリ、オンシジューム などと花の名前を覚えれば、以前までは、花、ということばで漠然と処理していた風景の精度があがるようで、それが異様にうれしくなったり……きっと、無意識のうちに〈日々の些細なたしかさ〉を求めている証かもしれませんね。

(ちなみに、木村さんのおうちにはクロスケと茶白がいるから、こんなふうに無頓着に花を飾るのはきっとむずかしいのかな)

あいかわらず不要不急の外出は極力控えています。ライブハウスで踊ったり音楽を堪能するのが好きな知人や、暇さえあれば格安チケットで海外でもどこでも旅をするのが趣味という友人は、とても辛そうにしています。私自身は、元々、家にいる時間は長いほうだし、それを苦と感じることはめったになかったのですが、それでも、ひとと会うことを〝自粛〟する日々がこれほど長く続くと、だれかと〈同じ空間にともにいる、それをからだで感じることの重み〉がさすがに少々恋しいです。

Zoomでの会話やLINEによるテレビ通話なども、ないよりはましなのですが、モニター越しに、ではなく、まさに自分と同じ空間にいるだれかの〈表情やしぐさ、声の調子、言葉の間などから、何を思っているのか、言葉にならない部分までも感じとる〉という、あの感じ。あの感じに、ちょっと餓えています。それをリアリティと呼んでもいいのなら、リアルな感触が奇妙に遠ざけられている日々の只中に、いま、私たちはいるのでしょう。そのせいで、漠然としたおぼつかなさがずっと続いているような気がします。

とはいえ、辛い、と思うにはためらいもある。「ステイホーム」と言われても、そもそも、雨風しのぐ寝場所を持たない人たちがいます。緊急事態宣言発令以後、町じゅうのインターネットカフェは営業休止となり、行き場を失った人たちが大勢います。その中には、輝かしい、、、東京オリンピックに向けてそこらじゅうで建設中のビル現場で働く外国人労働者も少なくないはずで……都市の繁栄の陰には、日給いくらかで働くそういう人たちがいる。仕事が途切れればたちまち「ホーム」も失いかねない、という境遇の人たち。日本に限った話ではありません。

シンガポールでは感染者の大多数は外国出身の労働者であったという調査結果が明らかになりました。仕事や家を失った大勢の人たちが四畳半やそこらの部屋に数人で押し込められて、しかも、十数人で一つのトイレを共有する。こんな「三密」状態では、感染拡大は当然です。貧富も国境も問わず万人に襲いかかるという意味では、ウイルスは平等です。しかし、貧しさゆえに甘んじるしかない境遇のもと、より高い感染のリスクにさらされている人たちがいるというのが実態です。

感染そのものではなくとも、このコロナ禍で明日が見えない状況を強いられている人たちは、いわゆる社会的弱者――言うまでもなく、弱者、といっても、かれらが人間として弱いという意味ではありません――のほうが圧倒的に多い。「緊急事態」の名のもと、政府や行政が、「優先して守るべき人」と「守らなくていい人」を選別しているのだとしたら大問題です。

たとえば、外国人労働者やその子どもたち。私の関心はどうしても日本在住の外国人に向きがちなのですが、授業料を支払ったものの進学予定だった日本語学校や専門学校が休校のまま、先の見通しがわからず、なけなしの貯金を切り崩しながら寮の家賃や光熱費に充てている「就学生」たちがいます。こうしたやむをえない休業や解雇で無収入となった外国人たちは一時帰国しようにもまず旅費が捻出できません。それ以前に、出身国がすでに鎖国状態という場合もあります。

新聞やテレビ、そしてネットニュースで「コロナ」の三文字を見かけない日はもはやない中で、「持てる者」と「持たざる者」の深刻な格差が、否応なく露呈しつつあるのをひしひしと感じます。それをはっきりと感じているのにもかかわらず、私邸で、愛犬を撫でながらワイングラスを傾ける総理大臣のように、さながらロングバケーションとばかりにステイホームをエンジョイするのは、さすがに抵抗がある。少なくとも、せっかくの機会なのだし楽しもう、とわりきるのはどうもむずかしく、漠然とした憂鬱が続きます。もちろん、私が鬱々としていたところで、たったいま、窮地に陥っているだれかの何かが具体的に解決するわけでないと頭ではわかっています。それに、私だって、べつに、ずっと眉間に皺をよせて、憂えたり、思い煩ったりしているわけではありません。朝起きて、空気を入れ替えて、初夏の日差しが家じゅうに射し込む中で深呼吸して、たっぷりの時間をかけて昼食をとって、音楽を流して、本を読んで、毛布にくるまってうたたねして、日が沈んだらやっぱりゆっくりと食事をし、映画やドラマをたくさん見て……そうしているときの私はたぶん幸せに見えるだろうし、実際に幸せなのです。

ただ、どうも、根っからはあかるくなれないでいる。一日いちにちを淡々と過ごしているつもりが、あまりにも居心地よくなってくると、かえって居心地がわるくなってしまう。こうしていることで、自分が知らずしらずのうちに不均衡な現行の状況に賛同、加担しているのだとしたら、と思うと落ち着かない。とりわけ、空前絶後の疫病が世界規模で流行中のいま、よりによって〝あんな人たち〟が絶大な権力を握っているという、はっきりと救いようのない事実が意識にのぼった瞬間、その不安は増大します。

（いったい、この国は、どこでまちがったの？）

ひょっとしたら自分が思う以上に私は参っていたのかもしれません。そのせいで、大学時代の友人から「政府の愚策は失笑ものだから、自衛するしかないね……」という旨のメールが届いたときは、つい、牙をむきました。

愚策？　でも、この国の中枢にあの人たちが居座っているというこの状況を容認したのは、いったい、だれなの？　まさか、私たち一人ひとりにはなんの責任もない、とでも？

そもそも、自称ふつうの日本人たちが、むずかしい話はわからない、政治的な話題はちょっと、自分一人投票したところで変化があるわけじゃない、と思い続けてきた、なれのはて、が、いま、だというのに。愚策？　そのとおりだよ。だからこれは人災でもあるんだよ、でも、この状況に私たち一人ひとりがなんの責任も負っていないとでも？　自衛？　いま、政府の愚策のせいで追い詰められている人たちにもそのことばが言えるの……

しかしこの友人は、私の刃の切っ先が、まさか自分自身にも向けられているとは想像もできなかったようで、

「あいかわらずだね。でも、怒ってばかりいても消耗するだけだからもっと楽しいことを考えるほうがいいよ。楽しかったあの頃に好きだった音楽を聴くとかさ……」とアドバイスしてくるというありさま。

かれの言わんとしていることもわからなくはないのですが、逆に、自分が言わんとしたことをまるきりわかってもらえていない、という感触に私はすっかり気落ちしました。〝義憤〟に駆られた私の説明に冷静さが足りなかったのにちがいないという反省はありつつも、かれとわかちあったはずの楽しかったあの頃を懐かしみながら楽しいことだけを考える心地には到底なれませんでした。それから自分がこうまでむきになってしまったのは、失笑ものという、友人の表現が癇《かん》に障ったのだとも気づきます。笑うなよ、笑いごとじゃないんだぞ、という気持ちが沸々と湧

きあがるのを意識しながら、この感じは、なんと身に覚えがあるのだろうと狂おしくなりました。あれが気に入らない、これが不公平だ、それはおかしいといったふうにキイキイとわめく私に「まあ、しかたないよ。それが世間ってやつなんだから」と諭す人たちはいままでにもいくらでもいました。

社会人になったら、わかるよ。

大人になれば、見えてくるよ。

世間ってやつは、こんなもんだよ。

理想ばかり言ってられないんだよ。

そんなふうに私をたしなめるひとの顔にはたいてい、もののわかったような笑みが浮かんでいました。あなたが言っていることはきれいごとだよ、とでも言いたげなその微笑を前にするたび、私は、ものを知らない自分を恥じました。

けれども、近頃では考えれば考えるほど、人倫にもとる大人が牛耳ってる世界でこれが大人の常識だの事情だのとか言われてもクソッタレだよね、という気持ちになります。

大多数の人びとにとって決してフェアではない世界がこの世の普遍とばかりにふんぞり返ってる一握りの人たちも大いにムカつくけど、このろくでもない世界をろくでもないと知りつつ従ったほうが得であるとずる賢く計算してる人たちに「あなたは大人気ない」と冷笑されることのほうが、もっとムカつく……

「Twitter でそんなことをつらつらと呟いたところ、すぐに何人かの人たちが「リツイート」や

「いいね」をしてくれました。それが必ずしも「同意」とは限らないにしろ、顔も名前もよく知る友人を説得できなかったやりきれなさに消耗していた分、顔も名前も知らない「フォロワー」の方々が自分の憤りにすぐさま「反応」してくれたことには、妙に救われる思いがしました。ありていに言えば、自分は一人ではない、という安堵感を得たのでしょう。

そして前回の手紙でさんざん書いたように、この感触こそが、インターネット黎明期の頃に高校生だった自分が仮想空間に感じた可能性であったのだし、リアルとはべつの次元に自分の「居場所」を作ろうと個人ホームページを立ち上げた大学一年生のときの自分が期待していたものだったのだと、あらためて思いました。

（インターネットさえあれば、この広い世界に散らばる自分にとって出会うべき人たちと必ず出会えるはず……）

〈空間の隔たりを越えて世界中の人と知り合える〉からこそ、学校や会社などリアルなコミュニティでうっかり発言したらアノヒトハオカシイと陰口を叩かれたり、ヘンナコトイウヤツダと浮いてしまうような意見も、たとえばTwitterでならぼそっと呟ける、ということはあります……顔や名前を出さなければ言えること、そして、見ず知らずの人たちになら、いやむしろ、見ず知らずのひとにしか言えないことってあるんですよね。

木村さんがおっしゃるように〈言葉は、物質と同じもの〉なのだから、たとえ書かれたことばであっても、よくもわるくも〈受けとった人の心に確実に影響を与え〉ます。

白状すれば私も、インターネット経由で顔の見えない人たちから少々強烈なご意見をちょうだいしたときはショックでしたし、あまり認めたくないながらその〝後遺症〟のような怒りや悔しさが、いまもたまによみがえります。ことばをどこまでも軽んじる人たちの文字どおり心無いことばに傷つけられて苦しむなど馬鹿馬鹿しいとわかってはいても、傷を負ったという事実は事実なのですよね。顔や名前を伏せておける分、日頃のうっぷんを晴らすかのように差別発言を撒き散らすひとが後を絶たないという問題はあいかわらず深刻です。

しかも、それはリアルな世界にも影響を与える。愛国を謳ういかつい街宣車は昔から町を走っていましたが、〈匿名で好き勝手なことを言える遊びの場であることを盾にして、差別に対する規制を設けないままでいた〉せいで、ネットで「差別」に目覚めた人たちも町に繰り出すようになりました。徒歩で、安っぽい生地の軍服調の衣装をまとった人たちが日章旗をふりまわしながら特定の国々について悪しざまに罵っているさまをまのあたりにしたときの悲しくなるような居心地の悪さは、仮想現実空間の中で〈ふくれ上がった差別言動がやがてヘイトデモというかたちでリアルな世界に溢れでてしまった〉状態を見せつけられているからなのでしょうね。一度、そういう人たちが「親日国台湾は仲間」というのぼりを掲げているのを見かけたときはその場で崩れ落ちそうになりました。

しかし私がどんなに嘆いても、あんなことは一部の特異な人たちがやることだからいちいち気にすることはない、と冷笑する人たちはいました。一方で、たとえ一部の人たちであろうがその行為は絶対に許しがたいことだ、と徹底的かつ具体的に闘う人たちもちゃんといます（その大きな成果として、去年の暮れ、川崎ではヘイトスピーチ禁止条例が可決されました）。

〈冷笑や憎悪が渦巻く、感情の掃き溜めのような場所〉と化すTwitterにはしょっちゅう辟易させられますが、それでも私の場合、自分ひとりだけがキイキイとわめいているわけではない、と何度となく思わせてくれたのもTwitterなんですよね。

たとえば、職場でのパワハラ被害を告白するひとや、夫の暴力に耐えていると吐露する人たちに対し、「あなたは一人で我慢しなくていい」「逃げ出すべき」と声をかける人たちがいます。文字とは言えど、そこには、他者に寄り添おうとする温かみや、そこから逃れるための知恵を惜しみなく授けようとするまっとうさが透けてみえる。少なくとも私はそう感じます。

私はこうした連帯を呼びかけることばは〈たとえネット上の言葉であっても、表出された言葉は行動の先駆けとなる〉ことの、ポジティブな側面ではないかと考えています。いや、信じたいといったほうが正確でしょうか。

というのも、このコロナ禍以降、バーチャル空間では、リアルな世界のいびつな状況を是正するための動きが以前にも増して活発化しているのを感じます。特に、Twitter空間ではここ数か月という限られた期間で、いくつものハッシュタグが、次々と生まれています。

#福祉の現場にマスクを
#給付金は個人の口座に
#非常勤講師にも補償を
#大学生・大学院生の声を聞け

#厚生労働省は職業差別をやめろ

そして、#私たちの命を守ろう　#SaveOurLife。

こうしたタグはどれも、〝現場〟の声によってかたちとなり、同じ状況にあるべつの現場からの声を次々と掬いあげてゆきます。署名運動が代表的ですが、ちいさな声が束となれば、声を聞かされる側もまったく耳を傾けないわけにはゆきません。そのおかげで、状況を好転させることは決して不可能ではないのです。書類を準備し、実際に人と人のあいだをまわってサインをしてもらう手間をかけなくとも、「リツイート」というかたちで遠く離れた場所にいる者同士でも同時に意思表明できるのは、インターネットがあってこそ成り立つことです。

木村さんと同じく私も、〈たかが自分一人のリツイートにたいした影響力はない〉とわかりつつ、〈どんな人物や組織がその情報を発信しているか、その信頼度を見計らってから拡散〉するように心がけています。ただ私は、〈実際に自分が見て・感じて・調べたもの〉以外のことでも、これはきっと、自分ではないだれかにとってのまぎれもない「現実」なのだと直感が働けば、それを「現実」としてたぶん木村さんよりもあっさりと受け入れてるなと思いました。

きっとこの「現実」に対する反応の仕方は、つねに現場の奥深くまで入り込み想像力を駆使しながら取材する木村さんと、空想の中で自分が歩んだかもしれない人生の可能性を探究することを出発点に置く私と、それぞれの小説の書き方のちがいにも根ざしているのかもしれません。

確実なのは、私たちが自力で触れられる「現実」の範囲はとても限られているということ。だからこそ私たちは、自分自身の〈孤独がもつ豊か〉さを軸に、自分とはまったく異なる現実を生きている様々な他者にむかって、想像力を鍛え続けなければならない。木村さんのように、身をもって取材するという勇気が乏しい私にとっては、インターネットの恩恵はとてつもなく大きいなと思います。

さて。この期に及んで、我が国の偉大なる与党は火事場の泥棒のごとく「検察庁法改正法案」を通そうともくろんでいます。内閣総理大臣であろうと不正があれば逮捕できる権限を与えられている検察の人事に、当の内閣が干渉、介入しようとしているのだから、もはや民主主義の崩壊です。冗談抜きで、独裁体制の一歩手前です。

そこで登場したのが、ここ数日、最も注目されている　#検察庁法改正に抗議します　というハッシュタグです。

何人かの芸能人もこのハッシュタグを使用し、抗議をはじめました。そのおかげもあり、このTwitterデモは近年まれにみる盛り上がりを見せています。私は率直に言えば、このうねりが、はじめはこわくもありました。あのひとやこのひと、なんだか有名な人たちも言っていることだから、まあ、いちおうノッておこう、という人たちが、まったくべつの強い力になだれこむという現象は、ままあることですから。特に、ふだんは、文学に政治を持ち込むな、と発言しかねないようなスタンスを保っているように見える作家たちまでもが、　#検察庁法改正に抗議しますというハッシュタグを投稿していると、つい意地悪な気持ちにもなってしまう。

（あなたは、これで、責任を果たした気でいるとでも？）

だれもが——名の知れた俳優やアーティストなども——「ＮＯ」と言っているので、それなら私も、と安心して「政治的発言」をしているのだとしたら……それは、少し器用すぎやしませんか？　自分は本心ではそう思っていなくても、みんなが言っていることなら、とりあえず同じように言っておく、というのは、思ってもないことでもいちおう言っておけば、それを言わなかったという責任からなんとなく逃れられる、と思っている証ではないのか？

……でも、すぐに思いを改めました。いままでのことは、いままでのこと。いま、大勢の人たちが、この国の、現政権の、酷さにようやく目覚めたのであれば、これからこそが肝心なのだなと。早くからそのことに勘づいていたからエライ、などと思い上がっている場合ではない。そう、もはやそれどころではない。へんな逡巡はせず、現政権の横暴に対する「ＮＯ」の数が増えてゆくのを歓迎すべき事態だなと思っています。

ただ、他人はどうあれ、せめて自分だけはたかがTwitterで呟いたぐらいで責任を果たしたと錯覚してしまわないように自戒していたいのも本音です。いずれにしろ、だれかとじかに触れ合う際のたしかな手ごたえや、リアルな感触の尊さを意識しつつも、リアルとバーチャルのつなぎ目にあらわれる「現実」の数々に目を凝らしながら想像力を働かせる覚悟がいっそう問われていますね。

温又柔

二〇二〇年五月一三日

冷笑の対極――第二八便　木村友祐より

温又柔さま

もう二週間も遅ればせながら、四〇歳のお誕生日、おめでとうございます！

ぼくは温さんはずっと三〇代のイメージだったから、そうかぁ、四〇歳なんだなぁと感慨深く思いました。長篇を書きあげ、朝日新聞の書評委員にも着任してと、一つひとつ作家としての地歩を固めていることをまぶしい思いで見ています。これから書かれるものが温さんの中にまだまだ控えていると思えば、一〇年後、二〇年後にはどんな大きな作品群があらわれているかと、今から楽しみになるのです。

外出自粛がまだ続くなか、ご自宅に花を買ってきて眺めているとのこと、いい過ごし方ですねぇ。たとえ温室やビニールハウス生まれの花だとしても、外界を思わせる生きものである花は、鬱々しそうになる気持ちにさわやかな風を送ってくれることでしょう。

普段、花とは無縁なぼくも、何かの記念日にはブーケを買い、花瓶に入れて飾ることがあるのです。ふとしたときにそれが目に入ると、その瞬間に心が明るく華やぎますね。花の力を思います。また、それは同じ空間で生きもの同士が対面することのつよさでもあるでしょう。CGで再現された花には、そうした喚起力はないだろうと思います。

最近のぼくはといえば、通っているコーヒーショップが営業時間短縮のため、以前より早く家に帰るようになりました。これまでは夜の八時半くらいに帰宅、妻はさらに残業で帰りが遅いため、ふたりで夕飯を食べるのは一〇時を過ぎることも多かったのです。

それが今は、妻も在宅勤務で家にいるため、八時過ぎには食卓を囲めるようになりました。なんて人間的な暮らし！　コロナ禍という非常事態が皮肉にもそれを思いださせることになったのですが、時間ができただけ猫たちの相手をする時間も増えて、しかも酒量も増えているから猫たちをかまっているうちに寝てしまうことも度々で、帰ってからはもう読書も執筆もできません。バイトも休みになることも多くてそれだけ時間ができたはずなのに、なんだか逆に前よりも小説に向き合う時間が減ったんじゃないかというジレンマを覚えています。体重も腹肉もむっちり増えたし。このままではあかん。

……と、これがぼくのしょうもないリアルですが、ここ数日で、ちょっと思いがけない大きな動きがありました。温さんも〈独裁体制の一歩手前〉と懸念を表明していた検察庁法改正案が、今国会での成立断念に追い込まれたのです。Twitter の声が岩盤みたいに動かない政治というリアル世界を動かし、変えた（と思われる）事態です。

Twitter には（あるいは Twitter を使う際の心理には）相反する性質があるようですね。だれかのツイートを目にしたとき、その言葉が気に入ったり、我が意を得たりと思えば、「だれが」「どんな人が」それを発言したのかはあまり考えずにリツイート、拡散します。そのとき著者性は無効になって、言葉それ自体が、ひとつの玩具あるいはプラカードとなって広められる。

一方で、著名人がツイートした場合は、言葉それ自体は平凡でも、ありがたがるように大勢がどんどん拡散します。そして、拡散は拡散を生む。同じ内容が同じような言葉でツイートされていても、無名か有名かで拡散の度合いはまったく異なります。

ぼく自身、よくない習性だなぁと思うのは、著名であり信頼できる人が投稿した、しかもたくさん拡散されているツイートだと、なんだか安心してリツイートできる気がすることです。

今回、検察庁法改正案に抗議するタグが大拡散したのも、〈それなら私も、と安心して「政治的発言」をしているのだとしたら〉と温さんが手放しで肯定するのを一瞬ためらったように、これまでずっと政治の動向に関して沈黙していた芸能人が声を上げたことで、政治とは距離を置いていた人たちも〝安心して〟乗れた部分が大きかったのでしょう。

ただ、この動きには、単なる便乗だけではなくて、新型コロナウイルスによる生活の大打撃に対し、政府の対応がどれも後手後手で、これから暮らしはどうなるのかという不安をだれもが抱えているのに救済する意思の本気度が政府からまったく感じられない、それに対する不信感や怒りも下地にあったようにも思います。

今回、政府がその改正案の成立を見送ったのも、配布しようとした布マスクに異物が混入したものが多数発見されて回収したこととか、営業自粛を要請しながら損失を補償しないことで倒産する飲食店や中小企業が多く出てきたことで、自分たちの対応のまずさを内心はヤバいと感じていたからではないでしょうか。

匿名の、デマとヘイトが野放し状態のTwitterでも、時として政府に対抗する声のツールになりえること、その声の集積が政治をも動かすという、そういう時代に移行したのですね。

……と、ここまで書いて、いきなりひっくり返すようなことを付け加えます。小田嶋隆氏の日経ビジネスのウェブ連載「ア・ピース・オブ・警句」の記事を読んでいたら、政府が改正案成立を見送ったのは、渦中の人物である黒川弘務検事長のスキャンダルを週刊文春が押さえたことが政府内に伝わり、黒川氏失脚の可能性が高いとみたからではないか、そうなると、ネットが政治を動かしたというぼくらの受けとめは糠喜びだった可能性が高いと書かれてありました。

その見方はかなり説得力があります。これまでどおり、反対の声を押し潰して強行採決をやろうと思えばできたのですから。「どんなに反対したって無駄なんだよ」と人々に無力感を植えつけるのが目的みたいな政治をしてきたのに、急に世論に配慮する姿勢を見せたのも今までの政府らしくない。民意などハナから眼中になく、政権への打撃を最小にするために慌てて改正案成立を見送る――、それくらい、政権中枢にいる者たちの本質は非情だということです。ただ、たとえそうだとしても、九百万もの抗議があったことは、見送りを判断させる追い風になったことはたしかだとは思いますが。

今回めずらしく芸能人が声を上げたことは注目すべきことですが、ひとつ気になったのが、この件に関してあるアイドルタレントがテレビ番組で「そこまでの固い信念ほど勉強できていなかった」から自分は抗議ツイートに参加しなかったし、ツイートした人たちの多くは双方の意見を勉強しないまま「ヤバい、広めなきゃ」と思って拡散したのではないか、と言っていたことです。なぜみんなが声を上げているのか、ちょっと調べたらわかるのに、彼女はそれもせずに、この抗議の盛り上がりを否定的な印象で小さくまとめていたのです。

印象操作的なその態度は、ぼくにはどこか、マイノリティが切実な声を上げていても歩み寄らずに、もっともらしい理屈をつけて自分の〝中立〟の立場を正当化するマジョリティの姿を見たように思いました。芸能が権力と対峙した時代はあったはずで、ぼくはそれこそが芸能の本分だと思うのですが――、巨大な娯楽産業となって抜け殻だけが残ったのでしょうか。

検察庁法改正案が話題になったときに限らず、Twitterを見ていると、セクハラをはじめとして感情を揺さぶられる事案によく突きあたりますね。すると、しばらくそれが頭にこびりついて離れません。そして、これは私的な〝呟き〟だという口実で、噴きだす感情をツイートに吐きだしたりします。SNSがなかった時代は、何かを見て感情が動かされても、だれかと話さない限りは自分のからだにとどめておいたはずですが、今ではすぐにその感情を表出できてしまう。

温さんが書かれたように、SNSには〈自分は一人ではない、という安堵感〉や〈連帯を呼びかけることば〉を感じられるという、つながりが得られる可能性がたしかにありますね。温さんにはその肯定的な側面がちゃんと見えていて、ツイートの言葉にも〝人と人はつながりうる〟という、人への信頼感が備わっています。

対してぼくのほうは、そのちょうど真裏にある、感情の表出とレスポンスがクセになってしまうという〝SNSの罠〟が気にかかるのです。これは、浮かばれない日々を過ごしているぼくが、SNSに「自己承認欲求」の満足を求めがちになってしまうからかもしれません。

自己承認欲求はだれでも持っているものだし、日々の暮らしでそれが適度に満たされることが望ましい。ですが、だれもが発信者になれるSNSによって自己承認欲求を刺激され、依存症のようになって過剰に追い求めてしまうと身の破滅につながります。なぜなら、その欲求には底がないからです。

喉が渇いたときに海水を飲んでしまうとさらに渇きに苦しむといわれるように、「いいね」の数やリツイートやフォロワーの数にこだわるようになってしまうと、自分の価値のすべてがウェブ上で表示された数できまるような錯覚に陥って、いちいち命を削がれるように落ちこみます。現実生活では怒られてもいないし批判されてもいないのに、ネットの現実に〝今・ここ〟の現実が凌駕されてしまうのです。

もうひとつ、SNSが誘発しやすいのは「処罰感情」ではないでしょうか。これはぼく自身の経験から言うのですが、〝義憤〟に端を発して批判しているうちに、なぜか、批判を向けた相手の完全な屈服や破滅を望む気持ちにまでエスカレートしそうになる。生身の人間と対面してのやりとりではなく、言葉という記号だけの画面だからそうなるのでしょうか。スマートでクールなイメージのインターネットですが、実のところSNSの世界は、身も蓋もない感情が渦巻く世界です。ぼくらは高度な技術の産物であるインターネットを用いて、大蛇がのたくるような原初的な感情を相手にしていると言っていいのかもしれません。

いたわりや思いやりが行き交う一方、負の感情がひとりの人間に集中的に向けられることもあります。不幸にもそれを浴びてしまうと、命を落とすことにもなりかねない。つい数日前も、SNSで誹謗・中傷を浴びていた二〇代の女子プロレスラーが命を絶つという痛ましい事件がありました。ちょっとだけ彼女に向けられたツイートを見ましたが、純粋な悪意というのか、彼女の存在を全否定する言葉の連なりに胸苦しくなりました。あのような悪意の言葉を大勢からじかにぶつけられたら、ぼくだって耐えられないでしょう。

差別・憎悪・誹謗・中傷――。現実世界では面と向かって相手に言わないことを、匿名が許されるSNSでは平気で言えるようになってしまうようです。アカウントの向こうにある生身の肉体を想像できずに、責任を負わない発言ができてしまう。本音を言えるのがSNSの良さだし、そのように使うものという認識のもとに、他人への攻撃を自らに許してしまう。でも、もはやこの認識は改めなければならない段階に来ているのだと思います。

先ほど「差別・憎悪・誹謗・中傷」と挙げましたが、そのほかにもぼくが前からずっと気になっていたのは、ネット上での発言態度に広く浸透している「冷笑」です。その象徴のひとつが、ぼくがネットを利用するようになった当初からあった「www」という、笑いを示す記号ではないでしょうか。今ではそれも古風な記号になりましたが、ぼくがその記号をどうしても使えないのは、その笑いの表現に嘲笑のニュアンスを感じるからです。

だれかが何かを訴える。それを正面から受けとめることをせずに、からかう、皮肉る、あざ笑う、揚げ足をとる。そうやって、相手の上位に立とうとする。その際、からかいの言葉のピントが外れていてもいいのです。「こちらはいたって冷静ですよ、あなたの言ってることバカみたいだね」という態度をとることで、相手がイラつけばそれで目的は達せられるのだから。

この冷笑的態度に一貫していると思われるのは、「自分は不動」だということです。相手との言葉のやりとりによって自分が揺らいだり変化することはないし、最初からそのつもりもない。つまり、相手が何を言いたいのか、歩み寄って相手の立場になって理解するつもりはない。自分は不変・不動のままに周囲のあらゆるものを判定し、寸評を下す。真面目さとは距離をとって、反論されても傷つかないようにあらかじめ皮肉なそぶりを装う。冷笑的態度とは、そんな〝他者に対してつねに優位性を保つための身振り〟なのではないでしょうか。

匿名で、肉体のないインターネットの世界であっても、利用者それぞれが内に抱えた「自尊心」は生き続けます。むしろ、現実世界では傷つくことが多い自尊心を満足させるために、だれもが発信者になれるSNSを使って「いいね」を獲得したり、著名人のツイートに直接リプライして、彼我の立場をフラットにする。そして自分の自尊心は傷つかないようにしつつ、他者の自尊心を傷つけて上位に立つために冷笑的身振りを身につけ、ネット用の別人格となって遊ぶ。

ネットの世界で他人への悪罵を平気でしてしまえるのは、たとえば「生産性」や「家父長制」といった抑圧的な価値観で回っている現実世界の中で直接・間接的に自尊心を損なわれていることとの、裏返しの反映なのかもしれません。とすれば、「差別・憎悪・誹謗・中傷・冷笑」が生まれる根っこは、やはり現実世界にあるのでしょう。

ぼくが知る、その現実世界を少しでも良くしようと現場で奮闘している人々——野宿者支援や難民支援をしている人々は、決して冷笑的態度をとることはありません。ツイートの言葉にもそんなポーズはまったくありません。彼らには冷笑的態度は無縁のものです。冷笑やからかいで人の心を釣ったりしない、堅実で実直な言葉を継続的に発信しています。ときには、人を助けるよりも排除するほうに注力する行政の理不尽な対応に対して言葉に怒りがこもるときはありますが、それが逆に、その人の思いのつよさ、熱さ、深さを感じて、信頼できるのです。その彼らの姿は、何に対しても寸評して済ますような、他者とのかかわりを持とうとしない冷笑的態度より、どれほど頼もしいことか。人間も捨てたものではないという希望を抱かせるものか。

社会の不公平や不正を前にして怒りを表明しない人を、基本的にぼくは信頼しません。たとえどんなに知識量が豊富であっても、冷笑的態度をとり続ける限り傍観者と変わりなく、現場で奮闘する人々のように現実を動かすことなどできないでしょう。そして、そういう態度は、抑圧状況を変えたくないだれかや、人々に結束してもらいたくない権力者にとっては都合がいい。

Twitterの一度の投稿の制限文字数一四〇字。その短い文面で人の気を引くなら、冷笑的態度が手っ取り早いのかもしれませんが、それだけは回避したいと思っています。その一四〇字に見合った文章の身振りに染まりたくないし、そもそもが、一四〇字なんかじゃ世界をあらわすことなど無理なのです（だから、ほら、今回もこんなに長くなってしまいました）。詩や短歌や俳句はまた別ですが。

温さん、ぼくらはやっぱり、あいもかかわらず、他者と現実に対し、汗かいておろおろしてかかわる方向でいきましょう。Twitterを使っても使われないで、現実を断片化する一四〇字の世界をはみだす小説を書いていきましょう。

二〇二〇年五月二八日

木村友祐

第八章　いま、この国で生きるということ

パニックの陰で――第二九便　木村友祐より

温又柔さま

新型コロナウイルス感染拡大防止のための緊急事態宣言は五月二五日に解除されましたが（と、どうしても新聞記事の書き出しのようになってしまうのですが）、温さんは近頃は、近所を散歩したりできていますか？　あとどれくらい待てば、みんなと気がねなくご飯を食べたりお喋りしたりできるようになるのでしょうか。

出かけるときは、マスクをするのがもう日常のこととなりました。外に出かけて、あれ、何か足りない気がすると思うと、マスクをするのを忘れたせいだったりします。すると、なんとなく落ちつかないんですね。それは、他人から非難の目を向けられるのを心配するより先に、マスクがすでに皮膚感覚とくっついてしまったからのように思われます。マスクがないと、口元がヌード状態になったみたいな落ちつかない感覚。

コンビニでもカフェでも、支払いやお釣りを受け取る際、トレイを介してやりとりするのもあたりまえになりました。自分も相手もお金を一度指で触っているわけだし、トレイに置いたから

といってどれほどの感染予防の意味があるのだろうと不思議なのですが、コロナ状況下における〝作法〟として、それにも慣れてきちゃいました。

でも、時々、コロナ以前と同じように、お釣りを手渡しする人もいるのです。お互いのあいだに張られたビニールシートの下から、ぼくの手にお釣りを手渡ししてくれる。するとぼくは、一瞬、ギョッとするのです。そのお金が汚染されていると思ったわけじゃなくても、いいのかなと戸惑い、相手がいいなら別にいいよねと受け取る。

お店を出た後で、ふと悲しくなりました。お金を手渡しで受け取ることに一瞬抵抗を感じてしまった、自分の心の動きを悲しいと思ったのです。コロナがもたらしたのは、ビニールシート越し、マスク越し、モニター越しといった、何かで隔てられたうえで人と対面するようになった世界です。ただでさえ他人との溝に悩んでいる自分たちが、さらにこうして隔てられることになってしまいました。距離をとるのは良いことだ、という認識とともに。

――顕在化、露呈、浮き彫り。この前代未聞のコロナ禍は、そのような言葉でよく表現されるように、社会の陰に埋もれていた数々の問題を深刻なかたちで噴出させました。とりわけ、政治が率先して拡大させてきた非正規雇用の人たちが、コロナによる休業や経営不振によってクビや雇い止めになり、生活ができなくなるほどの大打撃を受けてしまいました。

仕事も住まいも失った人たちを支援する現場から伝わってくるのは、困窮した人々を救うための行政のセーフティネットが驚くほど動きが鈍いということです。鈍いというより、むしろ、税金を使ったサービスをなるべく受けさせないほうに注力しているらしい。生活保護を受けさせないようにあの手この手で相談者をあきらめさせる「水際作戦」があることは、ずっと以前から聞いていましたが、どうやら今も健在というか、逆に加速しているらしいことに愕然としました。困窮した人を行政がなるべく助けない。そんなありえないことが堂々とまかり通るのは、生活に追い詰められた人に対する人々の関心の薄さが理由のひとつにあるのかもしれません。つまり、コロナ禍になる以前からの生活困窮者への無関心や、「自己責任」の考えに基づく偏見・差別が、行政の非人道的対応を野放図に拡大させてきたといえるでしょう。

もうひとつ顕在化したのは、排外思想や他国のアジア人への蔑視や差別です。ただ、これもまた以前からすでに目についていたことだから、顕在化というよりは際立つようになったということかもしれません。この問題は温さんもご存じだと思いますが、困窮する学生に最大二〇万円の現金給付をするという支援策「学生支援緊急給付金」で、文科省は、外国人留学生については成績の上位にいる留学生にだけ給付するという要件を設けました。その理由として、留学生はいずれは母国に帰る存在であり、成績の上位にいる留学生は日本に貢献してくれる見込みがあるから、ということのようです。

なぜ、公平さをねじ曲げる検察庁法改正案が大批判を浴びたばかりなのに、日本人と外国人への対応を分ける差別的メッセージを性懲りもなく挟んでくるのかと、怒りが突き上げました。「貢献」ということであれば、国に支えてもらった留学生は母国に帰っても日本とそこの人々に対して温かな気持ちと感謝の念を持ち続けるでしょう。その気持ちは一生続くはずです。それに、成績上位の人たちが日本に貢献するかもという判断の根拠はいったいどこからくるのか。

学費や生活費に困窮した者への支援を成績で線引きすることに、温さんは「生産性」重視の姿勢を見て、Twitterで批判していましたね。ほんとうに、我が国は成績のいい外国人にしか用がありませんという発想は、外国人を〝労働力〟としかみない外国人技能実習制度の本質と地続きです。そこにあるのは、まさに、人間を家畜かモノのように「生産性」でしかみない人間観ではないでしょうか。

その視線は当然、国内の人々に対してもあまねく向けられますが、外国人、特にアジアの外国人に対しては、より露骨に向けられます。驚くのは、今回の「学生支援緊急給付金」における差別的対応を、なんと、教育行政をになう文科省が行っているということです。命と教育の選別を文科省が行っている。

そして、この給付金からは朝鮮大学校のみが除外されているそうです。東京弁護士会が文科省に対して是正を求めた「学生支援緊急給付金に関する会長声明」によれば、文科省は、朝鮮大学校は「各種学校」であり、高等教育機関の担保がないから除外したと説明したそうです。

だけど、その声明によれば、当の文科省は一九九九年に改正した「学校教育法施行規則」において、大学院入学資格を拡充して朝鮮大学校の卒業者にも入学資格を認めているそうです。また、二〇一二年に改正した「社会福祉士及び介護福祉士法施行規則」でも、朝鮮大学校の卒業生が受験資格を得られるようになったとのことです。

つまり、朝鮮大学校についてはすでに、自動車学校といったほかの各種学校とは区別して「高等教育機関である」と法の上でも認めてきたのに、今回、文科省はそれを知らんぷりして給付金の対象から除外しているのです。日本語学校は給付対象にしているのに、高等教育機関が云々と言い訳するのは、筋が通りません。

コロナによってバイトを失い、学費と生活費が賄えなくなった学生を、日本人か外国人かで分け、外国人留学生なら成績で選別する。とりわけ、日本で生まれて日本語を話し、学生の三割近くが学費のほとんどをバイト収入で賄っているという朝鮮大学校の学生（移住連ＨＰより）を支援から除外する。これを政治利用と言わなくてなんと言うのでしょうか。

ぼくがこんなことTwitterで書くと、ドワ～ッと批判が集まるでしょうね。朝鮮大学校は日本じゃないんだとか、本国にカネを送ってるやつらに支援なんかいらないとか、だれかに聞いたもっともらしい理屈をたくさんつけて。まさに、政府の思惑を内面化した見方で。

北朝鮮につながるものの排除は、そのように、大衆の理解を得られやすいと為政者らは思っているのでしょう。日本という国を国として成り立たせるために、言いかえれば、日本という国の輪郭を明確にするためにはわかりやすい「敵」が必要で、だから北朝鮮に対しては、日本人を拉致した独裁国家という悪役としてのイメージを絶えず付与しておかなければならないのでしょう。その敵からあなた方を守っているんだよ、だから国家も戦力も必要でしょうと。

このようなアジアの国に対する政治利用は、あちこちで見られます。ＷＨＯの総会に台湾が招待されなかった件では、政権の肩を持つ人たちがこぞって、台湾に同情を寄せつつＷＨＯの中国寄りの対応を非難するというツイートが目立ちました。中国を非難したいがために台湾の肩を持つという姿勢があからさまで、温さんがいつもモヤモヤしたりカッカさせられているのはこれか、と再認識させられました。

北朝鮮、中国、韓国。いずれも日本のすぐそばにある国々であり、かつては侵略して支配下に置いた国々に対し、日本政府は敵視や警戒の姿勢を崩しません。台湾に対しても、中国を叩くときに味方のように利用するほかは、どうでしょうか。民主主義の先進国と言いたい台湾の政治姿勢や、いち早くコロナを封印した手法を学ぼうという意識があるでしょうか。そんな声は、政府からまったく聞こえてきませんね。

以前にも書いたような気もしますが、なぜ、こんなにも日本という国は他国に対して偉そうにしたがるのかと思います。日本はほかのアジアの国々より秀でていると言わずにはいられない。そして、そのような為政者のポーズに人々はすんなり追随する。衣服も家電製品もほかのアジア圏の人々がつくったものを使っているのに、感謝したり尊敬したりすることはまずありません。いまだに彼らを支配する植民者の立場にいるかのように、その国の人々を下に見るという意識は心に食い込んでいるように感じます。自分もアジア人なのにアジア人じゃないと思っているかのように。これは（あえて名指ししますが）日本人の特異性ではないでしょうか？

白状すれば、ぼく自身の中にも、その優越心や差別心の残滓がうごめくときがあるのです。だからこそ、これはかなり深刻な、根深い問題だと思うのです。

そのような日本人の差別的特異性は、今までどれくらい小説のテーマに取り上げられたのでしょうか。日常の小さな細部を土台にして小説は書かれますが、そうして書かれた日常からは、ほかのアジア人に対して優越心や差別心を抱くという小さな心の動きはきれいに消去されているかのようです。それは、多くの書き手が、日本人しか出てこない小説を書いているからでしょうか。あるいは、そのような差別的特異性を書くのは、たとえば温さんのように当事者の立場にいる書き手が書けばいいということなのでしょうか。

でも、それなら、当事者とはいったい、だれのことなんでしょう。ほかのアジアの人たちに優越心や差別心を抱いてしまう日本人は、加害者という意味での当事者じゃないのでしょうか？

今、この国で小説を書くというとき、この国で暮らす外国籍の人々、特にアジアの人々のことを、もはやこれまでのように小説内の〝日常〟から省いてスルーし続けることはできないはずです。スルーし続けた結果が、（技能実習生を含めた）日本で暮らす外国籍の人々の困難を温存してきたのだとしたら、なおさら。

未曾有の災害といわれるコロナ禍ですが、そこで噴きだした数多の問題は、すでにこの国に埋蔵されていたものです。とすれば、やるべきことの本質は、これまでと特に変わらないのかもしれません。ただし、コロナパニックの陰でかき消されている声があるだろうことは、いつも忘れずにいなければと思います。ビニールシートの向こう、マスクの向こう、モニターの向こうで、いっそう聞こえづらくなった声はないか。これまで以上に鋭敏に繊細に心の耳を澄ますことが求められますね。

二〇二〇年六月一九日　　木村友祐

この国の当事者——第三〇便　温又柔より

木村友祐さま

緊急事態宣言が解除されて、早くも一か月あまりが過ぎ、気づけば七月です。二〇二〇年の七月といえば、東京オリンピックの予定でした。

考えてみれば、私たちが書簡を交わすことになったきっかけの一つは、オリンピックという巨大な祭典が開かれることによって、グローバル資本主義がますます勢いづくであろうことへの危惧がありましたよね。オリンピックの名のもと、何が優先され、何が軽んじられるのか。

刻々と、悪い方にむかっているとしか思えない状況を肌で感じながら、いま、自分たちがどんな時代を生きていて、何を感じ、思い、考えているのか「記録」しておくことは、いつかの自分たちにとっておそらく重要なよすがになる……木村さんに宛てて一通めの手紙を書いたときはまさにそんな気持ちでした。

ここ一年と数か月、その思いは増してゆくばかり。よくもわるくも、なんという時代を自分たちは生きているのだろうと狂おしくなります。ひょっとしたら、いまは「戦争前夜」なのかと危ぶむのも、決して大げさではないような、そんな思いを抱くことも。

しかし、新型コロナウイルスの流行で、オリンピックは延期となり、〈生活困窮者への無関心〉

と〈行政の非人道的対応〉が、早くも〈顕在化、露呈、浮き彫り〉になっています。いまやそれは一部の心ある人たちをじれったくさせたり、苛立たせるのみならず、ほとんどだれの目にも明らかとなりました。

それにしても、〈コロナによってバイトを失い、学費と生活費が賄えなくなった〉のは同じなのに、それを〈日本人か外国人かで分け、外国人留学生なら成績で選別〉したうえで、補償するかしないか決めようとする日本政府の対応には、ほんとうに胸が痛みました。また、朝鮮大学校がはじめから支援対象から外されていることにも絶句しました。

北朝鮮に関していえば、私たちの多くはその内情をよく知らないはずです。それなのに驚くほど多くの日本人が、〈日本人を拉致した独裁国家という悪役〉というイメージを疑わず、北朝鮮という響きだけで敬遠したり、ひどいときには嫌悪している気がしてなりません。それほどではないにしろ、中国と韓国もまた、〈日本という国を国として成り立たせるために、言いかえれば、日本という国の輪郭を明確にする〉目的からか、あるいは日本ほど素晴らしい国はない、とでも思わせるためか、政府や〈政府の思惑を内面化した見方〉を流布するメディアによって「悪役」や「敵役」を担わされることが以前にも増して多くなってきたように感じます。

もちろん、こうした政府の意向を反映したメディア操作は日本だけでなくどこでもこぞってやっていることではあります。たとえば台湾でも、テレビ局によっては嫌中を煽るような番組を制作します。まあ、その分、極端に親中的な番組も台湾にはありますが。日本との関連で言えば、中国や韓国でも、いわゆる「反日」感情を刺激する番組や物語が人気コンテンツと化している状況があります。日本と同様、国民の不満が自分たちに向かないように政府が、「敵役」や「悪役」として日本を利用するのです。そのせいで、たとえば中国在住の日本人や、日本人の母親がいる韓国育ちの子どもなどが、日本につながりがあるというだけで嫌がらせに遭う話もたくさんある。

しかし今回はまずは私たちの足元である日本に話を絞りましょう。

問題は、大多数の日本人が、北朝鮮はなんとなく怖い、中国はとにかく傲慢だ、韓国はいちいち突っかかってくる、台湾はこちらを仰ぎ見てくれている……という漠然としたイメージをあえて疑おうとはせず、どちらかいえばあっさり受け入れてしまうということにあるんですよね。

〈なぜ、こんなにも日本という国は他国に対して偉そうにしたがるのか〉

実に根深い問題です。

日本は、ペリーによって開国させられたのち、ヨーロッパがつくりだした世界秩序体系を受け入れることで、アジアの中でも最も早く「西洋化」したという歴史があります。戦後も、冷戦構造における西側陣営に組み込まれつつ朝鮮戦争特需で一気に復興を成し遂げ、アジアの中でいち早くアメリカ型経済発展を果たしました。そのため、ほかの国々の「近代化」を先導するという「脱亜入欧」的な価値観は敗戦後も完全に息絶えることなく、べつのかたちで生き続け、それが〈かつては侵略して支配下に置いた国々〉をはじめとした〈アジア人への蔑視や差別〉意識の温床となっている……というのが定説ではありますが、他のアジアの国々に比べて自分たちはなんとなく優れているはずだ、とほとんど無意識のうちに思っている日本人は実際にわりと多い。

木村さんが〈その優越心や差別心の残滓がうごめくときがある〉と告白してくださったように、

私もそこから完全に免れているとは言い切れません。台湾人とはいっても私は、日本で育ち、日本の教育を受け、日本の文化にどっぷりと浸かって成人したのです。

――えっ。台湾人なの？　ずいぶんと垢ぬけてるから日本人かと思ったよ。

子どもの頃、台湾で見ず知らずの人たちにそう褒められるたび、私は自分が同じ年頃の台湾人の子たちよりも優れている気がして得意でした。一〇歳になるかならない子どもにも、「脱亜入欧」的な価値観はまんまと忍び込むものなのです。

その意味では、アジアの中の日本や、日本の中のアジアとむきあう契機として、私たちにとって「東京へテロトピア」にかかわったことはとても重要な経験でしたよね。

二〇一三年、高山明さんを中心に「東京の中に存在する、それまでほとんど語られることのなかったアジアにまつわる様々な歴史に触れる」ことを観客に体験してもらう目的で、「東京へテロトピア」と題されたこのプロジェクトは立ち上がりました。宗教施設、モニュメント、あるいは難民収容施設跡地……ふつうの日本人が、ふつうの暮らしを送るうえでは特に目にとめることのない、ただ通り過ぎてしまういくつかの場所や、都内に点在するエスニックレストランなどをピックアップし、そこに刻みこまれた隣人たちの痕跡を、物語のかたちで可視化させようと、皆で知恵を絞りました。出身国の政変や革命などによって日本の東京に流れ着いた人びとにまつわる様々な記録はどれも、高山さんが主宰する「Port観光リサーチセンター」の林立騎さんたちが集めてくれました。その資料とむきあっていると、自分（たち）の目に映っていなかっただけで、いろいろな事情を背景に日本にやってきて、故郷に戻れぬまま根を下ろし、それからずっと第二、第三代までここで暮らしている人びとはこんなにもたくさんいるのかと溜息が出るばかりでした。

思えば、鉄犬ヘテロトピア文学賞創設にもつながる七年前のあの頃から私たちは、刻一刻と迫る「二〇二〇年」を覚悟しながらこの数年を過ごしてきましたよね。

いったい、だれが、オリンピック・イヤーとなるはずだったいま、思わぬ疫病の流行で、〈すでにこの国に埋蔵されていた〉様々な問題が一挙に噴出することを予想したのでしょう。〈政治が率先して拡大させてきた非正規雇用の人たちが、コロナによる休業や経営不振によってクビや雇い止めになり、生活ができなくなるほどの大打撃を受け〉たというのに、〈困窮した人を行政がなるべく助けない〉せいで、〈仕事も住まいも失った人たちを支援する現場〉がますます負担を強いられているという現実……このような状況下、都知事選挙の投票日が数日後に迫ります。

木村さん。いつからか私は、「選挙」の日は、なるべく外出を控えるようにしています。冗談抜きで、通りすがりの人たちに飛びかかってしまいそうになるからです。投票日の翌日は、なお具合がわるいです。電車の中で乗り合わせた人たちや町を行き交う人たちを見ていると、沸々と滾《たぎ》ってくるんです。

きのう、あなたは何してた？

さあ、言ってみなさい？　きのうがなんの日だったか、ちゃんとわかってる？

私にとって、毎回の選挙の結果そのものよりも耐えがたいのは、いつだって投票率の低さなんです。

——選挙権はあるけど、たいてい棄権しちゃう。

そんなふうに言う人たちに、なんてもったいないことをするの？　と言いたくなるのは、私には選挙権がないからです。

ご存じのように、日本ではごく一部の地方をのぞき、日本国籍を持たない住民にはいかなる選挙権も与えられていません。

私にはそれがさみしいのです。

投票がしたいのなら帰化すればいいのに、と言う人たちも少なくありません。日本の政治に首を突っ込みたいなら、日本人になってから言え、と。さながら、郷に入っては郷に従え、といった調子で。

あるいはもっと露骨に、日本国籍を取得しないのは日本への忠誠心が欠けている証拠なのだから、そんな奴はそもそも日本にかかわらせるな、という意見もあります。

なぜ、こんな仰々しい話になるのでしょう。

いいかげん、国籍が異なっているというだけで、「敵対者」とみなされるのは勘弁です。そもそも、日本では二重国籍が認められていないため、帰化を選ぶのは、ほかのすべての国籍を放棄することを意味します。私は日本だけでなく台湾にも愛着があります。両親のうまれ育った国として、自分の第二の母国だと感じています。できれば、台湾の国籍を手放したくはない。国籍なんてそもそもかたちばかりのものだからそんなふうに思い詰めないで日本国籍にすればいいのに、と言われれば、それならなぜ、かたちばかりのものである日本国籍を取得していないことを理由におまえは日本国への忠誠が足りないと責められなければならないのかと不思議になります。

自分のことに限らず、この国に根を張る住民のだれもが出身国の国籍を保持したまま、日本で参政権を持つことが可能になってほしいと私は以前から願ってきました。複数の国籍を重ね持つ住民同士を含んだ政治はお互いの国々にとってよりよい関係をつくり合えるのではないか、と考えるからです。

とはいえ、こんな理想を唱えていても、私の声はしょせん〝票にならない〟のだから、目下の選挙に当選することが至上の目的である政治家からは、決して重要視されないと半ばあきらめてもいました。選挙とはそういうものなのだから、と（こんなこと、『幼な子の聖戦』の作者に言うのは釈迦に説法のようで気恥ずかしいのですが）。

ところが、今回、いち早く都知事選に立候補なさった宇都宮けんじさんはちがいました。同性のパートナーをもつ知人が「このひとの政策は私たちに寄り添ってくれている」とツイートしているのを見て私も宇都宮さんの掲げる政策を読みはじめたのですが「東京に住む外国人の人権が保障され、生き生きと共生できるまちをつくります」という文章が目に飛び込んだときは、どきりとしました。

――定住外国人の地方参政権付与の検討を開始します。

このひとは、〝票にならない〟私や、私たちのことも考えているんだな、と思ったとたん熱いものがこみあげました。「私たちに寄り添ってくれている」という知人のことばの重みがずっしりと胸に響きます。そして、こういうひとが都知事になってくれたら〈ビニールシートの向こう、マスクの向こう、モニターの向こうで、いっそう聞こえづらくなった声〉に〈鋭敏に繊細に心の耳を澄ます〉にちがいない、と思ったのです。惜しむらくは、いまの自分はどうがんばっても、かれに自分の一票投じることがかなわないということ……

そのようなことをTwitterで呟いたところ、なんと選挙事務所の方が目にしてくださって、公式なメッセージとしてHPに掲載させてほしいと連絡をくださいました。願ってもみなかったことです。投票はできないけれど、自分のことばそのもので、自分が心から支持するひとを応援するチャンスに恵まれたのです。さらに事務所の方は、できれば動画でも撮影させてほしいとも言ってくださいました。断る理由はありません。

——私が宇都宮さんに投じるために心から欲しいと願っているあなたのその一票を、どうか無駄にしないで。

約二分間の動画が宇都宮けんじ選挙事務所のTwitter経由で公開されると、宇都宮さんに投票したくなった、とか、自分の一票をあなたの代わりにかれに託すつもりです、といったメッセージが続々と書きこまれて、とてもうれしくなりました。微力ではあるものの、自分は決して無力ではないと思えたのです。

ただ、中には「投票したければ、さっさと帰化しろよ」という、ネガティブなコメントもまじります。「帰化すればいい」「台湾に帰ったら?」「国籍で区別するのが原則だろ」「日本の政治は日本人のものだ」「台湾人のくせに反日」……といったものもありました。

傷つきはしません、慣れっこだから。悔しいけれど、中傷めいたコメントというものは、慣れなければ、耐えられないものなのです。今回の件に関して言えば、前々回の木村さんのお手紙にあったように、〈もっともらしい理屈をつけて自分の〝中立〟の立場を正当化するマジョリティ〉たちが、明らかに〝マイノリティ〟である私に対して、とても苛立っているように思えました。そのせいで、この人たちは自分たちの位置を脅かされて、わざわざ私に吠え掛かってくるのかと感じたほどです。

いずれにしろ、批判の内容以前に、そのことば遣いに滲む、俺が愚かなおまえを諭してやろう、という態度にはずいぶん辟易させられました。そのうちの一つ、わがまま言ってないでさっさとお母さんの国に帰ってね、というリプライを見たときには、さすがに反論したくなりました。

――あなたのお母さんは、あなたが見ず知らずの私にこんなふうに絡んでいると知ったらどんな気持ちになると思う?

インターネット空間にのたくる〈大蛇〉たちは、〈他者に対してつねに優位性を保つための身振り〉を死守します。そんなかれらにとって私のようなガイジンのオンナは、恰好のターゲットです。ただでさえ、日本では「物を言う女性」が忌避されます。さらに具体的に言えば、物を言う私が「台湾人」であることがどうしても許せないと言うひともいます。なんとも滑稽なことですが、台湾人は、近隣諸国――北朝鮮、中国、韓国――の奴らとはちがって、俺たち日本人が大好きで、しかも従順だというイメージを抱く男性は、依然、少なくない。

様々な理由が複雑に絡み合っていて、実際に、日本や日本人に好意的な台湾人も多いので、これがまた厄介なのですが。しかし私一人が、一部の日本人にとってなんとも都合のいい「幻想」と闘っても、なかなか埒があきません。戦っても、戦っても、第二、第三の「台湾人は、おれたちを気持ちよくさせるのがあたりまえだ」という日本人があらわれるのです。

台湾人であることが理由で、こういう目に遭うたびに私は、自分は、日本にとってただの外国人ではない、と感じます。自分は、日本にとっての旧植民地からの「移民」なのだと突きつけられるのです。むろん、私が両親とこの国に移り住んだ時期は、日本が台湾を「放棄」してから四〇年近くが経った頃でしたが。それでも私個人の意思を越えて、戦後の日本で不可視化されてきたいくつもの問題が、自分の来歴と重なり合って、ふいに身に迫ってくる……

ちょうどこの春、邦訳が刊行されたばかりの『彼女の体とその他の断片』（小澤英実ほか訳、エトセトラブックス）の著者であるカルメン・マリア・マチャドは、「女性や非白人やクィアな人々にとって、書くことはそれじたい、政治的なアクティヴィズムだ」と述べています。私にとってもこれはまったく他人事ではありません。小説に限らず、Twitter に投稿する一四〇字以内の文章も含めて、何を書くときにも、どうしても、自分が望もうと望むまいと、個人的なことが政治的になってしまう。

木村さんがおっしゃるように、私たち小説家のほとんどは〈日常の小さな細部を土台にして〉小説を書きます。私の目にはたくさんの日本人が映っています。でも、考えてみれば、かれらの目にも、私は映っているはずなのですよね。私だけではない。〈（技能実習生を含めた）日本で暮らす外国籍の人々〉の姿が、まったく見えない生活を送ることなど、いまや不可能です。

だからこそ、木村さんのことばが突き刺さりました。

〈当事者とはいったい、だれのことなんでしょう〉

たとえば、私にこんなことばを投げつけるひともいました。

――投票したいなら、帰化するのが礼儀だ。

礼儀？　だれへの？　まさか、国への？　ならば、日本国籍を所持しながら投票しない有権者のほとんどは、自分の国にたいしてものすごく無礼だということになります。こんな国に私たちは生きている。投票率が低ければ低いほど、都合のいい政治家たちが、ほくそ笑んでる国。いつかの、木村さんのことばがよみがえります。

〈子どもや孫たちの将来を思うなら、身内びいきと隠ぺいを繰り返す政府になど、早く見切りをつけたほうがいい〉

木村さん。オリンピックが開かれる予定だった二〇二〇年七月の東京で、知事の候補者の一人として「この選挙のほんとうの主人公はまだ選挙権を持たない子どもたちだ」と真摯に語るひとのことを、自分自身のことばで応援させてもらう機会に恵まれたことを私は心から誇りに思っています。選挙の結果がどうあれ、かれは、私に気づかせてくれました。私たち一人ひとりは微力ではあるものの、決して、まったくの無力ではない。

たとえ、ガイジンで、さらにいえばアジアの、親日であるはずの台湾出身の、それもオンナであるおまえが生意気なことを言うな、と私の口をふさごうとするひとがいても、これからも私は、あなたたちこそ、この国の当事者だ、としつこく言い続けます。

二〇二〇年七月二日　　温又柔

人という起点——第三一便　木村友祐より

温又柔さま

日々の暮らし。あえてもっと大きな言い方をすれば、この日本社会における日々の暮らしの中で、ふいにゴツンとぶつかってくる様々なことがらについて、温さんと言葉のやりとりを続けてきて、気がつけば、もう一年と五か月がたちました。よく続いたなぁというか、ここまで何事もなくたどり着けたことが、なんだか信じられません。

高山明さん演出の演劇プロジェクト「東京へテロトピア」に参加したのは、二〇一三年でしたか。もう七年前。ほんとうに、「東京へテロトピア」への参加は、その後のぼくの思考や創作姿勢を変えるほどのインパクトをもたらしました。

「ヘテロトピア」とは、「現実の中の異郷」とか「混在郷」とも訳されるフーコーの用語とのことですが、東京の中にこんなにもアジアの人々の歴史を刻んだ場所があったのか、日々を暮らすコミュニティがあったのかと驚きの連続でした。中国、韓国、台湾、ベトナム、ミャンマー（ビルマ）、フィリピン、インド、カンボジア、パキスタン、ネパール。そして、難民として日本に逃れてきたのに、いつまでも難民として認められない不安定な立場にいる人々の存在……

気がつけば、普段からぼくの目には、彼女や彼らの姿は映っていたはずです。それなのに、視界に入っていてもほとんど意識にとめていなかったことを思い知らされました。そこに「人」がいたら、当然その人の「生活」があるのに、それを想像することすらしなかった自分は、世界の半分、あるいはそれ以下しか見ていなかったのだと痛感しました。

役者がいるわけではない、観客自身が役を演ずるように訪問地を訪れ、その場でぼくらが書いた物語の朗読をラジオで聴くという、高山さんの革新的な「演劇」。その後も高山さんの作品を観客として体験してきましたが、その大きな特徴とは、分け隔てられている世界同士をじかにつなぐという、アクロバティックな「接続」の仕方にあるのではないかと思います。ある意味で過激ともいえるその方法は、あいちトリエンナーレにおける、電話で苦情をぶつけてくる（電凸攻撃してくる）相手にアーティストが直接対応するという、以前も話題にした「Jアートコールセンター」の創設にも通じているでしょう。この「東京へテロトピア」の参加がきっかけで、ぼくは日本における在日外国人や、難民（そして難民と認められない人々）、技能実習生として来日したアジアの人々のことを気にとめるようになりました。

でも、よくよく考えてみると、ぼくがこの国で暮らす外国籍の人々のことを意識にとめるようになったのは、一緒に小説家デビューした温さんの存在が何よりも大きかったのだと思います。こうして温さんと小説以外でも活動をともにしていなかったら、たとえば、長年この国で暮らしていても投票する権利がないことの狂おしさを肌で感じることもなかったでしょう。

温さんが、「定住外国人の地方参政権付与の検討」を公約のひとつに掲げた宇都宮けんじさんを応援した動画を観ました（はじめて見る眼鏡姿が素敵でした）。胸が震えました。宇都宮さんの登場にどれほど励まされたか、どれほど支えたいと思っているか、温さんの心の震えがぼくにも伝わってきました。この動画を観て、ほかの大勢の人たちも揺さぶられたことでしょう。温さん自身の一票は、残念ながら投じることはできなかったけれど、温さんのメッセージによって宇都宮さんに投票した人たちはたくさんいたと思います。ぼくも宇都宮さんなら希望を託せると思い、宇都宮さんに投票しました。

その東京都知事選挙の結果がでましたね。現職の小池百合子氏が、他候補の得票数を足しても追いつかないほどに圧勝しました。その結果にぼくは、〝まともさ〟が通じない選挙・政治の世界という理不尽に、あらためて暗澹としました。

まともさ――。人々が何に困っているのか、現場の声に向き合い、困っている人が救われるような社会をめざすための施策を掲げたまっとうな人の声が届かない。あるいは聞こうとしない。そして、「女性だから安心できそう」とか「コロナの感染をよく抑えている」とかの、いずれも根拠のないイメージだけで票を投じる（これもぼくのイメージですが……）。

一方で、なんの苦労もなく選挙権を手にした人たちの多くは投票に行かず、投票率は前回の都知事選よりも五ポイント近く下がって五五パーセント。その結果、極めてイメージ操作に長けた（というかそれしかない）、コロナパニックを余さず自分のために利用した現職が当選しました。選挙に行かない四五パーセントもの東京の人々。選挙制度や選挙権を持つことに対するこの果てしない軽さはなんなんだろうと思います。まさに、〈投票率が低ければ低いほど、都合のいい政治家たちが、ほくそ笑んでる国〉。

先ほどぼくは悔しさをにじませて「まともさが通じない」と書きましたが、こういうときによく頭に浮かぶのは、自然に寄り添い、争いを好まず暮らしていた少数民族の人々が、銃や大砲といった圧倒的武力を持った侵略者との戦いに負けて土地を追われてしまうという光景です。生きものとして、人としてまっとうに生きる人々は、勝つためにはどんな卑怯な手段でも使う人たちに負け続けるしかないのだろうかと。……たとえそうだとしても、まともさを手放すわけにはいかないと腹をくくるしかないのですが。

宇都宮さんの応援で温さんのメッセージが注目される一方、そのぶんだけまたぞろ「国籍の有無」を楯に取って絡んでくるツイートが温さんのところに集まってしまったようです。「帰化すればいい」「台湾に帰ったら?」「国籍で区別するのが原則だろ」「日本の政治は日本人のものだ」「台湾人のくせに反日」……

おまえら、ふざけんなと思う気持ちを飲み込んで言えば、普通に考えて、ごく普通に考えて、長年この国で暮らしてきた者が、国籍がちがうという理由で政治にかかわれないのはおかしなことでしょう。なぜなら、その国、その街で暮らす以上、政治できまったこととの影響は外国籍の人も等しく受けるからです。

政治家が増税をきめたら、外国籍の人も等しく増税分を払わなければならない。日本人同様、生活が苦しくなる。また、増税分が大企業の法人税減税や戦闘機の爆買いに当てられているようで納得できない場合でも、外国籍の人は、税金を納めているのに増税の可否について選挙をとおして自分の意見を表明することができない。これってただの不公平、もっといえば不当な嫌がらせでしょう。入管で長期勾留される外国人に対する扱いと根が一緒の、意図的な外国人差別です。いったい、国籍で選挙権の可否を線引きすることの正当性とは、どこにあるのでしょうか？　温さんに絡む「日本人」たちは、その不公平や意味不明について、どんな説得力のある回答を持っているというのでしょう。同じ土地の上で暮らす生活者であることは日本人も外国人も変わりがないのに、生活者にも区分があるという結論をだすつもりでしょうか？　二級市民とか準市民みたいに？　人間を「二級」とか「準」でランク付けすることはれっきとした差別そのものなのに、その「日本人」たちは、「差別して何が悪い」と開き直るつもりでしょうか？　恥を、知らないのでしょうか？

ネットのどこかで見かけた理屈として、「在日外国人に選挙権を与えたら、その外国人が属する国籍国が有利になるような投票をするから、結果的に日本の立場を弱体化させかねない」というのがあったと思います。外国人を潜在的な「敵対者」とみなす考え方で、在日外国人が多くなると犯罪が多くなるという偏見に基づくデマと同じものです。そうなる根拠を示さずに、イメージだけで怖がるのです。もし、その言い分が現実のものとなって日本が弱体化し、景気が悪くなったとしたら、その日本で暮らす外国人だって収入が減ったり仕事に就けなくなったりして、すごく困ることになるというのに。

そしてもうひとつ、定番の理屈としては、「純日本人の意思だけで形づくられるのが日本だ」というのもあるでしょう。結局、外国人が選挙にかかわることに抵抗する理由は、ここでもまた、「純粋な血統」とか「単一民族」とかの〝つくられた幻想〟に行き着くのでしょう。これもまた根拠のないイメージです。イメージ、イメージ。かつてブルーハーツが歌っていたように、中身がガランドウでも、なんでもかんでもイメージでぼくらは動かされているし、動いてしまうのです。

なぜそこまで「国籍」を絶対視しなければならないのか。帰化しないからといって、国に対する忠誠心がどうとか言われなくてはならないのでしょうか。日本国籍を持つぼくは、日本への忠誠心を問われたことなんか一度だってないのに。温さんに「忠誠心が欠けている」と言った人だって、国への忠誠心を問われたことなんかないはずです。

自分や他人の国籍を〝尊重する〟ならわかります。それは大切です。でも、国籍を〝絶対視する〟となると、その根拠や正当性はいったいなんなのかと思います。ぼんやりとしていながら物の見方を方向づけてしまうイメージではなく、現実に根ざした具体的な根拠とはなんなのか(ぼくはこの対話の中で何度も「根拠は?」と繰り返していますが、でも、やはり根拠を問わなければならないのです)。そうやって国籍を絶対視することで、だれが得をするのか。国籍の重みを運転免許証なみに軽くしたら困るのはだれなのか。

ぼくはここで天下国家について持論を述べるつもりはなくて、それができるほどの知識も教養もありません。でも、国籍がどうとか以前に、すべての人にはまず根本的に、生きものとして生きる権利がある、住みついたそこで生きる権利があると思うのです(暴力を用いて他人の土地を奪うのでなければ)。これは、「国民」を対象にした憲法の生存権の範疇を越えた、だれもが〝生きものとして〟そこで生きようとする権利が当然あるだろうという考えです。

どんな土地でもその人がそこで生きる権利はある、また、その人がその人らしく生きる権利があるのだと〝人を起点として〟考えるのでなければ、いろんなことがおかしくなるでしょう。個人が起点ではなく、「人はこうあるべき」という国家側の考えがはじめにきてしまうと、国籍がちがうから、あるいは伝統的家族観をはみだすＬＧＢＴだから人としての権利を制限してもいいとか、最悪の場合は迫害や虐殺といった悲劇をも起こしかねません。

最近ぼくは、在日韓国人三世の作家、李龍徳《イ・ヨンドク》さんの『あなたが私を竹槍で突き殺す前に』（河出書房新社）の書評を書いたのですが、その小説は、在日コリアンを敵視する女性の政治家が総理大臣になり、国民の九割が嫌韓感情を持っているという悪夢のような世界をこれでもかと想像力を駆使して描いています。これは在日コリアンが肌で感じている日本の現状を拡大して映しだしたものといえますが、なんだか虚構の話とはいえなくなってきたとそら恐ろしく思うのは、小池百合子都知事が圧倒的な得票で再選したことです。

彼女は、関東大震災の直後に日本人によって虐殺された朝鮮人犠牲者を追悼する式典に、三年連続で追悼文を送っていません（二〇二〇年七月時点。追記＝二か月後の九月の式典にも送らなかったので四年連続となった）。虐殺の事実には「様々な意見がある」として、歴代の都知事が送っていた追悼文送付を取りやめたのです。震災全体の犠牲者を悼む大法要に送った追悼文でも、朝鮮人の虐殺には触れなかったそうです（二〇一九年九月一日の朝日新聞より）。明確に「なかった」とは言わないものの、その史実が「あった」とは認めないことで、間接的に都合の悪い史実の真偽を曖昧にするという歴史改変の態度・アピールです。

また、この都知事選では、街頭で堂々と在日コリアンへのヘイトスピーチを繰り広げる「在日特権を許さない市民の会」の元会長の桜井誠氏が、前回出馬した都知事選のときより六万票以上多い一七万八千票を得ました。作家・評論家の古谷経衡氏のウェブ記事によれば、この増加は右派の内紛により特定グループの票が集中した結果であって、極右勢力が伸長したわけではないということですが、それでも約一八万もの人々が在日コリアンヘイトど真ん中の桜井氏に投票したのです。

在日コリアンに「出ていけ」と叫んで甚大な脅威を与える排外主義者に共感を抱く人々と、ぼくは電車や喫茶店の中ですれちがっているのかもしれない。そう思うと慄然とします。在日コリアンばかりでなく、温さんのような外国籍の人々にとって、この先どうなるのかという不安を抱かせる恐ろしい事態にちがいありません。

「東京へテロトピア」に参加して、この国には多様なアジアの人々が暮らしていると気づき、難民や移民の存在を意識しはじめました。すると、そもそもそれよりずっと前から、朝鮮半島にルーツを持つ在日コリアンの人々が隣人として暮らしていたことに、今さらながら気がつくのでした。なぜ、それを見落としていたのか。

じつをいえば――、ぼくが一〇代～二〇代くらいのとき、「在日」という言葉の響きに、何やらふれてはいけないタブーのような印象を覚えていたことを告白しなければなりません。今思えば不思議ですが、どこか怖さを伴ったイメージがありました（ほら、ここでも〝イメージ〟です）。同じような近寄りがたいイメージを持っていた言葉としては「部落」「同和」もそうです。

それらの印象はどこからもたらされたものなのか。小池都知事が朝鮮人虐殺について真偽不明という態度をとることで、それを見た人が「ほんとは虐殺なんてなかったんじゃないか」という印象を抱いてしまうように、だれかの偏見に基づく言葉や映像の断片が、小さな印象の堆積としてぼくの心に根づいていったのだと思います。こういう実際にそぐわない何気ない印象というものが、実は危険なのです。たとえばもしも今、為政者が、普段差別にさらされているコミュニティとコロナ感染の原因区域を根拠もなく結びつけてしまったら、冗談ではなく大変な攻撃にさらされるでしょう。

アジアの中の、アジアの一つである日本で暮らすというときに、こうした足元の差別が確実にあるということを忘れてはいけないと思います。「アメリカの黒人差別はひどい」と他国のことを怒るなら、まずは自分たちの足元を見なければなりません。言いがかりのように「在日特権」を騒ぎたてる輩は、アイヌの人々にも特権があると攻撃しているのです。どれだけの「日本人」が、そうした国内における差別の存在を自分ごととしてとらえているのでしょうか。

温さん。ぼくは、〝国〟をまとい、〝純日本人〟をまとった言説、つまり、ひどく抽象的なことがらなのにあたかも実体があるかのような言葉で威圧する者に対し、つねにそこにいる〝人〟を起点にした、その人の生きる権利に土台を据えた言葉で対抗していかなければと思うのです。具体的な、その人の顔がちゃんと見える言葉で。その人の暮らしの温かみや手ざわりの質感で。〝イメージ〟を打破する揺るぎない生々しさで。

たとえば、「東京へテロトピア」の物語を書くための取材で訪れた品川の東京出入国在留管理局（東京入管）で見た親子の姿。ぼくはそのとき、部外者は行ってはいけないフロアだと気づかずに入ってしまったのですが、病院の待合室のように長椅子が並んだ部屋で、インドかパキスタン系と思われる大柄なお母さんが小さな男の子にフライドチキンを食べさせていました。もはや細部の記憶はおぼつかないのですが、そのフライドチキンにはたしかカレー粉がまぶしてあって、自家製かなと思った記憶があります（タンドリーチキンだったかも）。

やんちゃそうにじっとしていない男の子は、上顎を舌で叩くような発音の言葉で話すお母さんに何か注意されながら、アルミホイルに包まれたそれにかぶりついていました。なんだかフンフンと鼻歌でも歌うような感じの上機嫌で、お母さんと一緒にいる安心感がこちらにも伝わってきました。在留許可の延長申請に来た親子だったのでしょうか。その男の子のくつろいだ様子には、自分たちがこの国にいることに厳格な許可が必要なこととか、許可されなければ追いだされてしまうとか、外国人だからという理由で理不尽に差別されることもあるといった心配は、かけらも見受けられませんでした。自分たちがここにいることにだれかが文句を言うなんて想像もできなかったはずです（当然です。本来、何も悪くないのだから）。

だけど、この国は、ぼくらの社会は、成長したその子に対し、おまえはこの場所で暮らす資格があるのかどうかと事あるごとに問い詰めるのです。日本人ではない外国人だから、ほかのアジアの国から来た不審な人間だから、肌の色や顔つきがちがうからという理由だけで下に見られ、選挙にも参加する資格を与えられないという経験を繰り返し叩き込まれるのです。そのうちにその子は、自分は自分の存在理由をたくさん説明して、納得してもらわなければこの地に存在できない、日本人よりも人としての尊厳が軽い人間なのだと卑屈な気持ちで思うようになるでしょう。

あの頃のように鼻歌まじりの上機嫌でいることは許されないのだと。

……おかしいのは、どっちでしょう。どれほどもっともらしい理屈で人権の制限を正当化しようとしても、生きることに条件や資格をつけるほうがそもそもおかしくないでしょうか。その「おかしい」というところから、物事の思考は出発するべきではないでしょうか。そして、文学はそこから書かれるべきではないでしょうか。自分や他人が「国家」や「国体」の一部として組み込まれたり、逆に排除されたりすることを断固として拒絶する・かわす・すり抜ける、そのために文学はあるのではないでしょうか？

でも、これまでに考えられなかったことが起きる時代だから、「国家」や「国体」への参入と排除をがなりたてる書き手も今以上に増えていくのかもしれません。アジアにおける日本の地位がどんどん後退していくように、文学も劣化し、衰退していく。アジアにおける自分たちの優位性を喧伝するスピーカーの役割をになっていく。

そんな事態になってほしくないし、この国の文学者の多くはそこまでヤワじゃないと思いますが、もしもそうなったときは、温さんとぼくの共同戦線における連帯は、いよいよさらに強固になっていくのだと思います。

二〇二〇年七月一八日

木村友祐

かれらの居場所――最終便　温又柔より

親愛なる木村友祐さま

八月。通常の夏ならば、私は上越新幹線でU介氏とともに新潟へむかう時期です。高いビルだらけの東京の喧騒が遠ざかり、のどかな田園があらわれ、さらにトンネルをいくつか抜けると、山が増えます。

新潟では必ず、立派な囲炉裏のあるU介氏のお祖母ちゃまの家をたずねます。かれの祖父や曾祖父母にあたる人たちの肖像写真が飾られた仏間で、U介氏やかれのご両親に続き、私も仏壇にむかって両手を合わせます。

大きな古い家です。猫も数匹います（いつも数がちがう）。

私はこの家で、赤ん坊のU介氏をこぞって可愛がったというかれのお祖母ちゃまや、写真でしか知らないひいお祖母ちゃま、かれのご両親がいまの自分たちよりも若い夫婦である頃の風景を想像します。東京の2DKのアパートに身を落ち着けた父が、日本にはなんでもあるから心配しないで、と台湾にいる母に国際電話をかけていた頃、この家で流れていた時間に思いをめぐらします。U介氏が一八歳まで暮らした町で、自分も育っていたら、と考えることがあります。私にとっての日本が、ここだったのなら、と。そして、日本の、この国の、何を自分は知っているのだろうと眩暈を覚えるのです。

それなのに私は、子どもの頃からよく日本や日本人を「代表」してきました。

――日本では、どうなの？

――日本人は、なんて思うかしら？

台湾にいると、叔母や従姉たちにいつもたずねられました。

逆に日本では、台湾ではどうなの？　とか、台湾人はどんな感じなの？　といったように、台湾について説明することをよく求められました。

日本と台湾という、国と国のあいだを行き来していたためか、私はよく、日本や台湾について説明する役目を担わされました。私自身もその役を喜んで引き受けていた部分があります。ごく限られた生活圏内で見聞きしたことを根拠に、自分のイメージで言っているだけなのに、私の言うことを疑ったり、あえて反論するようなひとはほとんどいませんでした。

それが、ある時期から、特に、日本人にむかって、自分が台湾人を「代表」しなければならない局面に思いがけず陥ると緊張を覚えるようになりました。

〈イメージ、イメージ。（……）中身がガランドウでも、なんでもかんでもイメージでぼくらは動かされているし、動いてしまうのです〉

木村さん。私は、私の発言やしぐさ、振舞いといった断片から、日本人にとっての台湾のイメージと、台湾人にとっての日本のイメージを補強しようとする人たちといままで何人も会ってきました。そのことを感じるようになった頃から私は、安易に台湾や日本を「代表」する態度は改めました。とりわけこの日本で、台湾人である私が台湾について語るなら、その内容はきっと正しいはずだと信じている日本人たちにむかって、いいかげんなことを語るわけにはゆかない、と思うようにもなりました。

台湾出身とはいえ、私は、台湾の、あの国の、いったい何を知っているのだろう？　といまもよく不安になります。いくら周囲にそれを期待されるからといって、自分こそは台湾を代表しているのだとうぬぼれるのが私は恥ずかしいのです。

つい先日、台湾の総統であった李登輝が死去しました。九七歳という年齢です。

私の母は「お祖父ちゃんは李登輝と同世代だからね」と言ったことがあります。たしか、一〇年近く前に李登輝が日本の報道陣にむかって巧みな日本語を話す姿がニュースで流れたときも、「お祖父ちゃんと同じ。李登輝も日本語がじょうずだ」と言っていました。台湾を民主化に導いた人物よりも、母には自分自身の父親のほうがえらいのです。

戒厳令下の中華民国でうまれ育った私の両親は、リトウキ、ではなく、Lǐ Dēnghuī と中国語で李登輝を呼びます。

台湾で約三八年の長きにわたる戒厳令が解除されたのは、一九八七年。私が七歳のときです。当時、私たちの一家はすでに日本に根を下ろしつつあり、父と母は一九八〇年代半ば以降、海外在住の台湾人として母国とは距離を置いていました。

李登輝が中華民国総統だった一九八八年から二〇〇〇年は、台湾が、天安門事件が勃発した対岸の中国とは対照的に、自由と民主の方向にむかって動きはじめた時代と重なっています。

仮に八歳から二〇歳になるというその一二年間を私も台湾で暮らしたのなら、政治活動や言論の自由が保障される社会で生きられる幸福や、母国の運命は自分たちの意識にかかっているのだと肌身で感じながら育ったはずです。それも、あくまでもマジョリティの一人として。

それ以前の時代、つまり、私（たち）の親の世代の台湾人にとって、みずからの運命はほとんど国家の管理下にあったようなものでした。

かれらは中華民国の国民として、「大陸を取り戻せ」「共産党をやっつけろ」というスローガンを教師から徹底的に教えられました。中国大陸は本来、蒋介石率いる国民党の領土であって、いまはそれを共産党が不当に占拠しているのだという言い分に基づいた考え方を叩き込まれたのです。それは、毛沢東との内戦に敗れた蒋介石の思想を十二分に反映させた、いわゆる党国体制下の教育でした。

木村さんも感激していた映画『牯嶺街《クーリンチェ》少年殺人事件』で知られる台湾ニューシネマの旗手の一人、エドワード・ヤンは、蒋介石のことなんか全然すごいと思っていなかった、偉大と言いなさいと命令されるので偉大ですと答えてはいたが心の中ではいつもくそったれと思っていた、と語っています。そのインタビュー記事を読みながら私は、ヤン監督と同世代である母が言っていたことを連想します。

――学校の先生が恐かったから、言え、と命じられたことを言っていたの。

うつくしくも反抗的な精神を保ち続けたエドワード・ヤンが特別だったのではなく、ごく平凡な台湾人である私の母や父、それに大勢いる私の伯父や叔母たち、要するにその頃の台湾人の子どものほとんどは、たぶん、蔣介石など崇拝してなかったはずです。いや、人によるのでしょうね。ほんとうのことはわかりません。

いずれにしろ、学校の先生がすごく厳しかった、とか、中国語を喋らないと叩かれた、といった両親の昔話や、その両親に連れられて冬休みや夏休みのたびに、伯父や叔母たち、大勢のいとこと過ごした台北の祖父母の家やその近辺で目にしたり耳にすることが、子どもの頃の私にとって台湾のすべてでした。

一九九九年。大学一年生になった私は、ある異変に気づきます。台湾に特別な関心を寄せるひとが周囲にあらわれるようになったのです。私の両親が台湾人で、祖父母は父方母方とも戦前から台湾にいる本省人——これに対して、戦後、蔣介石の軍隊とともに大陸から台湾に移り住んだ人たちのことは外省人と言います——だと知ると、奇妙な馴れ馴れしさでもって、ぼくは台湾が大好きなんだ、と言うひとがいました。そういうひとと話すと、台湾人なのにあなたは台湾の歴史について何も知らないんだね、と呆れられました。そういうことが何度か重なると、私は台湾について他人から意見を求められることを苦痛に感じるようになりました（なんだ。台湾人とはいうけど、日本人であるぼくのほうが台湾について詳しいじゃないか）。

自分でもそれを恥じていたので、私は、あなたも台湾人なら台湾のことをもっと知ったほうがいいよ、と言って台湾に詳しい人たちが熱心にすすめる本を、何冊か読んでみました。その中には李登輝の本——翻訳ではなく、彼自身による日本語で書かれたもの——も混じっていました。国民党政府が反体制派とみなした者を弾圧する白色テロが横行した時代について、司馬遼太郎との、かの有名な対談で李登輝はこのように振り返っています（『街道をゆく40　台湾紀行』朝日文庫）。

かつてわれわれ七十代の人間は夜にろくろく寝たことがなかった。子孫をそういう目には遭わせたくない。

私の祖父や大伯父も、そういう夜を過ごしたのでしょう。けれども私の両親は、台湾にはそういう時代があったことをすすんでは語ってくれませんでした。特に、早くに父親――私は父方の祖父は写真でしか知らないのです――を亡くしている父が、暗い時代の台湾についての話題を好まなかったため、私も両親にあれこれたずねるのをどこか遠慮していました（あなたは台湾の歴史について何も知らないんだね）。

台湾人のくせに、と私に呆れた人たちの言うとおりだと思いました。

私にとって、台湾について学ぶことは、台湾そのものを知ること以上に、まず、両親、とりわけ祖父母の生きた時代に想像をめぐらすことだったのです。

それから約二〇年の月日が流れました。

李登輝の訃報を知ったとき、生きていたら祖父も九七歳だったのかと真っ先に思いました。

元総統、民主の父、親日家、台湾意識……という日本語が、新聞やｗｅｂ記事に躍るのを見ながら、台湾人なら台湾のことをもっと知ったほうがいいよ、と私に言ったひとが、日本にとって台湾はもっと大事にしなければならない国なんだ、と熱弁していたときのことがよみがえります。台湾は中共なんかとはちがうんだよ、と言う相手がにやりと笑ったとき私は直感的に反発を覚えたものの、自分の知識不足がこわくて何も言い返すことができなかった……

あまり愉快ではない記憶が渦巻くのに耐えながらWebニュースを次々と追ってゆくと、「衰退ニッポンに響いた李登輝氏の『戦略的親日』」という見出しが目に入りました。共同通信客員論説委員である岡田充さんによるビジネスインサイダーの記事です。

日本と台湾が中国の脅威に対して共に立ち向かう「日台運命共同体」というものを李登輝は提唱しているのですが、この記事では、それが北京への挑発を計算した李の戦略の一つであるという点を見逃してはならないと指摘しています。米中、日中対立の均衡を見極めながら日本を味方につけるために「日本の植民地統治は台湾近代化に多くの貢献をした」とアピールした李の態度は日本人の心に響くものがあった、と論ずる記事は、こんなふうに結ばれています。

> 右派だけでない。歴史認識をめぐる中国、韓国の日本批判に「疲れた」多くの日本人が、李発言に自己を肯定できる「光」を見いだしたのだろう。「日本人の思考方法」を知りつくした〝戦略的親日〟は十二分に威力を発揮した。それは日本世論に「親日か反日か」の二分法を流行させ、中国を敵対視する市場を拡大する触媒作用にもなりえた。

長い溜息が出ます。

脅威の大国・中国にちいさな母国・台湾が飲み込まれぬように、「中華民国」という国名を冠する台湾で生きる人びとが安心して生きられるように、李登輝が日本の世論をも巻き込みながら戦略的につくりあげた「日台運命共同体」のイメージは、少なくない数の日本人が、台湾はアジアの中で唯一の親日国、と考える根拠になりました。

イメージ。木村さんは強調しましたよね。

前回の手紙で私は、自分自身も含めて「北朝鮮はなんとなく怖い、中国はとにかく傲慢だ、韓国はいちいち突っかかってくる、台湾はこちらを仰ぎ見てくれているという漠然としたイメージ」を抱いている日本人は多い、と書きました。

こうしたイメージの作られ方は、国と国の政治的なパワーバランス、経済的な力関係も絡んだ国と国の関係の仕方に大きく影響されます。要するに、現代社会を生きる私たちのほとんどは、だれもが知らずしらずのうちに、各〈政府の思惑を内面化した〉メディアの報道の仕方や、それらが流布するイメージに多かれ少なかれ左右されています。あらゆる情報を自力で収集できない限り、私たちはメディアの影響から完全には逃れようがありません。そうであるからこそ、どんな情報もべつの視点や角度から語られることで、まったくべつのイメージが生じる可能性がある。そのことをつねに意識しなければならないと私は思います。でなければ、まんまとだれかの思惑どおりに操作されてしまう。

台湾に関して言えば、たとえば「日本統治時代の我々は母語を口にしただけで処分されたものだ」と台湾人にむかって繰り返し語った李登輝が、日本による台湾の植民地統治を全面的に肯定していないことは、ほんとうならば、少し考えればだれにでもわかるはずのことです。ところが、日本にいるほんの少しも考えたくない人たちは、台湾の近代化に日本が果たした役割は小さくないので日本による統治を真っ向から批判するだけでなく冷静に評価をしなければならない、という李登輝の発言を、台湾人は日本の植民地支配に感謝している、と都合よく読み替えて、だから台湾は親日である、というイメージに溺れるがままになっている。

その背景には、そうすることで得をする人たちがいるからなのですよね。

戒厳令が解除され、台湾で言論や報道の自由が保障されるようになると、長い間、口を噤んでいた人びとが次々と口を開くようになります。

――国民党の軍人は酷かった。やつらは我々を日本化された奴隷と罵っては、裁判もせずに、むやみやたらと投獄して、島流しにした……

――日本人は、勤勉で正直で約束は守る。日本人はこうした精神を、私たちの世代の台湾人に授けてくれた。それを根こそぎ奪った蒋介石の軍隊が憎い……

みずからの半生について語ることを蒋介石のせいで封印していた人たちのほとんどが、日本統治時代に日本語教育を受けた世代の人びとでした。そんなかれらが、日本人は素晴らしかった、と讃えてくれることに気をよくし、台湾人こそが我々のほんとうの味方である、ともてはやしたのが、戦争責任にかかわる日本の歴史の「闇」の部分ばかりを取りざたにするのは「自虐」的だと主張する一部の日本人たちでした。

「光」と「癒し」を求めてやまない日本人と、かれらにむかって親切にも流暢な日本語で台湾の

〝真実〟を啓蒙してまわる台湾人たちの蜜月時代のはじまりです。

日本時代のほうがよっぽどましだった、と言うよりは、日本時代は素晴らしかった、と言うほうが一部の日本人の歓心を得られると気づいた台湾人と、そのようなことを言ってくれる台湾人には「日本人が失った美徳がある」と誉めそやす日本人……かれらのこうした〝結託〟を、私は正直に言えば、苦々しく思ってきました。とりわけ、「夜にろくろく寝たことがなかった」台湾人たちが、晩年にいたってそのような日本人にすがるしかなかった積年の孤独を思うと、胸が張り裂けそうになります。

考えてみれば私も、李登輝がかれの「子孫」と呼ぶものの一人なのですよね。しかし私は、日本の中の台湾人として、かれが戦略的につくりあげたイメージの余波に、よくもわるくも巻き込まれたと言えます。

それでも私は、李登輝の存在があったからこそ、日本語世代だった大伯父や祖父が息を殺し、戦後うまれの両親が中国語で「蔣介石は偉大だ！」「共産党をやっつけろ！」と叫ばなければ教師に殴られた、という暗い時代は遠ざかったのだと思うし、二〇二〇年現在、蔡英文政権が、人権の重視が台湾の強みであると表明すれば、そのことばの重みに目眩を覚えそうになります。

事実、同性婚をアジアではじめて法制化したことや、女性の国会議員比率が四割超とアジアトップであることに象徴されるように、多様性重視の面で台湾はもはや日本の先を行っています。

三五歳の若さで入閣したＩＴ大臣・唐鳳《オードリー・タン》氏は「私は政府とともに仕事をしている。政府のためではない」と明言しています。「異なる立場であっても、よりよい社会のために合意できる共通の価値はある。それを可視化させるプラットフォームをつくるのが自分の役目だ」と語るその姿にも目眩がしそうになりました。

ひとのために、国がある。

私は、日本という「外」から見える蔡英文や、オードリー・タンの輝かしさを根拠に、いまの台湾はパーフェクトなのだと称賛したいのではありません。本省人（福建系、客家系）、外省人、原住民、そして大陸や東南アジアから台湾に移住した新住民に外国籍の労働者……政治的には親中派や独立派の存在、また経済格差などもあいまって台湾の内側では、私のごく限られた視点では想像が及ばぬほど複雑で、様々な矛盾を抱えているはずです。しかし少なくともいまの日本政府と比較する限り、現在の台湾は多様性を重んじる国家であろうと努めているふうに私には見えます。たとえそれが、国際的孤立と中国の統一圧力というのっぴきならない事情による、（李登輝の精神を汲む）国際社会にむけての巧みなイメージ戦略だとしても。

先日、香港の民主派を代表する新聞「蘋果《ひんか》日報」の創業者である黎智英《ジミー・ライ》と、弱冠二三歳の若き活動家である周庭《アグネス・チョウ》が香港警察に逮捕されました。どちらも、香港国家安全維持法に違反したという疑いで。身も凍るような出来事で、私も少なからずショックを受けました。このときも台湾の総統たる蔡英文は、自国の民主化の歴史を振り返りながら、自由と人権を訴える香港の人びとの意志を阻む専制と抑圧は決して許されるものでない、と明言しました。中国政府の意図を汲んだ香港当局による、香港の民主化運動を象徴する人物たちへのまるで見せしめのような逮捕・釈放劇は、台湾にとっては対岸の火事ではないのです。

いまだに、少なくない数の日本人が、台湾は親日だから好感が持てる、と平気で言ってのける風潮があります。しかし私たち日本人は、長きにわたって独裁政権に抑圧されてきたかれらの歴史や、中国との政治的な緊張といったデリケートな背景を十分に想像し得ているのでしょうか？　好いてくれるから好き、というだけではあまりに無邪気である気がします。しかも、その点を強調したがる人ほど、敵の敵は友だち、とばかりに、中国や韓国は反日だからね、と続けたりするのです。場合によっては、こちら（私）が台湾人であるという理由で、共に中国を貶めることを期待されたりも。

木村さん。私と台湾の縁は切っても切れないものです。この日本に対してもそうであるように、私は、好き嫌いという次元で台湾について語ることができません。たとえ、日本人から「反日」と呼ばれる国家だったとしても、台湾は、私の母国なのですよ。そう、おまえは本物の台湾人とはいえない、と私を罵るひとがいても。

つい数日前も、私の Twitter を引用し「台湾語もろくに喋れないくせに、自分は台湾人なのだと名のっているこの偽物には呆れてしまう」という内容を書くひとがいました。それも、台湾語で。

台湾の言語事情は少々ややこしくて、公用語は中国語なのですが人口の七割ほどを占める本省人は福建省にルーツを持つ人びとであるため、閩南《びんなん》語も喋ります。ただし、日本統治時代も国民党一党独裁時代も、それを公の場で堂々と話すことは禁じられていた。日本語や中国語とちがって、台湾人である自分たちのことばという意味で、閩南語はいつしか台湾語と呼ばれるようになりました。

二〇〇〇年代以降、台湾語こそが我々台湾人の真の母語である、と主張する人たちがあらわれ、いまでは台湾社会の中でけっこうな力を持つようになりました。そう主張できるようになるまでの長い苦節を想像すればかれらが、やや声高にそう主張したがる気持ちがまったくわからないではない。そのうえで率直に言えば私は、台湾語こそが台湾人の真の母語である、という言い方には激しい抵抗を覚えます。

それは一種の、純潔主義ともいえます。それが話せたら、本物の台湾人。そうでなければ、偽物の台湾人。こうした、ある言語ができるかどうか、ということを〝担保〟に、ある人物が本物か偽物か判別するというイデオロギーに私は与したくないのです。

それに実際、様々な理由から、台湾人でも、台湾語をうまく話せないひとはいくらでもいます。一九四九年以降、台湾に移り住み、中国のべつの地方のことばや中国語しか喋っていなかった家庭で育った人たち、原住民、大陸花嫁、新住民……私のような海外育ちの台湾人。

——この偽物には呆れてしまう。

きっと、私には台湾語など読めないと思ったのでしょう。文字どおりの陰口です。たしかに私はろくに台湾語ができません。でも、ローマ字で綴られたその文章を声に出してみると、父や母、祖父母と交わした台湾語がよみがえり、なんとなく意味がわかってしまう。楽譜をたどっていたら、耳に残っている子守歌を思い出したというような感じです。

こういう台湾人もいるのだと、私はそのひとに言ってやりたかった。

残念ながらこの日本と同じく、台湾にも、〈自分や他人の国籍を〝尊重する〟〉のではなく〈国籍を〝絶対視する〟〉人たちはいます。

台湾籍はあっても中国語や台湾語がうまく喋れない私を「偽物」とみなすひとが、台湾国内で暮らす台湾語は話せても台湾籍を持たない人びとを「偽物」として貶めるようすを想像するのは容易です。

私の「敵」は、いや、私を「敵」だとみなしたがるのは、たいてい、こうした〈「純粋な血統」とか「単一民族」とかの〝つくられた幻想〟〉を絶対視する人たちです。

先月の東京都知事選挙前後、私の心身は決して好調とはいえない状況に陥りました。特に、直後が酷かった。

数日にわたって、Twitter経由で見ず知らずの人たちからさんざんな言われようをされたことの影響も少々ありました。自分の味方は大勢いるはずだと頭ではわかっていても、的外れの揶揄や冷笑、論点を故意にずらされた攻撃が、ほんの二つ、三つ、目につくだけで、消耗する。ただでさえ疲れていたところに、〈コロナパニックを余さず自分のために利用した現職が当選し〉たことのみならず、〈在日コリアンに「出ていけ」と叫んで甚大な脅威を与え〉た「在特会」の元会長が約一八万票も得たという現実に、私はほとんど打ちのめされていました。そんなときに、投票したかった、という私のことばを引用しながら、

――こんなむちゃくちゃな要求をするひとはむしろめずらしくて、台湾人はふつう日本が大好きだよ。だからみなさん、このひとのせいで台湾を嫌いにならないでね。

というコメントを、うっかり目にしてしまったのです。台湾人はふつう日本が大好き、このひとのせいで台湾を嫌いにならないで。私はとうとう涙がとまらなくなりました。まさに〈言葉による威圧〉で心がぺしゃんこになったのです。友人に弱音を吐くと、PCやスマホの電源をさっさと切ること、そして、瞑想をするようすすめられました。

瞑想なんてのんきなことを……と最初は半信半疑でしたが、座禅を組んで目をつぶって深呼吸をしていたらだんだん落ち着いてきました。そうやって、自分の呼吸の一つひとつ、心臓の一拍一拍に耳を傾けることで、インターネット空間を跋扈する空虚な、にもかかわらず、十分に威圧的で悪意に満ちたことばに、動揺し、狂わされた自分の感覚を私は徐々に取り戻しました。

(私は微力だけれど、無力ではない)

それは、いま、ここにいる自分に対する信頼の回復でもありました。

根拠。この対話の中で、木村さんは「根拠は?」と繰り返してきましたね。〈イメージではなく、現実に根ざした具体的な根拠とはなんなのか〉、と。考えてみれば、私が中国語や台湾語を含んだ自己流のニホン語を編み出したのは、日本育ちの台湾人として生きてきた自分のリアリティを表現したかったからなのだと思うのです。

日本語しかできないのに日本人ではない。

台湾人なのに中国語(や台湾語)ができない。

日本人としても、台湾人としても、「規範」からずれてしまう自分の半端さを持て余していた頃の私は、日本人とはこういうものだ、とか、台湾人はこういうものである、という漠然としたイメージを内面化していました。けれども、そもそも、ずれているのは私ではなく、私が「規範」と思い込んでいたもののほうかもしれない……そう思うようになったのは、〈現実に根ざした〉私自身の感覚のほうを信頼することに決めたからなのです。

台湾人だけれど、日本語とともに生きてきた。

日本人ではないけれど、日本語に支えられている。

これが、私自身のリアリティなのだと自信を持てたからこそ、私は中国語や台湾語を自分の文体の中に注ぎ込めたように思います。それは、言語の問題を越えて、〈根本的に、生きものとして生きる〉自分の感覚を信頼することでもありました。そしてそれは、漠然としたイメージにのっとって、私のような複数のルーツを持ちながら育った者のことを、本物／偽物、ふつう／ふつうじゃない、親日／反日……と二分法で判断したがる人たちとのタタカイでもあったのです。

いまあらためて、私の小説家としての出発点は、そのタタカイのはじまりだったと確信しています。

〈ぼくがこの国で暮らす外国籍の人々のことを意識にとめるようになったのは、（……）温さんの存在が何よりも大きかったのだと思います〉

木村さんがおっしゃってくださるように、デビュー以来、私が書いたものを読んで、台湾出身のかつての同級生の気持ちを想像して胸が詰まった、と打ち明けてくれた大学生や、娘さんを通わせている保育園に中国出身のお母さんがいて、いつもあかるいその方の心の中を想像してしまった、と告げてくれた方、それから、外国にルーツのある教え子たちが感じているだろうことをはじめて具体的に想像できた、とおっしゃる小学校の先生という方もいました。

ほかでもない私自身の呼吸のリズムを取り戻すために書かざるを得なかった小説やエッセイが、ずっと自分の憧れだったふつうの日本人たちにとっては〈この国で暮らす外国籍〉の隣人たちへの想像力を喚起するということ——とりわけ、外国出身の人びとや、その子どもたちが、いまよりものびやかに生きられる現場をつくろうと日々尽力なさる方々が、私の本を読んでくれていると知ると、感慨無量になります。

読者がいる。私の本を、もっと読みたいと言ってくれる人たちがいる。

わかって、ねえわかってよ、ここにいるの、あたしはここにいるんだからね、と叫ぶような気持ちで、自分一人しかめくらないノートの中にことばを叩きつけていた頃にしてみれば、ほとんど夢のような状況です。そして、いや、夢ではないのだから、身を引き締めなくてはと思うのです。

日本人ではないけれど、日本語に支えられている。

私がこう宣言できるのは、これまでの人生でただの一度も、勉強する機会を阻まれなかったからです。義務教育の九年間にとどまらず、高校や大学進学も断念せずにいられたからこそ、「授業かったるい」「宿題めんどくさい」「勉強したくない」「またテストだよ」と友だちと嘆き合うことを、私はあたりまえのように享受してきました。

しかし、いま、この国に増えつつある外国籍であったり、外国にルーツのある子どものだれもが、難なく学校に通えているわけではありません。むしろ、経済的な原因やほかの様々な問題などで、十分な教育を受けることがままならない境遇の子どものほうが圧倒的に多いのです。

私はこの事実を度外視し、そして、周囲にそれを期待されるからといって、自分こそが外国籍を持ちながらこの国で育った人間を代表しているとばかりに、ものを書いたり述べたりはしたくない。とりわけ、作家である私がそのことについて語るなら、その内容はきっと〝正しい〟はずと信じている人たちにむかって、「外国出身者」という共通点のみで、自分以外のありとあらゆる人びとを代弁する口ぶりになるなど、傲慢の極みです。私は、究極的には私自身しか「代表」できないのですから。

これは、私が子どもの頃から、日本と台湾をそれぞれ「代表」させられてきたことから得た教訓です。

あるいは、この一年半にわたって木村さんと交わした手紙の中で、木村さんの覚悟に感化されながら肝に銘じてきたこととも言えます。

木村さんは私に、〈外部〉を意識することの重要さを何度も思い出させてくれました。それは、〈他者〉とも呼びうる領域のことですよね。木村さんはかつて、こう書いていました。

〈〝他者〟である相手が置かれた状況を受けとめ、搾取しないでつながろうとするためには、逆説的ですが、まず線を引くこと――お互いの力の不均衡を自覚すること〉

そのためにも、私はいま、あらためて線を引きたい。

社会学者であるレス・バックの表現を拝借すれば、「豊かな世界の国境を自由に移動し定住できるパスポートを持つ人々と、トラックの荷台に隠れたり、偽造文書を持ってしかそうできない人々の間の境界線」の、どちら側に自分が立っているのか絶対に忘れたくないのです。

小説家として、いや、もっとそれ以前に、日本で日常生活を送るのに何不自由のない私が、もはや日本にしか居場所がないのに日本語をまともに学ぶ機会が得られず、ただ暮らしてゆくだけでも精いっぱいの状態に置かれている子どもたちや、その親にむかって「日本語は私たちのものでもある」など言えるはずがありません。私がしなければならないことは、日本人によって占有されているこの国の政策決定者たちにむかって「日本社会はかれらの居場所でもある」と訴えることのほうなのです。

作家である自分にわずかでも発言力が備わっているのだとすれば、私は小説を書くこととはべつに、そのような機会が与えられる限り、自分自身について徹底的に語ることで、私の背後にいる、私と似た境遇でありながらも自分自身を語るためのことばを奪われているせいで見えない存在にされている大勢の人たちの気配を知らしめたいと思うのです。もちろん、代弁としてではなく。

ほとんど綱渡りのような状態ではありますが、そのためにも私は、自分の限界について誠実でありたいと感じています。この体の身の丈や、この視界から見えるものの範囲をわきまえていたい。根拠としての自分の感覚を信頼するからこそ、自分の想像力は無限なのだと慢心したくないと思います。

木村さん。私たちはこれからも、手と手をとりあうことになるのでしょう。そんな私たちの〈共同戦線における連帯〉は、生きとし生けるものがのびやかに生きられることを望む愛のためにあると信じています。

たとえば、木村さんが入管で見かけたという、カレー粉のまぶされたチキンにかぶりつく男の子とその母親。あるいは、やはり木村さんが出会ったエイズを罹患した最愛のパートナーの最期に立ち会えなかったと吐露された方（あの手紙を読み、私もその方が被った理不尽な経験と、無知でいると、そのような不均衡な状況の継続に加担してしまう可能性があるという恐ろしさを思って震えました）。幸福な鼻歌が満ち溢れ、ふせぎようのある悲しみの涙を流す人が一人でもいなくなるように。

政策決定者たちを動かすことがたやすいことでないのは百も承知ですが、絶望に抗うことが希望であれば、抗うにふさわしい絶望がひたひたと押し寄せるいま、私たちのタタカイを促す希望も決して小さくはないはずですよね。

さて。きょうも、ミンミンゼミが激しく鳴いています。窓の向こうでは八月の空が輝いています。お盆の時期である八月は、まさに死者を悼む月です。六日、九日、一五日……大政翼賛会が掲げたスローガンの一つに、進め一億火の玉だ、というものがありますが、約八〇年前の日本本土の人口は七千万人程度。そのため、この「一億」とは、大日本帝国の植民地である朝鮮や台湾の人口も合わせた数なのだそう。そのことをはじめて知ったときは戦慄を覚えました。

日本で育った台湾人として、天皇陛下の兵士として太平洋戦争に出兵した者の中には、台湾人もいたことや、その台湾人の中には高砂族と呼ばれた原住民もいたことを最初に知ったときも、身震いせずにはいられなかった。さらに言えば、この戦争で戦死した台湾人やその遺族、おびただしい数の戦傷者は、日本国政府からなんの補償も受けられないまま放置されていたと知ったときにも。皇軍の兵士として戦争に駆りだされつつも、ほんものの日本人ではなかった、という理由で日本国政府から見棄てられた人びとがいた……

木村さん。私は最近、自分は覚えていることよりも、忘れていることのほうが、実は圧倒的に多いのだと気づきました。そして、自分の覚えていることだけでは、自分ではないほかのだれかと共有した時間がどんなものだったのか、ちゃんとは把握できないのかもしれない、と。

私がこんなことを思うのは、いつからか、この時期になると「この国を守るために自らの身命を賭して闘ってくださった多くの英霊に感謝の想いを捧げてきました。この方々がいらっしゃったからこそ、今の私たちがある。今のこの国がある」などといったことを恭《うやうや》しく呟く人びとのことばが、やけに目につくようになったからです（日本を、取り戻す、というスローガンを掲げた第二次安倍内閣が成立した頃からのような気がします）。

（この国を守るために、闘ってくださった？

ちがう。そうじゃない。かれらのほとんどは、この国を守れ、と命じられて、無理やり闘わされたのだ）

いつも、そんなふうに反論したくなる。あの戦争を、あたかも天災のように語ったりしないでくれ。それは、ふせぎようがいくらでもあったはずの人災なのだから、と。

〈どうにか命を落とさずに生還した男〉たちが、だれかにとっての〈いい夫、いいお父さん、いいおじいちゃん〉であるという事実を私は踏み躙りたいとは思いません。

ただし、昭和が遠ざかり、平成すら幕を下ろしたいまの日本で、どこかでだれかが結託して〈日本という国を国として成り立たせるために、言いかえれば、日本という国の輪郭を明確にする〉ために、あの戦争から帰ってこられなかった声のない人たちの声をさらに奪ってかれらが、妻や子どもや愛する恋人を守るために喜び勇んで憎き敵と闘い、桜の花びらのようにうつくしく舞い散った、という物語をこしらえようとしているのなら、死者らを正しく悼むためにも、それとは異なる、まったくべつの物語を、私たちは書き続けなければなりません。

木村さん。私は近頃、書いたものを公表したり、活字として発表する場を「持つ者」の一人としての責任について、よく考えるのです。生きとし生けるもののすべてが、呼吸の一つひとつ、心臓の一拍一拍において自分の命を堂々と満喫できる世の中になるように、ほんのわずかにでも貢献するためには、自分は何をしたらいいのか……と、しかめつらしく書いてしまいましたが、結局のところ、私は書くことがとても好きなのでしょうね。何しろ私はあいかわらず、書いてさえいられれば「生きてる」と感じられる。そう、生かされている、のでもなく、自力で生きている、のでもなく、ただ、生きてる、のだと。

思えば私は二〇代最後の年に木村さんと出会いました。

三〇代を駆け抜けて、四〇代を迎えたこの一年と五か月、木村さんと交わした手紙の数々を私はいつかまた読み返すのでしょう。そのたびに、ただ懐かしくなるだけではなく、たったいまも心の底で火の玉のごとく燃え盛るまっとうでありたいという気持ちが、よみがえるのではないかと信じています。そして、いつの私も、いまの私と木村さんにとって、まっとうな生き方をしているようにと心から願っています。

七五年目の八月一五日を前に

温又柔

あとがき

温又柔

「読むことは人を豊かにし、話し合うことは人を機敏にし、書くことは人をたしかにする」というフランシス・ベーコンの名言があるが、この一年と五か月にわたる木村さんとの「手紙」のやりとりは、まさに、ここで言われているすべての効果をあわせもつものだったと思う。

木村さんとはずっと、つかず離れず歩んできた。作品を発表したり、本が出るたびに祝福し合った。

ささやかながらも、どうにか書き継いでいる。そのことにこそ大きな意味があるのだと、作家として歩みつつあるお互いにむかって拍手した。といっても、そう頻繁なやりとりではない。その分、e-mail の送信者の欄に木村さんのお名前があると、うれしくなった。あくまでも私信として私宛に届けられたことばではあるものの、作家・木村友祐による至心のことばを、自分だけが独占するのはもったいないと感じることもよくあった。

二〇一七年の暮れ、「平成最後の日」が正式に発表されると、私は、「昭和」がまた遠ざかることを否が応でも意識せざるを得なくなった。天皇の生前退位と改元、そして東京オリンピックを迎えつつあるという時代のさなかで、自分が何を考え、思い、感じたのか、その「痕跡」を、少々不格好でもいいからどうにか刻んでおかなければ、という思いに駆られた。それを、小説ではなく、またエッセイとしてでもなく、木村さんとの対話のかたちで行えば、自分一人でただもがくよりはずっと風とおしがよく有意義にもなるだろうと思った。

さいわい、木村さんも乗り気になってくれて、二〇一九年二月には、公にすることを前提とした木村さんへの一通目を書くに至る。

まぬけなことに私は、木村さんとの最初の出会いを振り返るその手紙を書きながら、自分たちはこの年の秋にデビュー一〇周年を迎えるのだと気づいたのだった。

まさに、「海猫ツリーハウス」と「好去好来歌」が活字になったちょうど一〇年後の「すばる一一月号」に掲載された木村さんの作品は、二〇一九年下半期の芥川龍之介賞候補となった。私はその四か月後、筆力がなかなか追いつかず数年単位を費やしてしまった長篇小説をやっとのことで書きあげた（だからこの往復書簡を書いていた期間には、ふたりの小説家が「幼な子の聖戦」と『魯肉飯《ロバプン》のさえずり』とむきあっていた時間が含まれる）。

「あいちトリエンナーレ2019」での「表現の不自由展」をめぐる一連の〝事件〟や、コロナ禍の日々で剝き出しになってゆく社会の矛盾をまのあたりにし、心乱れたときも、木村さんと書簡を送り合うことは、私にとってかなりの支えとなった。届いた手紙の中に猫たちが出てくると和んだ（だからこの往復書簡が書かれた時間は木村家に引き取られた茶白と先住猫のクロスケが歩み寄る時間とも重なる）。

木村さんのことばには偽りがない。それは、ほとんど危なっかしいほどである。そんな木村さんにしょっちゅう感動させられながら、私も安心して自分に正直でいられた。逆に言えば、正直でいられる場所をどうにか確保しなければ、もはや正気が保てない状況の只中にいることを認めたうえでこれからは書かなければならないとも覚悟した。

私たちの「あいだ」に明石書店の編集者、赤瀬智彦さんがいてくださったのも大きかった。木村さんと私にとっての赤瀬さんは、まず、津島佑子と星野智幸という自分たちが敬愛するふたりの作家の「コレクション」を手掛けた編集者である。そんな赤瀬さんが、この往復書簡の最初の「読者」であったからこそ、私たちは「自分や自分たち」以外の存在を十分に意識することを忘れずにいられた。

自分に宛てられた木村さんの手紙を読み、また、木村さんに宛てて自分が書くときもつねに私は願っていた。この書簡に興味を持ち、目を通す人たちもまた、どこのだれかが勝手にこうと決めた「標準」や「規範」の呪縛から解き放たれ、自分が自分であることの信頼を取り戻せるように、と。

そうしてはじめて私やあなたは、この世界にとって、よりよい選択をするために手をとりあえる。

温又柔（おん・ゆうじゅう）

撮影／朝岡英輔

1980年、台湾・台北市生まれ。3歳より東京在住。2009年、「好去好来歌」で第33回すばる文学賞佳作を受賞。両親はともに台湾人。創作は日本語で行う。著作に『真ん中の子どもたち』（集英社、2017年、芥川賞候補）、『台湾生まれ 日本語育ち』（白水社、2015年、日本エッセイスト・クラブ賞受賞、2018年に増補版刊行）、『空港時光』（河出書房新社、2018年）、『「国語」から旅立って』（新曜社、2019年）、『魯肉飯《ロバプン》のさえずり』（中央公論新社、2020年）など。

木村友祐（きむら・ゆうすけ）

撮影／尾島敦

1970年、青森県八戸市生まれ。2009年、「海猫ツリーハウス」で第33回すばる文学賞を受賞しデビュー。小説に『聖地Cs』（新潮社、2014年）、『イサの氾濫』（未來社、2016年）、『野良ビトたちの燃え上がる肖像』（新潮社、2016年）、『幸福な水夫』（未來社、2017年）、『幼な子の聖戦』（集英社、2020年、芥川賞候補）。

私とあなたのあいだ
――いま、この国で生きるということ

二〇二〇年一〇月三〇日　初版第一刷発行

著　者――温又柔・木村友祐
発行者――大江道雅
発行所――株式会社　明石書店
一〇一-〇〇二一　東京都千代田区外神田六-九-五
電　話　〇三-五八一八-一一七一
ＦＡＸ　〇三-五八一八-一一七四
振　替　〇〇一〇〇-七-二四五〇五
http://www.akashi.co.jp
装　丁――間村俊一
印刷／製本――モリモト印刷株式会社
ISBN978-4-7503-5094-3

カタストロフ前夜　パリで3・11を経験すること
関口涼子著　◎2400円

台湾を知るための60章
エリア・スタディーズ 147　赤松美和子、若松大祐編著　◎2000円

【増補】新　移民時代　外国人労働者と共に生きる社会へ
西日本新聞社編　◎1600円

移民が導く日本の未来　ポストコロナと人口激減時代の処方箋
毛受敏浩著　◎2000円

リンガフランカとしての日本語
多言語・多文化共生のために日本語教育を再考する
青山玲二郎、明石智子、李楚成編著　梁安玉監修　◎2300円

ストレンジャーの人類学　移動の中に生きる人々のライフストーリー
リーペレス　ファビオ著　◎3800円

ジェンダーについて大学生が真剣に考えてみた
あなたがあなたらしくいられるための29問
佐藤文香監修　一橋大学社会学部佐藤文香ゼミ生一同著　◎1500円

国際セクシュアリティ教育ガイダンス【改訂版】
科学的根拠に基づいたアプローチ
ユネスコ編　浅井春夫、艮香織、田代美江子、福田和子、渡辺大輔訳　◎2600円

金石範評論集Ⅰ　文学・言語論
金石範著　イ・ヨンスク監修　姜信子編　◎3600円

長江日記　ある女性独立運動家の回想録
大韓民国臨時政府の記憶Ⅰ　鄭靖和著　姜信子訳
一橋大学大学院言語社会研究科韓国学研究センター企画　◎3600円

永遠なる臨時政府の少年　解放後の混乱と民主化の闘い
大韓民国臨時政府の記憶Ⅱ　金滋東著　宋連玉訳
一橋大学大学院言語社会研究科韓国学研究センター企画　◎3800円

サイバーハラスメント　現実へと溢れ出すヘイトクライム
ダニエル・キーツ・シトロン著
明戸隆浩、唐澤貴洋、原田學植監訳　大川紀男訳　◎4500円

在日コリアン弁護士から見た日本社会のヘイトスピーチ
差別の歴史からネット被害・大量懲戒請求まで
金竜介、姜文江、在日コリアン弁護士協会編　◎2200円

「辺境」からはじまる　東京／東北論
赤坂憲雄、小熊英二編著　山下祐介、佐藤彰彦著　◎1800円

戸籍と国籍の近現代史　民族・血統・日本人
遠藤正敬著　◎3000円

貧困研究　日本初の貧困研究専門誌　【年2回刊】
『貧困研究』編集委員会編集　◎1800円

〈価格は本体価格です〉